KB109934

먼저 실천하고 함께 하게 하는

이미지 독서코칭

먼저 실천하고 함께 하게 하는

이미지 독서코칭

이미진 김양경 이인환 지음

인공지능을 선도할 경쟁력을 키워라
제4차 산업혁명시대 핵심인재 역량

창의적 사고 역량
자기주도적학습 역량
자기경영 역량
의사소통 역량
자아성찰 역량
공동체 역량
융합형 인재 역량

먼저 실천하고 함께 하게 하는 _____

이미지 독서코칭

초판 인쇄 ㅣ 2019년 10월 08일
초판 발행 ㅣ 2019년 10월 11일

지은이 ㅣ 이미진 김양경 이인환
펴낸곳 ㅣ 출판이안
펴낸이 ㅣ 이인환
등 록 ㅣ 2010년 제2010-4호
편 집 ㅣ 이도경, 김민주
주 소 ㅣ 경기도 이천시 호법면 단천리 414-6
전 화 ㅣ 010-2538-8468
팩 스 ㅣ 070-8283-7467
인 쇄 ㅣ 세종피앤피
이 메 일 ㅣ yakyeo@hanmail.net

「이 도서의 국립중앙도서관 출판예정도서목록 (CIP) 은 서지
정보유통지원시스템 홈페이지 (http://seoji.nl.go.kr) 와 국
가자료공동목록시스템 (http://www.nl.go.kr/kolisnet) 에
서 이용하실 수 있습니다 . (CIP 제어번호 :CIP2019034901)」

ISBN 979-11-85772-65-3(03800)
값 16,000원

『이미지 독서코칭』으로
제4차 산업혁명시대 인재역량을 갖춰라

"창의적 사고역량을 위한 이미지 씽킹(thinking)!"

"자기경영 역량을 위한 리더십."

"의사소통 역량을 위한 스킬."

"자아성찰 역량을 위한 셀프 코칭."

"공동체 의식 함양을 위한 인성 교육."

인공지능을 앞세운 제4차 산업혁명시대가 도래하면서 이제 웬만한 일은 로봇이나 기계가 대체하게 되면서 인간은 예전과 같은 방식으로는 생존을 장담할 수 없게 되었습니다. 이에 발맞춰 교육부에서 미래형 인재육성을 위한 지침으로 핵심인재 역량을 강조하자 독서코칭 현장에서 이를 어떻게 받아들여야 할지 진지하게 고민하는 이들을 많이 만났습니다.

지금의 아이들이 어른이 되었을 때는 지금보다 훨씬 발전한 인공지능을 탑재한 로봇과 기계들이 더 많은 일자리를 차지한 세상에서 살아야 합니다. 지금의 어른들이 알고 있는 직업이나 공부법으로는 도저히 따라잡을 수 없는 세상이 펼쳐질 것입니다. 따라서 지금의 어른들이 알고 있는 공부법으로 아이들을 가르치려 들다가는 자칫 아이들의 미래를 망칠 수 있다는 위기의식을 가져야 합니다.

『이미지 독서코칭』은 바로 이런 현실 인식에서 첫발을 내디뎠습니다.

우리는 그동안 각자 맡은 자리에서 인공지능 시대에 맞는 독서체험을 현실의 구체적인 지혜로 활용하는 방안에 대해 끊임없이 고민해 왔습니다. 아울러 전국에 수많은 독서지도사를 배출한 자격증 강좌를 통해, 평생학습센터와 독서논술교실에서 학부모와 아이들을 상대로 미래형 인재양성을 위한 독서코칭을 해오면서 교육부에서 제시한 미래인재 역량을 갖추기 위한 독서법 개발에 심혈을 기울여 왔습니다. 그렇게 현장에서 많은 사람들과 함께 했던 과정을 통해 우리는 최고의 독서코칭은 아이들을 일방적으로 가르치는 것이 아니라 어른들이 먼저 독서체험을 생활에 실천해 보고, 그 실천사례를 통해 아이들이 따라 하도록 이끌어줘야 한다는 결론을 내렸습니다.

그리고 마침내 어른들이 먼저 독서체험을 이미지지화해서 실생활의 지혜로 활용하면서 아이들이 자연스럽게 따라 하게 하는 『이미지 독서코칭』을 세상에 내놓기로 했습니다.

지금부터 어른들이 먼저 실천하고 아이들이 함께 하게 하는 『이미지 독서코칭』에 입문하기 위해 이미지의 힘을 충분히 느껴보셨으면 합니다.

잠시 온몸의 힘을 뺀 상태에서 다음의 순서에 따라 그대로 해보시기 바랍니다.

온몸의 힘을 빼고 잠시 눈을 감은 상태에서 지금까지 인생에서 가장 행복했던 장면을 떠올려 봅니다.

→ ① 그 상태에서 내 몸에 일어나는 현상을 가만히 느껴봅니다.

몸이 편안해지고 내 몸이 행복감으로 차오르는 것을 느껴 보시기 바랍니다. 가장 행복했던 순간의 기쁨으로 온몸을 채워봅니다.

→ ② 그 이미지를 더욱 선명하게 유지해 봅니다.

입가에 행복한 미소를 지어 봅니다. 온몸이 아주 가볍다고 느껴봅니다.

→ ③ 그 이미지를 그대로 가슴에 새기며 살짝 눈을 뜹니다.

내 몸이 아주 편안하고 가벼워짐을 느껴봅니다.

지금 이 느낌을 그대로 유지하며 눈을 떠 봅니다.

일상에서 힘든 일이 생겼을 때 그것에서 벗어나려 애를 쓰면 애를 쓰는 만큼 몸에 힘이 들어가고 힘들어지는 것을 느낄 수 있습니다. 이 때는 얼른 괴로움에서 빠져나가겠다는 생각마저 내려놓고, 바로 지금

새겨놓은 행복했던 느낌을 떠올려보면 자연스럽게 힘든 일에서 빠져나오는 경험을 할 수 있습니다. 오로지 실천해 본 사람만이 경험할 수 있는 느낌을 그대로 간직해 보시기 바랍니다

『이미지 독서코칭』은 바로 이와 같은 이미지 기법을 활용한 것입니다. 독서를 통해 얻은 교훈을 구체적인 장면으로 형상화했다가 독서경험과 비슷한 현실에 부딪힐 때 얼른 그 이미지를 떠올리며 힘을 얻어가는 방법입니다.

이 책에는 이와 같은 방법으로 어른들이 먼저 실천함으로써 아이들이 자연스럽게 따라 하게 하는 독서체험을 실생활의 지혜로 활용한 사람들의 이야기가 담겨 있습니다. 여기에 제시한 몇 가지 방법을 잘 익혀서 실제로 활용한다면, 인공지능 시대에 꼭 필요한 인재역량을 갖추게 해주는 독서경험을 이미지화해서 실생활에 지혜로 활용하는 길에 들어서게 될 것입니다.

이 책에서 참고로 다루고 있는 『이상한 나라의 앨리스』, 『삼국지』, 『논리야 놀자』, 『목걸이』, 『토끼전』, 『엄마 찾아 삼만 리』등은 웬만한 사람이라면 한 번쯤 접했을 고전 명작들입니다. 『이미지 독서코칭』을 쉽게 설명하기 위해 각 작품들의 중요한 부분을 줄거리 요약으로 했는데, 이 점은 두고두고 마음에 걸린다는 것을 밝힙니다.
『이미지 독서코칭』의 확실한 효과를 얻고자 한다면 가급적 줄거리

요약보다 원본에 충실했으면 하는 바람을 담아 봅니다.

또한 독서경험의 다양성을 존중해서 아이가 먼저 다양한 각도로 받아들이도록 충분한 대화를 나눈 다음에 여기서 제시한 방법들을 활용하는 융통성을 발휘했으면 하는 바람도 담아 봅니다. 자칫 아이와 친밀도를 형성하는 과정을 빼고 여기서 제시하는 방법만이 정답인양 아이에게 강요하는 모습을 보이면, 이것 역시 주입식 교육의 병폐를 그대로 드러낼 것이기 때문입니다.

아울러 여기에 제시한 '몇 가지 이미지화 방법'만이 절대적이 아니라는 것도 이해해 주시기 바랍니다. 독자님 중에는 우리 필자들보다 더 많이, 더 좋은 책을 접한 분들이 있을 것입니다. 그 풍부한 독서경험을 이 책에서 제시하는 이미지화 방법으로 미래형 인재역량에 결부시키면 훨씬 풍부한 '독서체험의 이미지화'를 이뤄낼 수 있을 것이라 믿습니다.

독자님들은 지금까지 현장에서 우리와 함께 했던 수많은 이들이 먼저 실천해보고, 아이들이 함께 따라 하게 하는 '독서경험을 이미지화해 실생활에 활용하는 지혜'를 실감하게 될 것입니다.

이제부터 독서경험을 생활에 구체적으로 활용하는 지혜, 『이미지 독서코칭』의 세계로 빠져보시기 바랍니다. 감사합니다.

한국인성진흥원 원장 이미진

마중물 독서논술교실 원장 김양경

소통하는 독서와 책쓰기 강사 이인환

: Contents

문학작품의 창의적인 감상법
비유와 상징을 잡아라

창의적 사고 역량

Part 2

자기주도적 학습역량

우스갯소리와 독서코칭
너 죽을래?

Part 5

자아성찰 역량

모파상의 『목걸이』 창의적으로 읽기
나의 마틸드 목걸이는 무엇인가?

Part
6

공동체 역량

〈세계명작〉 창의적으로 읽기
독서체험 이미지화 하기

Part 7

융합형 인재 역량

토끼야, 토끼야, 내 안의 토끼야

Part
1

창의적 사고 역량

문학작품의 창의적인
감상법

비유와 상징을 잡아라
(metaphor)

비유와 상징은 창의적 사고역량의 특효약

비유와 상징은 이미지로 메시지를 전달하는 기법

비유와 상징은 '행동, 개념, 물체' 등이 지닌 추상적인 개념(원관념)을 구체적인 사물(보조관념)으로 생생하게 이미지화해서 표현하는 기법이다. 비유와 상징은 직설적인 표현보다 감성을 자극해서 상대의 마음을 얻는데 큰 효과가 있다.

"너는 나의 장미야."

"내 마음은 호수야."

이때 '장미', 또는 '호수'라는 보조관념에는 '사랑', 또는 '마음'이라는 원관념이 스며있다. 이때 '사랑', 또는 '마음'은 추상적인 개념으로 실체가 없어 눈으로 볼 수가 없다. 그런데 '장미', 또는 '호수'는 실체가 있어 눈으로 볼 수가 있어 그만큼 생생하게 가슴에 이미지로 새길 수가 있다.

비유와 상징을 적절히 활용하는 사람이 일상에서 사람들에게 더 많은 호감을 주고 성공하는 경우가 많다. 비유와 상징은 언어유희와 도 관계가 있어 유머감각이 뛰어난 이들이 많이 활용하고 있다. 구체적으로 이미지화해서 표현해서 강렬한 메시지를 전달하기도 하지만, 언어유희를 통한 유머가 듣는 사람의 감성을 움직이는 큰 힘을 발휘하기 때문이다.

비유와 상징은 문학작품의 두 가지 기능인 쾌락적 기능과 교훈적 기능에 큰 효과를 발휘하고 있다. 고전 명작일수록 비유와 상징으로 이뤄진 것들이 많다. 따라서 고전문학을 감상하려면 비유와 상징을 분명하게 이해해야 한다.

비유는 유사한 사물에 빗대어 표현하는 것

비유는 '원관념'과 '보조관념'에 유사성이 있으며, '원관념'과 '보조관념'의 관계가 1:1의 관계로 맺어진 표현법을 말한다. 비유의 하위개념으로 다섯 가지 표현법이 있다.

(1) **은유법** : A=B와 같이 표현하는 기법.

예) 내 마음(원관념)은 호수(보조관념)요.

(2) **직유법** : '~처럼, ~같이, ~듯이'로 표현하는 기법.

예) 내 마음(원관념)은 호수(보조관념)처럼 넓다.

(3) **대유법** : 부분(보조관념)으로 전체(원관념)를 표현.

예) 인간은 빵(보조관념)만으로 살 수 없다.(원관념=음식)

(4) **활유법(의인법)** : 무생물을 생물로(사람 아닌 것을 사람으로) 표현하는 기법.

예) 메아리가 소리친다. 산새가 노래를 한다.

(5) **풍유법** : '속담, 격언'으로 표현하는 기법.

예) 콩 심은 데 콩 나고 팥 심은데 팥 난다.

아이들이 문학작품을 어려워하는 이유는 이런 개념을 세부적으로 다 알아야 한다고 배우기 때문이다. 문장 하나에 담겨 있는 비유법을 구체적으로 찾고, 이를 맞추는 시험문제가 출제되면서 어렵게 꼬이다 보니 '비유법' 이야기만 나와도 기가 죽는 경우가 많다. 여기에다 '은유법', '직유법', '대유법', '활유법', '풍유법'처럼 세부적으로 문장의 성격을 배워야 하니, 지레 겁을 먹고 아예 포기하는 경우가 많다.

상징은 사회적인 관습으로 빗대어 표현하는 것

상징은 원관념과 보조관념을 사회적인 관습으로 표현하는 기법이다. 비유와 달리 '원관념'과 '보조관념'에 유사성도 없으며 '보조관념'의 뜻은 여러 가지로 의미로 해석될 수가 있다.

(1) 나는 밤이 싫어 : 밤(시련, 고통 등)

일상에서 이렇게 쓸 때는 낮에 반대되는 자연현상의 밤이 싫다는 뜻일 수 있지만, 문학작품에 이렇게 쓸 때의 '밤'은 '시련이나 고통', 또는 원하지 않는 부정적인 '대상이나 상황'의 뜻으로 해석되곤 한다.

(2) 나는 비둘기를 사랑한다 : 비둘기(평화, 사랑 등)

일상에서 이렇게 쓰면 날짐승인 비둘기를 사랑한다는 뜻일 수 있지만, 문학에서는 '비둘기=평화'의 의미로 해석해서 '나는 평화'를 사랑한다는 뜻으로 쓰이곤 한다.

여기에서 '밤(보조관념) = 시련이나 고통(원관념)', '비둘기(보조관념) = 평화나 사랑(원관념)'은 아무런 유사성이 없다. 사람들이 사회적 관습으로 써오면서 그렇게 굳어진 표현이다. 이런 것을 상징이라 한다.

아이들이 국어시간에 배우는 상징이 비유와 다른 점은 크게 두 가지다. 비유는 '원관념'과 '보조관념'의 유사성이 있으며 '원관념'과 '보조관념'의 관계가 1:1로 이뤄지지만, 상징은 '원관념'과 '보조관념'의 유사성이 없으며 '원관념'과 '보조관념'의 관계도 1:다(多)로 이뤄진다. 아이들은 국어 시험에서 비유와 상징의 공통점과 차이점을 묻는 시험문제를 치르기도 하니 국어성적을 책임져야 하는 위치라면 그

차이를 분명히 알고 제대로 가르쳐야 한다.

비유와 상징은 문학작품 감상의 핵심 키워드

비유와 상징은 문학의 핵심이다. 그렇다면 문작작품에 스며있는 비유와 상징을 이해하려면 어떻게 해야 할까?

먼저 문학작품의 감상방법 네 가지를 적용해야 한다. 아이들이 독서할 때는 주로 작품만을, 즉 작품의 내적인 요소만을 접하게 된다. 그런데 작품을 온전히 이해하려면 작품뿐만 아니라 작품 외적인 요소 세 가지를 필수로 접목시켜서 그 속에서 비유와 상징을 찾아낼 수 있어야 한다.

그래서 필요한 것이 독서코칭이다. 아이들에게 비유와 상징이라는 배경지식을 확실하게 챙겨주는 것이 독서코칭의 역할이다. 아이들이 작품 속에 스며있는 비유와 상징을 올바로 이해할 수 있도록 이끌어 줄 수 있어야 한다. 『이미지 독서코칭』의 출발점이 바로 여기에 있다.

※ 문학작품을 감상하는 방법

1. 작품의 내적 요소 :

　1) 작품 자체만으로 보는 구조론적 관점.

2. 작품의 외적 요소

　1) 작가의 삶을 결부시켜 보는 표현론적 관점.

　2) 독자에게 끼치는 영향을 보는 효용론적 관점.

　3) 시대적 상황을 결부시켜 보는 반영론적 관점.

　문학작품에서 비유와 상징이 가장 많이 쓰이는 것은 시다. 특히 고전에는 더욱 그렇다. 따라서 비유와 상징을 정확히 이해하기 위해서 먼저 고전 시를 살펴보는 것이 좋다.

　　수양산(首陽山) 바라보며 이제(夷劑)를 한(恨)ㅎ노라

　　주려 주글진들 채미(採薇)도 ㅎ는것가

　　비록애 푸새엣 거신들 긔 뉘 땅에 낫드니

　　　　　　　　　　　　　　　　　　　- 성삼문의 시조

24

아이들에게 문학작품의 네 가지 감상방법을 이해시키는데, 문학작품에 녹아 있는 비유와 상징을 이해시키는데 가장 많이 예로 드는 작품이다. 위의 작품에서 고어(古語)는 어휘와 관계된 것이라 여기에서는 편의에 따라 현대어로 해석한 것으로 비유와 상징에 대해 살펴보기로 하자.

수양산을 바라보면서 백이와 숙제를 한탄하노라.
굶어 죽을지언정 고사리를 뜯어먹어서야 되겠는가?
비록 푸성귀라 할지라도 그것은 누구의 땅에서 났던고?

이 작품에서 백이와 숙제라는 보조관념에 담겨 있는 비유와 상징을 이해하지 못하면 도대체 무슨 말을 하는지 이해조차 할 수 없게 된다. 따라서 이 작품의 핵심 비유와 상징을 이해하는 것은 매우 중요한 일이다. 그렇다면 백이와 숙제에 담겨 있는 비유와 상징은 무엇인가?

백이와 숙제는 중국의 상나라 신하로 주나라 왕이 반역으로 상나라를 점령하자 상나라에 대한 충절을 지키겠다며 주왕이 주는 벼슬을 마다하고 수양산으로 들어가 고사리를 먹고 살았다. 나중에는 그 고사리마저 주왕의 땅에서 나는 음식이란 것을 알고 이런 것도 먹지 않고 굶어 죽었다.

문학작품을 이해하는데 배경지식은 필수다. 작품에 담겨 있는 비유와 상징을 찾기 위해서는 이런 배경지식을 동원해서 문학작품의 감상방법 네 가지를 고루 적용할 수 있어야 한다.

첫째, 작품의 내적인 구조론적 관점이다. 단순히 작품을 이루고 있는 내용으로만 본다면 이 작품은 충절을 지킨 중국의 백이와 숙제라는 위인의 생애를 회고하며 그럴 수밖에 없었던 그 시대적 상황을 한탄하는 것으로 볼 수 있다.

둘째, 작품의 외적인 표현론과 반영론적 관점이다. 작가의 생애와 시대적 상황, 그리고 독자에 전하는 메시지를 결부시켜 보는 표현론과 반영론, 효용론적 관점으로 보면 '백이와 숙제'에 담겨 있는 비유와 상징을 이해할 수 있고, 그래야만 이 작품을 온전히 이해할 수가 있다.

성삼문은 세종대왕 때 한글 창제에 큰 공을 세운 집현전의 대표적인 학자다(표현론). 단종을 폐위하고 세조가 왕위에 오른 시대(반영론)의 사람으로 세조를 몰아내고, 단종을 복위시키려다 죽임을 당한 사육신의 대표적인 사람이다. 성삼문이 이 시조에서 활용한 보조관념 '백이와 숙제'에는 '하늘 아래 두 임금을 섬길 수 없다며 굶어 죽은 충신'이라는 원관념을 활용한 비유와 상징을 발견할 수 있다. 또한

'수양산'이라는 보조관념에는 원관념인 세조의 왕자 시절 이름인 '수양대군'을 뜻하는 교묘한 언어유희마저 느낄 수 있다.

'백이와 숙제(보조관념) = 두 임금을 섬길 수 없는 충신(원관념)', '수양산(보조관념) = 세조(원관념)'라는 비유와 상징을 이해하면 이 시조에는 자신도 백이와 숙제처럼 세조가 왕인 나라에서는 고사리 하나라도 취하지 않고 굶어 죽을지언정 함께 살 수 없다는 성삼문의 강한 충절의 의지가 담겨 있다(효용론)는 것을 알 수 있다. 즉 이 시조에는 세조에게 "당신과 나는 한 하늘 아래 살 수 없으니, 내가 당신을 죽이든 당신이 나를 죽이든 선택은 하나뿐"이라고 최후의 통첩을 한 것과 같은 결연한 의지가 담겨 있다는 것을 알 수 있는 것이다.

비유와 상징은 창의적 사고역량의 특효약

제4차 산업혁명시대에는 인간이 하던 힘든 일들은 인공지능을 탑재한 로봇이 대체하게 된다. 따라서 인간은 인공지능이 할 수 없는 그 이상의 능력을 가져야 한다.

그것은 공동체 의식과 창의력이다. 아무리 뛰어난 재주를 가졌어도 공동체 의식이 부족하면 그만큼 설 자리가 줄어들 수밖에 없다. 교육부에서 핵심 인재역량으로 공동체 역량과 창의적 사고역량을 중요하게 여기는 이유가 여기에 있다. 공동체 역량은 인성과 관련된 문제라 앞으로 수없이 다루게 될 것이다. 여기에서는 먼저 교육부 핵심 인재 역량의 하나인 창의적 사고역량을 어떻게 키워갈 것인가에 대해 살펴보기로 하자.

창의력은 두뇌와 관련이 있다. 진화론에 의하면 모든 것은 쓰면 쓸수록 발달하고 쓰지 않으면 퇴보를 한다. 두뇌도 마찬가지다. 평소에 자주 두뇌를 쓰는 사람은 두뇌가 발달해서 창의력도 향상되지만, 그렇지 않으면 창의력은 떨어질 수밖에 없다.

두뇌에 문제가 생겨 병상에 누워 있는 뇌사 환자나, 치매나 뇌졸중 등 두뇌 질환 환자들을 떠올려 보자. 그들에게 창의력을 기대할 수는 없다. 현 추세라면 우리나라는 2050년에 230만 명에 이르는 치매 국가가 될 것이라고 한다. 이때 치매를 포함한 두뇌질환에 독서가 특효약이라는 연구결과가 발표되고 있다. 두뇌질환자에게 책을 읽어 줘서 생각하게 하는 것만으로도 상당한 치료 효과가 있다는 것이다.

여기서 우리는 얼마든지 유추할 수 있다. 환자에게 책을 읽어주는 것으로 두뇌질환을 고칠 수 있다면, 본인이 직접 책을 읽을 때 효과는 얼마나 크겠는가?

심리학자 김경일 박사는 인간이 쓰는 두뇌의 최고 에너지를 100W 라고 할 때, 고전작품을 읽을 때 쓰는 두뇌의 에너지는 120W에 이른다고 한다. 고전작품에 담겨 있는 비유와 상징이 무엇인가 생각하는 것이 엄청난 두뇌 에너지를 필요로 한다고 한다. 그만큼 비유와 상징이 두뇌를 발달하게 하는 특효약이라는 것을 유추할 수 있다.

　두뇌가 발달한 사람이 뛰어난 창의력을 갖는다. 비유와 상징은 두뇌를 쓰게 하는 최고의 특효약이다. 따라서 평소에 비유와 상징을 잘 활용하면 최고의 창의역량을 갖출 수 있다.
　『이미지 독서코칭』은 제4차 산업혁명시대에 꼭 필요한 인재역량인 창의적 사고역량을 키워주는 최고의 특효약인 비유와 상징을 핵심 키워드로 다루고 있다.

나의 동굴은 무엇인가?
앨리스라면 어떻게 했을까?

『이상한 나라의 앨리스』의 이미지 독서코칭

어린이도서관에서 초등학생 3~4학년을 대상으로 하는 독서체험 강좌 시간이었다. 첫 시간에 『이상한 나라의 앨리스』를 다뤘다. 15명의 학생 중에서 이 책의 줄거리를 모르는 학생은 없었다.

자기소개하는 시간을 갖기 전에 『이미지 독서코칭』으로 발표에 대한 동기부여를 하기 위해 이렇게 물었다.

"『이상한 나라의 앨리스』가 우리에게 주는 교훈이 뭘까?"

학생들의 대답을 기대한 질문이 아니다. 지금까지 이런 질문에 선뜻 대답하는 아이들을 본 적이 없다. 이 시간에도 마찬가지였다. 얼른 동굴 이야기를 상기시키며, 동굴이 의미하는 비유와 상징을 이해시켜 주려고 주위를 환기시켰다. 아이들은 대답을 못한 게 있어서, 무슨 답이 나올까 쫑긋 귀를 세우고 있었다.

"앨리스가 동굴에 떨어졌을 때 무서움과 두려움에 떨었다면 어떻게 됐을까?"

"……?"

"앨리스가 동굴에 떨어질 때마다 새로운 일들이 생겼지? 그렇다면 이 책에서 동굴이 의미하는 것은 무엇일까?"

"……?"

"이 책이 쓰인 시기는 유럽인들이 신대륙을 개척하던 시기야. 그때 유럽인들이 새로운 세상을 만나게 하는 통로가 바로 동굴인 거야. 신대륙에 막 첫발을 들여놓은 것을 동굴로 빗대어 표현한 것일 수 있지. 자, 그렇다면 신대륙에 막 발을 들여놓은 사람들이 처음 만난 인디언이나 원주민들을 무서워하거나 두려워했다면 어떻게 됐을까?"

"죽었을지 몰라요."

"그렇지? 그랬다면 오늘날 미국은 없었을지 몰라. 하지만 그 당시 많은 유럽인들은 앨리스처럼 두려움과 무서움을 몰랐어. 그래서 수많은 나라를 정복할 수 있었지. 그렇다면 우리가 앨리스에게 배워야 할 교훈은 뭘까?"

"개척자처럼 용기를 가지라는 거네요."

"그렇지? 그렇다면 개척자 정신이란 무엇일까?"

"새로운 세상을 찾아나가는 정신이요."

"그렇지? 그런데 신대륙 개척은 끝났잖아. 그렇다면 지금 너희들이 개척해야 할 신대륙은 무엇일까?"

"우주여행이요."

"오? 그럴 수도 있겠네. 우주여행도 아직은 신대륙이겠지. 그런데 그건 너희들이 당장 할 수 없는 일이잖아? 지금 당장 너희들이 해야 할 일 중에 이처럼 개척해 나가야 할 일이 뭐가 있을까?"

"……?"

"앨리스는 동굴을 통해서 한 번도 안 해본 일을 만났고 그때마다 두려움 없이 자신있게 새로운 일을 해 나갔지. 그렇다면 너희들이 한 번도 해보지 않은 일에는 무엇이 있을까? 그 일이 바로 앨리스의 동굴이 아닐까?"

"……?"

"자, 그럼 물어보자. 여기 발표 한 번도 안 해본 사람?"

아직 어린 학생들이어서 그런지 절반 가량이 손을 들었다.

"어쩌면 너희들한테는 발표가 곧 앨리스가 만난 '동굴' 같은 것이 아닐까? 처음 해보는 것이잖아?"

"와, 그러네요?"

"그렇지. 그렇다면 앨리스는 이럴 때 어떻게 했을까?"

"신나게 했을 거예요."

"그렇지? 그럼, 지금부터 앨리스의 동굴을 체험을 해보자. 그게 뭔지 알아?"

"그게 뭔데요?"

"지금부터 바로 앞에 이 자리에 나와서 앨리스처럼 당당하게 자신을 소개해보는 거야. 알았지?"

그러자 한 아이가 손을 들더니 얼른 대답했다.

"에이, 선생님, 발표가 뭐가 두려워요?"

아이들 중에는 발표를 즐기는 경우도 있다. 이런 아이들에게는 발표가 앨리스의 동굴일 수가 없다. 얼른 이 점을 짚어줬다.

"그렇지? 너는 이미 발표를 많이 해봤기 때문에 두렵지 않겠지. 너의 동굴은 발표가 아니라 다른 것이 있겠지? 그게 뭘까? 지금까지 네가 안 해 본 것은 뭐가 있을까?"

"……?"

발표를 잘 하는 아이들은 나중에 자신에게 맞는 '동굴'을 찾기로 하고, 지금 이 자리에서는 처음 발표를 해보는 사람에게 발표할 기회를 주자고 했다. 발표가 두려워 뒤로 빼기만 하는 아이들에게 그것이 자신의 '동굴'이라는 것을 일깨워주며 '앨리스라면 어떻게 했을까?'를 생각하며 어렵더라도 한번 용기를 내서 발표를 해보라고 했다.

"발표가 처음인 사람은 두려운 게 당연한 거야. 선생님도 처음 발표할 때는 굉장히 떨었거든. 그러니까 지금부터 처음 발표하는 친구가 발표를 못 하고 떨더라도 당연한 것으로 여겨주자. 괜히 발표도 못 한다고 핀잔을 주면 안 되는 거야. 알았지?"

그리고 발표를 한 번도 안 했다고 손을 들었던 아이들에게 눈을 맞춰가며 거듭 강조했다.

"앨리스는 동굴로 떨어질 때 두려워하지 않았지? 그러니까 잠깐 눈을 감고 그 모습을 떠올려보자. 그리고 속으로 외쳐보자. 이때 앨리스라면 어떻게 했을까?"

아이들은 금방 말을 알아듣고 지금까지 발표를 못 했던 몇몇 아이들이 용기를 내서 발표를 시작했다. 하지만 몇몇 아이는 끝내 발표를 못 하겠다고 부끄러워하며 자리에서 일어나지도 않았다. 어쨌든 이 날은 몇몇 학생이라도 발표를 해본 것이 큰 수확이었다.

그렇게 다음 시간까지 일주일이 흘렀다. 수업을 시작하기 전에 한 학생이 수줍은 표정으로 다가왔다. 그리고 조심스럽게 말했다.

"선생님, 저 오늘은 꼭 발표해 볼게요."

"그래? 이야, 정말 큰 용기를 냈네. 그래, 꼭 한번 해보자."

수업이 시작되었고, 발표 시간이 되자 아이는 꽤 긴장한 표정을 보였다. 아이가 발표에 대한 부정적인 경험을 갖게 될까 봐 조심스러웠다. 그래서 조심스럽게 물어봤다.

"준비 됐니? 아직 용기가 나지 않으면 다음에 해도 괜찮아?"

아이는 머뭇거리면서도 어떻게든 해보겠다며 앞으로 나왔다. 상당히 긴장된 표정이었다.

"야, 우리 친구가 앨리스처럼 처음 동굴에 들어와서 발표하려고 큰 용기를 냈는데 박수를 쳐줘야지."

친구들이 박수를 쳐주었고, 아이는 겨우겨우 떨리는 목소리로 발표를 마쳤다. 다른 친구들보다 짧은 시간이었지만 다시 한번 앨리스처럼 용기를 낸 것에 대해 아낌없는 칭찬을 해주었다.

그렇게 수업을 끝내고 자리를 정리하고 있는데 그 학생이 친구와 함께 남아 있었다. 친구들이 다 나간 교실에서 나에게 뭔가 할 이야기가 있는 것처럼 머뭇거리고 있었다.

"무슨 일이야? 선생님한테 볼 일이 있어?"

그러자 친구가 그 학생을 내 앞으로 끌어당기며 말했다.

"선생님, 친구가 선생님한테 드릴 말씀이 있대요."

"무슨 말인데?"

웃는 얼굴로 바라보자 학생이 얼굴을 잔뜩 붉히며 수줍은 표정으로 조심스럽게 말했다.

"선생님, 저 이제 앨리스처럼 된 거죠?"

"웅? 그게 무슨 말이야?"

그러자 옆의 친구가 얼른 말했다.

"얘, 오늘 처음 발표해 본 거잖아요? 지난 주에 선생님 말씀을 듣고 앨리스처럼 발표를 해본 거래요."

"그래? 정말 축하할 일이네. 정말, 축하해. 박수!"

나는 아이를 향해 밝은 미소로 박수를 쳐주었다. 아이는 정말 기뻐했다.

"저 앨리스처럼 된 거죠?"

이렇게 묻고는 상기된 표정을 지었던 학생의 얼굴이 생생하다. 『이미지 독서코칭』의 효과를 확인한 순간이었다.

앨리스의 동굴로 도전정신을 키워주다

앨리스는 토끼가 커다란 굴로 뛰어 들어가는 것을 보았다. 앨리스도 그 뒤를 좇아 굴속으로 뛰어 들어갔다. 토끼 굴은 터널 모양으로 똑바로 뚫려 있었다. 그런데 갑자기 내리막이 되어 미끄러지듯 내려가다가 그만 아래로 뚫린 굴에 떨어지고 말았다. 굴 속은 깜깜하여 아무것도 보이지 않았다. 굴 주위를 살펴보니 찬장과 책꽂이 등이 눈에 띄었다.

- 『이상한 나라의 앨리스』 중에서

초등학교 5학년 국어 문제집에 토끼를 따라 굴속으로 떨어졌을 때 앨리스의 마음이 어땠는지 짧은 글로 써보라는 주관식 문제가 있었다. 한 아이가 답안지에 '앨리스는 무섭고 두려웠을 것이다'라고 썼다. 그리고 '신나고 즐거웠다'라는 답을 확인하고는 억울하다며 질문했다.

"선생님, 이때는 무섭고 두려운 것이 당연한 것 아닌가요?"

나는 아이에게 조심스럽게 물어 보았다.

"너, 이 작품 다 읽었니?"

"예."

"재미있었니?"

"아뇨, 하나도 재미없었어요."

"그럼, 어른들이 이 작품을 왜 읽으라고 하는지 생각해봤니?"

"……?"

『이상한 나라의 앨리스』는 영국의 수학자인 루이스 캐롤이 옥스퍼드 대학에 다닐 무렵 연구원으로 학장의 딸들인 앨리스의 가정교사 일을 하면서 들려주었던 재미있는 이야기를 엮어서 만든 책이다. 전 세계 아이들이 책이나 영화로 많이 접해서 웬만한 아이들은 다 그 내용을 알고 있다.

그런데 우리 교육에서는 이 작품을 문학의 쾌락적인 기능에 초점을 맞춰 가르치고 있는 것 같다. 이 책이 주는 교훈을 '기발한 발상과 뛰어난 상상력'이라는 이야기 구조에 따라 '재미와 상상력을 키워주는 소설'이라고 가르치는 경우를 많이 봤다.

물론 이 책이 아이들에게 상상력을 키워주고 독서의 재미를 심어

주기 위한 목적으로 집필된 것은 분명하다. 저자가 그렇게 밝혔기 때문이다. 하지만 이것은 어디까지나 원본을 그대로 받아들였을 때 가능한 일이다. 원본은 이야기를 이끌어 가는 상황설정이라든가, 수학을 재미있게 풀어주는 게임 등이 생생하게 그려져 있어 그 당시 아이들이 호기심을 갖고 재미있게 접할 수 있는 이야기 형식으로 이뤄졌다.

하지만 우리 아이들이 읽는 책은 우후죽순으로 의역한 책들, 아동용으로 줄거리 위주로만 간추린 책들이 대부분이다. 내용도 아이들이 재미와 흥미를 느끼기에는 이미 시대가 바뀌어 진부한 것들이 많다. 따라서 이렇게 '재미와 상상력을 키워주는 소설'이라는 식으로 접근하는 것만으로는 많은 문제가 있다.

"선생님, '앨리스가 동굴로 떨어졌을 때 기분이 어땠을까? 라는 문제
에 '무섭고 두려웠을 거' 라는 답이 왜 틀린 거예요?'

초등학교 5학년 국어문제 답안지에 '무섭고 두렵다'는 답은 틀렸다고 나오니까, 이해를 못 하겠다며 이렇게 질문을 한 학생이 있었다. 생각해 보자. 우리 아이가 내게 이렇게 질문한다면 뭐라고 대답하겠는가?

이 질문에 대답하려면 먼저 이 작품에 담겨 있는 비유와 상징을 분명히 이해하기 위해 문학작품의 감상법 네 가지를 적용해 봐야 한다.

① 작품만 보는 구조론적 관점

② 작가의 삶과 결부시키는 표현론적 관점

③ 독자에게 끼치는 영향을 살펴보는 효용론적 관점

④ 작품에 반영된 시대적 상황을 결부시키는 반영론적 관점

구조론적 관점 = 새로운 세상을 만나게 해주는 통로

구조론적 관점으로 볼 때 '동굴'이라는 장치는 고도의 예술미를 갖춘 중심 소재다. 작품 속에서 앨리스는 '동굴'을 통해서 새로운 세상을 만난다. 여기에서 '동굴'이 담고 있는 비유와 상징은 '새로운 세상을 만나게 해주는 통로'임을 알 수 있다.

표현론적 관점 = 미지의 세계에 호기심을 갖게 함

표현론적 관점으로 보면 작가인 루이스 캐롤이 누구인가? 아이들을 가르치던 가정교사였다. 작품은 작가의 상상력을 바탕으로 미지의 세계를 탐험하는 이야기로 이뤄져 있다. 앨리스가 만나는 세상 모두가 다 미지의 세계였고, 앨리스는 어떤 세계에 놓이더라도 전혀 두려움 없이 얼른 새로운 상황에 맞게 적응해 나갔다. 모든 새로운 상황에 흥미와 호기심을 갖고 적극적으로 대처해 나가는 도전적인 인물이다. 개척자 정신은 저절로 키워지는 것이 아니다. 끊임없이 미지의 세계에 대해 동경하고 도전하게 만드는 환경을 제공해 줘야 한다. 앨리스는 가정교사인 루이스 캐럴이 아이들에게 개척자 정

신을 키워주기 위해 가공한 인물이다.

효용론적 관점 = 개척자 정신을 키워주는 장치

효용론적 관점으로 보면 '동굴'의 의미는 더욱 분명해진다. 국어시간에 『이상한 나라의 앨리스』를 가르치는 이유는 무엇일까? 바로 아이들에게 앨리스처럼 새로운 환경에 처할 때마다 도전정신을 갖고 스스로 해결해 나가는 개척자 정신을 키워주기 위함이다. 그렇게 놓고 보면 '동굴'에 담긴 비유와 상징은 '새로운 세상을 만나게 해주는 통로'라는 것을 더욱 분명히 알 수 있다.

반영론적 관점 = 신대륙 개척에서 필요한 정신

반영론적 관점으로 보면 당시는 영국의 빅토리아 왕조 시대다. 신대륙 개척이 활발히 진행되면서 식민지 개척에 앞장을 선 영국이 해상왕국으로서 최고조의 국력을 과시하던 시기다. 영국은 국가적인 시책으로 정치와 경제, 문화, 교육 등 모든 분야에서 새로운 세계에 대한 탐험과 도전정신을 강조했다. 당연히 그 시대에 강조했던 개척자 정신이 이 책에 반영된 것이다. 이 책에서 '동굴'의 비유와 상징이 무엇인지 더욱 분명히 확인할 수 있다.

'토끼를 따라 굴속으로 떨어진 앨리스의 마음은 어땠을까?

이런 문제는 앨리스가 '동굴'을 통해 '새로운 세계'를 만났을 때 어떤 행동을 보였냐고 묻는 동시에, 이럴 때 앨리스의 행동에서 무엇을 배워야 하는지 챙겨보게 하는 문제라고 봐야 한다. 즉 독자로서의 솔직한 감정을 묻는 것이 아니라, 앨리스한테 따라 배워야 할 행동과 마음가짐에 대해 묻는 것으로 봐야 한다.

작품에서 앨리스는 무섭고 두려워하지 않았다. 새로운 세계에 호기심을 갖고 당당하게 풀어 헤쳐 나갔다. 이것은 아이들이 따라 배워야 할 자세다. '무섭고 두려웠을 것이다'라고 솔직히 자신의 감정을 표현한 것은 틀린 답일 수밖에 없다. 앨리스를 통해 배워야 할 자세를 물은 것이지, 자신의 솔직한 감정을 답하라는 문제가 아니기 때문이다.

아이에게 이것을 잘 설명해서 이해할 수 있도록 해줘야 한다. 그렇지 않으면 아이는 자신이 생각한 것이 답이라고 여기고, '역시 책은 현실과 달라'라는 잘못된 고정관념에 빠질 수가 있다.

'앨리스라면 어떻게 했을까?' 라는 비유와 상징이 주는 힘

아이들에게 〈앨리스의 동굴〉을 활용한 〈나만의 동굴〉을 발표하는 시간을 가졌을 때의 일이다.

"선생님, 저는 사람을 처음 만나면 괜히 두려워지는데, 이것도 동굴과 같은 건가요?"

"그렇지! 당장 친구들한테 물어보자."

이렇게 말하고 얼른 전체 학생들에게 물어보았다. 각자 두려움을 느끼는 것이 다르다는 것을 보여주기 위함이었다.

"여러분 중에 사람을 처음 만날 때 두려움을 느끼는 사람 있으면 손 들어 볼래?"

15명 중에 손을 든 친구는 반이 넘지 않았다. 나는 얼른 손을 들지 않은 학생에게 물어 보았다.

"너는 왜 손을 안 들었지?"

"저는 사람을 처음 만나면 어떤 사람일까 궁금한데요."

"그래? 그럼, 너는 어떤 때가 두려운데?"

"성적표 나올 때요."

"왜?"

"엄마한테 혼날까 봐 두려워요."

"그럴 수 있겠네. 그럼 또 확인해 볼까? 여러분 중에 성적표 나올 때가 두려운 사람은 손 들어볼래?"

이번에 손을 든 친구는 두 명에 지나지 않았다. 손을 들지 않은 학생에게 물어 봤다.

"너는 왜 손을 안 들었지?"

"우리 엄마는 성적 갖고 뭐라고 안 그래요. 두려울 거 없어요."

"그래? 그럼 넌 뭐가 두려운데?"

"저는 노래를 못해서 친구들이 노래방 가자고 할 때가 두려워요."

"하하하."

이런 시간을 통해 아이들은 서로 무서워하는 것이 다르다는 것도 알게 되면서, 자연스럽게 내가 무서워하는 것이 다른 사람 입장에서는 별것도 아닌 것처럼 보인다는 것을 깨닫게 된다.

누구나 두려움을 만났을 때는 도망치고 싶어한다. 하지만 두려움은 도망친다고 벗어날 수 있는 것이 아니다. 더구나 그 두려움의 실체가 일상에서 꼭 해야만 할 일에서 만나는 것이라면 어떻게든 극복해야 한다. 특히 '사람을 처음 만났을 때', '성적이 안 나와 엄마에게 혼나야 할 상황일 때', '노래방에 가서 노래할 차례가 되었을 때' 만나는 두려움은 어떤 식으로든 극복해야 한다. 이럴 때 한번 속으로 나직이 새겨보자.

"이때 앨리스라면 어떻게 했을까?"

이렇게 생각하는 것만으로 새로운 환경에 처할 때마다 호기심을 갖고 당당하게 대처해 나가는 앨리스의 모습이 그려질 것이다. 자신도 모르게 앨리스처럼 당당하게 대처하고 싶은 용기가 솟는 것을 느낄 것이다. 이것이 바로 『이미지 독서코칭』의 핵심이다.

※ 나의 동굴 찾기 연습

나의 동굴을 찾는 시간을 가져보자. 남들이 하는 것이라 나도 꼭 해야

하는데, 두려움 때문에 못 하는 것이 있다면 다음 빈 칸에 글로 써보고,

'앨리스라면 어떻게 했을까?'를 생각하며 앨리스라면 실제로 어떻게 했

을지를 글로 써보는 시간을 가져보자.

나의 동굴은 무엇인가?

나의 동굴은

_____

_____

_____

_____

이때 앨리스였다면 어떻게 했을까?

_____

_____

_____

_____

_____

_____

중2 학생들에게 '나의 동굴찾기' 실습을 했다. 자신의 경험 중에 앨리스가 동굴에 떨어진 것과 같은 상황을 구체적인 사례를 들어 한편의 글로 완성시켜 보라고 했다. 한 학생이 이렇게 썼다.

나의 동굴은 무엇인가?

나의 동굴은 <u>초등학교 5학년 때 아빠가 돌아가신 일</u>이라고 생각한다. 그때 병원에서 아빠가 돌아가셨다는 사실을 알았을 때 얼마나 무서웠는지 모른다. 나는 그때 말도 못하게 울었다. 그때 앨리스였다면 어떻게 했을까? 지금 생각해보니 그때 내가 <u>앨리스의 동굴만 알았다면 그렇게 슬퍼하고 무서워하지는 않았을 것 같다. 며칠 동안 슬퍼하며 어떻게 할지 몰라 투정을 부리며 엄마를 더 힘들게 하지는 않았을 것이다.</u> 이제 아빠가 돌아가신 지 어느덧 4년이 되어 간다. 지금도 아빠 보고 싶어서 울 때가 많지만 <u>그때마다 '앨리스라면 어떻게 했을까?' 라고 생각하면서 마냥 울지만은 않을 것이다. 그리고 앞으로 내 앞에 어떤 상황이 오더라도 앨리스처럼 당당하고 자신있게 살아가야겠다고 다짐해본다.</u>

아이들은 많은 사연을 털어놓았다. 동굴과 아버지가 돌아가신 상황을 연결시킬 수 있는 것은 정말 힘든 일인데, 이 학생은 그것을 떠올렸고, 앨리스의 정신을 받아 그것을 극복하겠다는 의지를 밝혔다.

어떤 아이는 자신의 동굴로 새학기를 들었다. 누구는 새학기를 설렘으로 맞지만, 누구에게는 정말 낯선 두려움으로 맞을 수 있다는 것을 알게 해주는 글이다.

나의 동굴은 새학기마다 반이 바뀌는 것이 아닐까 생각한다. 중학교에 입학하고 나는 한동안 친구를 사귀지 못했다. 괜히 자신이 없어서 말을 함부로 걸지 못했기 때문이다.

이때 앨리스였다면 어떻게 했을까? 정말로 앨리스가 부럽다는 생각도 들었다. 앨리스는 내가 초등학교 때 가장 재미있게 읽었던 책이다. 지금 생각해보니 앨리스는 내가 못하는 것을 할 수 있어서 좋아했던 것 같다. 정말 동굴에 떨어졌을 때 나라면 무서워서 아무 것도 할 수 없었을 텐데, 앨리스는 정말 용감하게 잘 해낸 것 같다. 빨리 나도 앨리스처럼 용기를 가질 수 있었으면 좋겠다.

앨리스의 비유와 상징으로 창의력 키우기

『이미지 독서코칭』은 부모가 먼저 솔선수범을 보여야 한다. 그렇지 않으면 아이들은 부모가 하는 소리를 잔소리로 듣기 십상이다.

다음 사례들은 〈앨리스의 동굴〉 찾기를 솔선수범한 어머니들의 이야기다. 『이미지 독서코칭』의 효과를 보여주는 좋은 사례들이다.

나도 아이도 앨리스처럼 살기 위하여

"엄마도 다른 사람들 앞에서 발표하는 게 떨려서 그 상황이 싫을 때가 많아."

"엄마도 그래?"

"응, 엄마도 그래. 그런데 그때마다 앨리스 누나를 생각하며 그냥 발표를 해보는 거야. 그러니까 정말로 용기가 생기고, 못했어도 다음에 잘 해야지 하는 마음이 생기더라고."

"……."

아이가 내 말을 다 알아 들었을 거라고는 생각하지 않는다. 하지만 아이도 뭔가 느끼는 게 있는 표정을 지어 보였다. 요즘 들어 아이와 진지한 대화를 나누는 시간이 많아지면서 아이와 거리가 더 가까워지는 것을 느낄 수 있었다.

발표를 두려워하는 아이를 보면서 내 어릴 적 시절이 생각나 안타까웠다. 내 아이만큼은 무슨 일이든 두려워하지 않고 도전하는 앨리스처럼 되었으면 하는 바램과 나 또한 그렇게 되고 싶은 소망을 담아 본다. 그러기 위해서는 나부터 앨리스의 마음을 가지고 새로운 상황에 긍정적이고 적극적으로 대처해나가는 자세를 익혀야 하리라 다짐해 본다.

- 춘천시 김○○

어머니는 첫 시간에 발표하는 것을 굉장히 어려워했다. 차분하고 말도 거의 없으면서 수업 시간에 간혹 엷은 미소를 지어 보이는 것이 전부였다. 그런데 〈앨리스의 동굴〉 이야기를 접하면서 점차 적극적인 모습을 보였다. 그런 중에 아이도 자신을 닮아 발표하는 것을 두려워한다는 것을 알고, 그것을 극복시켜 주기 위해 엄마인 내가 먼저 발표에 대한 두려움을 극복하기 위해 더욱 노력해야겠다고 결심하고 실천했다고 한다. 아이와 수시로 대화하면서 그렇게 스스로 노력하는 모습을 보이니까 아이도 어느 시점부터 달라지기 시작했다고 한다.

"엄마, 나도 이제 엄마처럼 발표해 보려고 노력할게. 그럼, 나도 이제 앨리스처럼 되는 거지?"

그 말을 전하면서 큰 성취감을 느낀 표정을 지었던 어머니의 모습이 아직도 두 눈에 선하기만 하다.

나는 딸아이를 보면서 며칠 전에 있었던 이야기를 상기시켰다. 딸에게 앨리스처럼 용기있게 한 행동을 칭찬해주면서 그 마음을 계속 유지시켜 주고 싶었다.

"기억 나니? 너도 앨리스처럼 용기있게 행동했던 적이 있었는데?"

아이는 놀이공원에 체험활동을 하다가 엄마를 잃어버렸다가 찾았던 경험을 기억하고 있었다.

"그때 무서웠지?"

"너무 무서웠어. 하지만 내가 잃어버렸던 곳에 있으면 엄마가 찾으러 올 거라고 생각하고 기다렸어."

짧은 순간이었지만 엄마가 보이지 않아 많이 무섭고 두려웠을 텐데, 엄마가 언젠가 올 것을 믿고 처음 헤어진 곳으로 가서 자리를 지켜준 딸이 고마웠다. 나는 딸에게 그때 이야기를 하며 머리를 쓰다듬었다.

"그때 정말 잘했어. 언제라도 갑자기 어둡고 무섭고 힘든 상황이 벌어진다면 그때처럼 침착하게 생각하고 행동해야 돼."

아이가 씩 웃으며 말했다.

"엄마, 그럼 저도 앨리스인가요?"

"그래, 너 그땐 정말 멋진 앨리스였어."

나도 아이도 서로 마주 보고 환하게 웃었다. 우리는 이렇게 앨리스 이야기로 웃음꽃을 피우고 있었다.

- 춘천시 오○○

일상에서 〈앨리스의 동굴〉을 공유하며 생활의 지혜로 활용하는 어머니의 모습이 정겹게 다가온다. 『이미지 독서코칭』에서 중요한 것은 칭찬과 격려다. 독서경험을 현실에 활용해서 칭찬을 해주면 아이들은 부모와 유대감을 갖기 위해서라도 책을 가까이 한다. 그렇게라도 엄마의 칭찬을 듣고 싶어하기 때문이다. 놀이공원에서 처음으로 길을 잃은 상황에서 차분하게 행동한 아이를 칭찬해주며, 〈앨리스의 동굴〉로 아이에게 독서의 동기부여를 해주는 어머니의 모습이 정겹게 다가온다. 독서체험을 공유하며 일상에서 소통하며 활짝 웃는 엄마와 아이의 모습이 『이미지 독서코칭』의 미래를 밝혀주고 있다.

이제 여러분도 시도해 보자.

"나의 동굴은 무엇인가?"

앨리스를 떠올리며 이렇게 생각해 보고, 이게 나의 동굴이 아닐까 싶으면 얼른 나직이 되뇌어 보자.

"이럴 때 앨리스라면 어떻게 했을까?"

분명히 『이미지 독서코칭』의 큰 효과를 경험하게 될 것이다.

나의 비단비늘은 무엇인가?
내가 비단잉어라면 어떻게 해야 할까?

『무지개 물고기』의 이미지 독서코칭

비단잉어가 자신의 아름다운 비늘을 자랑하고 있었다. 그것
을 보고 물 속 친구들이 비단잉어에게 말했다.

"내게도 너의 아름다운 비늘 좀 줄 수 있니?"

"싫어!"

비단잉어는 그때마다 친구의 부탁을 냉정하게 거절했다.

그러자 친구들이 하나둘 비단잉어에게서 떨어져 나가기 시
작했다. 비단잉어는 이제 아무도 놀아주는 친구가 없었다.

친구들로부터 따돌림을 당한 비단잉어는 괴로워하다 메기
할머니를 찾아 갔다. 메기 할머니는 비단잉어에게 말했다.

"친구들이 달라는 대로 비늘을 줘 봐. 그러면 더 큰 행복을

느낄 수 있을 거야."

그 말을 듣고 비단잉어는 친구들이 달라는 대로 비단비늘을 떼어서 주기 시작했다. 그러자 친구들이 비단잉어를 사랑하기 시작했다.

비단잉어는 비단비늘을 혼자만 갖고 있을 때보다 친구들에게 나눠 줄 때 더 큰 기쁨이 있다는 것을 알고, 이후에도 친구들이 달라는 대로 자신의 비늘을 떼어 주며 말할 수 없는 행복감을 느끼기 시작했다.

- 마르쿠스 피스터, 『무지개 물고기』 줄거리

어떤 어머니가 이 동화를 보여 주면서, 아이에게 어떻게 독서코칭을 해야 하냐며 질문을 해왔다. 나는 다른 어머니들은 어떻게 생각하는지 궁금해서 수강생 전체를 향해 공개질문을 했다.

"이 동화가 아이들에게 주는 교훈은 무엇일까요? 실제로 내 아이가 이 동화를 읽고 이 이야기의 주제가 뭐냐고 물어보면 뭐라고 대답을 해줘야 할까요?"

많은 대답이 쏟아져 나왔다.

"좋은 것이 있으면 나눠 가져야 한다."

"아무리 좋은 것도 혼자 갖고 있으면 쓸모가 없다는 것을 알아야 한다."

"베풀며 사는 삶이 행복하다는 것을 알아야 한다."

이렇게 여러 가지 의견을 들은 다음에 아이들과 수업할 때 실제로 아이들에게 들었던 질문을 사례로 제시하며 다시 공개질문을 했다.

"'엄마, 비단잉어한테 비늘은 굉장히 중요한 거잖아? 이런 식으로 비늘을 다 떼어주다가 나중에 죽게 되면 어떻게 하지?'라고 아이가 되묻는다면 그때는 또 어떻게 대답하시겠습니까?"

"……."

갑자기 강의실이 조용해졌다.

"또 만약에 내 아이가 이 책을 읽고, 어머니들이 말씀하신 교훈대로 학교에 새 학용품을 가지고 갔는데, 친구들이 달라고 하자 그대로 다 주고 온다면 어떻게 하시겠습니까?"

"……?"

"또 내 아이가 용돈을 갖고 나갔는데 친구들이 사 먹고 싶은 게 있다고 돈을 달라고 했을 때 이 책의 교훈대로 달라는 대로 다 주고 온다면 어떻게 하시겠습니까?"

재차 질문을 던지자 많은 분들이 심각한 표정을 짓기 시작했다.

"베풀며 사는 것이 행복하다."

"아무리 좋은 것도 혼자 갖고 있으면 쓸모가 없으니까 나눠 가질 수 있어야 한다."

물론 교훈을 이렇게 추상적으로 정리하는 것도 중요한 일이다. 하지만 이런 식으로 정리한 교훈을 지식으로 습득하는 것만으로는 독서체험을 현실의 지혜로 활용하기가 힘들다. 독서는 단순히 지식의 습득만으로 그치는 것이 아니라 삶의 지혜를 터득해가는 과정이 되어야 한다. 책 속에 담겨 있는 이야기와 현실이 별개의 것이 아니라는 것을 먼저 인식시켜야 한다.

『이미지 독서코칭』은 책을 읽어서 얻은 간접 경험을 구체적인 현실에 적용할 수 있도록 하는 것이다. 그래야 아이가 책 속의 이야기가 곧 자신이 수없이 겪고 있는 현실에서 비슷하게 일어날 수 있는 일이고, 독서경험을 잘 살리면 자신에게 닥친 문제를 해결하는데 도움을 얻을 수 있다는 것을 실감하게 할 수 있다.

그렇다면『무지개 물고기』의 주제를 어떻게 현실에 구체적으로 활용할 수 있을 것인가?
어떻게 하면 비단잉어의 이야기가 동화 속에나 있음직한 이야기가 아니라 바로 내가 살고 있는 현실 속의 이야기라는 것을 아이에게 알려 줄 수 있을 것인가?
어떻게 하면 아이가 이 이야기를 통해서 생활 속의 지혜를 터득해 나갈 수 있도록 지도할 수 있을 것인가?

문학은 현실을 이어주는 힘

"에이, 이건 소설 속에나 있음직한 이야기야."

"소설이니까 가능한 이야기지, 이게 말이나 돼?"

우리 주변에는 이런 생각으로 문학의 중요성을 깎아내리는 경우가 많다. 심지어 문학작품 읽는 것을 시간낭비라고 여기는 사람도 있다. 특히 시간에 쫓기는 수험생이나 어른들이 그렇다.

아이들은 교과서에 실려 있는 문학작품을 다 읽기도 전에 문제집에 요약되어 있는, 시험에 나올 만한 내용에 대해서만 밑줄을 그어가며 암기를 하고 있다. 문학과 현실을 동떨어진 것으로 여기는 아이들은 수능에서 문학작품을 아예 포기하는 경우도 있다. 이런 아이들에게 우리는 무엇보다 문학작품이 현실과 밀접하게 이어져 있다는 것을 이해시켜줘야 한다. 문학작품의 현실적인 이해를 강조하는 『이미지 독서코칭』이 필요한 이유가 여기에 있다.

구체적인 상황을 제시하라

사람은 똑같은 사물을 보고도 자기 기질과 성향에 따라 생각하는 것이 다르게 나타난다. 기질과 성향의 따라 비유와 상징을 금방 이해하는 사람과 쉽게 이해하지 못하는 사람으로 나뉘기도 한다. 나는 어떤 기질과 성향의 사람인지 점검해 보자.

"'사과'하면 제일 먼저 떠오르는 단어가 무엇인가?"

여러분도 여기에서 잠시 생각해 보자. 그리고 떠오르는 단어 몇 개를 그대로 적어보자. 나는 어떤 유형의 사람일까?

※ '사과' 하면 연상되는 단어

"과일, 빨간 색, 맛있겠다……."

이렇게 사과를 생각하면 바로 떠올릴 수 있는 직접적인 단어를 떠올린 사람들은 실제의 경험을 중시하며, 정확하고 사실적인 판단을 중요하게 여기는 사람들이다. 비유와 상징을 활용한 표현보다 사실적인 표현을 더 잘 하는 사람들이다.

"엄마, 비단잉어한테 비늘은 굉장히 중요한 거잖아? 이런 식으로 비늘을 다 떼어주다가 나중에 죽게 되면 어떻게 하지?"

사실적인 이해에 치우쳐서 이런 식의 질문을 하는 유형으로 비단 잉어의 행동을 쉽게 이해하지 못하는 성향일 확률이 높다.

"백설공주, 에덴동산, 금단의 열매……."

이런 단어들을 주로 쓴 사람들은 육감이나 영감을 중요하게 여기며 비유와 상징을 활용한 표현에 익숙한 사람들이다. 문학적이고 감수성이 강하고 비약적인 표현을 잘 하는 사람들이다. 비교적 문학작품에 들어 있는 비유와 상징을 잘 이해하는 편이다. 따라서 이와 같은 사람들은 『무지개 물고기』가 친구들에게 비단비늘을 나눠주고 행복감을 느꼈다는 것이 무엇을 의미하는지 알 확률이 높다.

둘 중에 어느 것이 좋고 어느 것이 나쁘다고 할 수는 없다. 자신이 어떤 스타일인지 알고, 자신과 다르게 생각하는 사람이 있다는 사실을 인식하고, 차이를 극복하려고 노력하는 것이 중요하다.

『이미지 독서코칭』에서 비유와 상징을 구체적인 상황과 결부시켜 다뤄야 하는 이유가 여기에 있다. 문학작품에서 비유와 상징을 올바로 이해하지 못하면 『무지개 물고기』는 그냥 꾸며낸 이야기일 뿐이고, 말 그대로 이야기 속에서나 가능할 뿐이다. 현실에 전혀 보탬이 안 되는 이야기일 뿐이다. 그야말로 '이야기 따로, 현실 따로'가 되어서 '이런 책을 왜 읽어야 하나?'라는 생각을 심어줄 수 있다.

그렇다면 『무지개 물고기』에서 비단잉어에게 비단비늘이 의미하는 것은 무엇이고, 삶 속에서 비단비늘과 같은 역할을 하는 것은 무엇일까?

먼저 상황을 그대로 옮겨 보자. 비단잉어는 친구에게 없는 화려한 비늘이 있었다. 친구들은 모두 그것을 부러워했다.

이제 배경을 학교 교실로 옮겨 놓고 이와 비슷한 현실을 떠올려보자. 이러면 이 이야기 속에 담겨 있는 비유와 상징을 다음과 같이 정리할 수가 있다.

비단비늘 = 친구에겐 없고 나만 갖고 있는 것

이렇게 비단비늘의 원관념으로 '나만 갖고 있어서 친구가 부러워할 만한 것, 또는 친구만 갖고 있어서 내가 부러워할 만한 것'이라고 짚어주면 아이들은 아이들은 금방 알아 듣는다. '비단비늘'이 의미하는 것은 아이의 상황과 처지에 따라 다를 수밖에 없다. 어떤 아이에게는 돈이 될 수도 있고, 혹은 누구나 탐내는 학용품일 수도 있고, 또는 남들보다 특별한 소질이 될 수도 있으며, 남들이 갖지 못한 장난감일 수도 있다.

아이들을 상대로 한 독서코칭 시간에 실제로 이 이야기를 들려주고, 비단잉어처럼 좋은 것을 혼자만 갖고 있어서 친구들에게 미움을 받았던 적이 있냐고 질문을 던진 적이 있다. 그러자 수업에 적극적인 아이들은 금방 말뜻을 알아차리고 금방 이런 식으로 대답을 했다.

"저는 장난감 때문에 그랬던 적이 있어요."
"저는 과자 때문에 그런 적이 있어요."

그래서 이렇게 물어 보았다.
"그러면 그때 어떻게 하는 것이 가장 좋을까? 비단잉어처럼 친구들에게 나눠주는 것이 좋을까, 아니면 혼자만 갖고 있다가 친구들에게 미움을 받는 것이 좋을까?"
"에이, 선생님. 지금 저희를 무시하는 거예요? 당연히 비단잉어처럼 나눠주는 것이 좋죠."
비유와 상징에 대한 이해도가 높은 아이들은 이처럼 금방 알아든는다. 이런 아이들만 데리고 수업을 한다면 정말 편하다. 그런데 현실이 어디 그런가? 비유와 상징에 대한 이해도가 낮은 아이들은 이렇게 질문을 하곤 한다.

"선생님, 비단잉어는 비단비늘이 없으면 죽게 되잖아. 정말 그렇게까지 다 줘야 하는 거예요?"

그때는 먼저 아이의 성향을 이해하고, 비유와 상징을 이해시키는데 마음을 기울여서 알아듣기 쉽게 알려 줄 수 있어야 한다.

"물론 네 말대로 비단비늘이 없으면 비단잉어는 죽을지 모르지. 하지만 이 이야기에서 비단비늘은 그런 것만은 아니야. 비단잉어에게는 있지만 다른 친구들에게는 없는 것을 의미한다고 볼 수 있어. 다른 친구들도 갖고 싶어 하는데 비단잉어가 혼자만 갖고 자랑만 하니까 친구들에게 미움을 받을 수밖에 없는 거잖아. 예를 들어 너는 장난감이 많고 다른 친구들은 없는데, 그 장난감을 너 혼자 갖고 놀면 어떤 일이 생길까?"

"저는 그런 적 없어요."

"그러면 너는 예쁜 지우개를 갖고 있고 다른 친구들은 없는데, 네가 그 지우개를 혼자만 쓰면서 자랑만 한다면 어떤 일이 생길까?"

"......?"

이런 식으로 이야기를 하면 웬만한 아이들은 거의 다 이와 비슷한 경험을 갖고 있기에 다 알아듣고 이와 비슷한 사례로 자신의 경험담을 들려준다. 그 이야기를 잘 들어주다 보면 의외로 아이가 학교에서 안고 있는 고민을 풀어주는 계기가 될 수도 있다.

아울러 작품에 담긴 비유와 상징을 생각하는 과정에서 두뇌를 쓰게 되고, 어떤 책을 읽더라도 비유와 상징을 찾는 노력을 기울이는 과정에서 스스로 생각하는 힘을 키우게 된다. 즉 독서를 하면서 두뇌를 적극적으로 활용하면서 창의적 사고 역량을 갖춘 인재로 성장하게 되는 것이다.

나의 고릴라는 무엇일까?
내가 존이라면 어떻게 해야 할까?

『지각대장 존』의 이미지 독서코칭

존은 날마다 공부하러 학교에 간다. 그런데 학교 가는 길에서 생각지 않았던 악어, 사자, 파도 등을 만나서 자꾸만 지각을 하게 된다. 그때마다 존은 선생님에게 지각한 이유를 말하지만 선생님은 "그런 일은 있을 수 없어."라며 존의 말을 무시하고 벌을 주곤 한다. 그러던 어느 날 존이 학교에 왔을 때 선생님은 고릴라에게 붙잡혀 있었다. 선생님은 존을 보고 고릴라에게 잡혀 있으니 도와 달라고 한다. 그러나 존은 선생님의 말을 들은 척도 하지 않고 "그런 일은 있을 수 없어요."라며 무시해 버린다.

- 존 버닝햄, 『지각대장 존』 줄거리

존 버닝햄의 『지각대장 존』은 엄밀히 말하자면 아동용이라기보다는 어른용, 그 중에서도 특히 아이를 가르치는 입장에 놓여 있는 어른들을 위한 그림책으로 봐야 한다.

자신이 알고 있는 상식에 사로잡혀 새로운 환경에 처해 있는 아이들의 말을 있는 그대로 믿지 못하는 권위적인 선생님들이 타산지석으로 삼아 어떻게 하는 것이 참교육인지 생각해보는 자리를 마련해주는 책이다.

자신의 실제 경험을 확인도 안 해주는 선생님께 무시당하고, 지각했다고 혼날 때마다 점점 작아지는 존의 모습을 보면서, 진정으로 어떻게 가르치는 것이 아이를 위한 올바른 교육인지 생각해 봐야 한다.

세상은 엄청난 속도로 변하고 있다. 그런데 선생님과 같은 어른들은 아이들에 비해 이런 변화에 익숙하지 못하다. 그래서 어떤 현상이 벌어지면 있는 그대로 받아들이고, 그 상황에 적응하려 노력하기보다는 자신이 기존에 알고 있는 잣대로 판단하려 들고, 자신의 잣대로 상황을 재단하려 드는 경우가 많다.

이런 선생님이나 부모를 만난 아이들은 그 피곤도가 극에 달한다. 이런 선생님이나 부모들이 먼저 이 책을 보고 존이 등굣길에 만난 것들이 의미하는 비유와 상징이 무엇인지 이해해야 한다.

존이 학교 가는 길에 만난 것은 실제의 악어나 사자일 수도 있지만, 그의 상상력이 빚어낸 가공의 현실일 수도 있다. 또는 현실 속에서는 돈을 요구하는 불량배일 수도 있고, 도움을 요청하는 환자일 수도 있고, 온갖 유혹으로 등굣길을 방해하는 오락물이나 호기심의 대상일 수도 있다. 어른들은 이해하지 못하는 그 무엇을 비유와 상징으로 표현한 것일 수 있다.

이 책에서 중요하게 다루는 것은 아이가 말하는 것을 있는 그대로 듣고, 아이의 입장에서 한번이라도 생각해보려는 노력을 하지 않고, 무조건 자신의 잣대로 혼부터 내는 선생님의 교육태도다.

저자가 이 책을 통해서 말하고자 했던 주제의식은 바로 이 부분에 있다. 이 책은 작가의 원래 의도대로라면 아이를 가르치는 선생님이나 부모님들이 먼저 읽어야 할 책이다.

그런데 현실은 어떤가? 그림책이라는 이유로 어른들은 손을 대지도 않고, 아이들만 읽게 하는 경우가 많다.

모든 책이 다 그렇지만 특히 아동용 그림책 중에는 우리가 세심한 배려를 기울이지 않으면, 오히려 아이들을 잘못된 방향으로 이끌어가는 내용을 담은 책들이 많다. 부모들이 『지각대장 존』을 아동용 책이라고 아이들에게 읽히기만 해서는 안 되는 이유가 바로 여기에 있다.

『지각대장 존』은 앞에서 살펴본 바와 같이 어른들에게 전달하는 주제의식이 강한 책이다. 그러다 보니까 아이들이 읽고 소화하기에는 주제가 어렵기도 하지만, 자칫 아이들에게 주관적 경험을 일반화시키는 잘못된 인식을 심어 줄 위험성도 내포하고 있다.

실제로 한 어머니가 이런 질문을 했다.

"아이가 책을 읽고 나서 존의 선생님은 참 나쁜 선생님인데, 존이 복수를 해줘서 통쾌하다고 했어요. 그러면서 '엄마는 어땠어?'라고 하는데 이럴 때는 어떻게 하면 좋죠?"

"그래서 어떻게 했는데요?"

"엄마도 그렇게 생각한다고 말해줬죠. 존의 말을 듣지 않은 선생님이 잘못한 건 분명하잖아요? 저도 그런 선생님은 벌을 받아야 한다고 생각했기 때문이에요."

"그렇죠? 물론 그 책의 선생님만 놓고 볼 때는 그럴 수 있죠. 하지만 그렇게 아이의 말에 동조만 하고 끝내 버리면 나중에 뭔가 문제가 생기지 않을까요?"

"저도 그 상황에서 어떻게 해야 할지 몰라서 아이의 말에 그냥 동조해줬는데, 아무리 생각해 봐도 뭔가 아닌 것 같아서 질문을 드리는 겁니다. 설마 이 책의 주제가 '아이의 말을 안 들어주면 나중에 똑같이 복수를 당하게 해야 한다.'는 것은 아닐 거잖아요. 그래서 아이가 이렇게 말했을 때 뭐라고 대답을 해줘야 할지 몰라 답답해서 이렇게 질문드려 보는 겁니다. 그런 상황에서는 제가 어떻게 대답을 해줘야 했을까요?"

　정말 곰곰이 생각해볼 문제다. 만약에 내 아이가 『지각대장 존』을 읽고 나한테 이렇게 물어 온다면 어떻게 대답해 줘야 할까? 단순히 책 내용만을 갖고 생각할 것이 아니라 존과 선생님과의 관계에 중점을 두고, 생활 속에서 학생과 선생님 사이에 이와 비슷한 상황이 벌어졌을 때 어떻게 해야 할지, 여러 가지 상황을 설정해 가며 접근해야 한다.

　정말 어떻게 대답해야 할까?

주관적 경험의 일반화를 경계해야 한다

　우리는 주변에서 개인적인 경험을 바탕으로 세상일을 판단하는 사람들을 많이 접한다. 그들은 주로 주관적인 경험을 일반화해서 세상을 비딱하게 보는 경향이 많다. 이런 사람들은 자신의 주관적 경험으로 전체를 매도하는 경우가 많기 때문에 다른 사람들의 의견이나 주장은 귀담아 듣지도 않는다.

　"내가 음식점에서 봤는데 스님들 중에 고기 안 먹는 사람은 없어."
　"내가 교회에 다니며 봤는데 목사들은 입만 살아 있는 사기꾼이야.

입만 열었다 하면 돈 타령이야."

"내가 한번 당했었는데 요즘 선생님들은 노골적으로 촌지만 밝히
는 돈벌레들이야."

이런 사람들은, 세상에는 고기 한 점 입에 대지 않고 수행하는 스
님이 많은 현실과 예수님 말씀대로 오른손이 하는 일을 왼손이 모르
게 사랑을 실천하는 목사들이 많다는 현실, 어려운 환경에서도 학생
들을 위해 헌신하는 선생님들이 더 많기 때문에 우리 사회가 유지되
고 있다는 현실을 받아들이지 못한다.

자신의 주관적 경험이 이 세상에서 벌어지고 있는 일들의 극히 일
부분에 불과할 뿐이라는 사실을 인정하지 못하고, 부분으로 전체를
싸잡아 매도하는 잘못을 범하고 있다.

『지각대장 존』을 읽은 아이가 선생님이 고릴라한테 잡혀가는 모
습을 보고 통쾌하다고 할 때 "나도 그렇다."고 섣불리 맞장구만을 칠
수 없는 이유가 바로 여기에 있다. 맞장구를 치다간 내 아이가 자칫
'학생의 말을 들어주지 않는 선생님은 벌을 받아야 한다'는 생각을
뇌리에 새기게 될 수 있기 때문이다.

어쩌다 고기 먹는 스님을 보고 전체 스님을 매도하는 것처럼, 사기
를 친 목사에 대한 기사 하나로 전체 목사를 욕하는 것처럼, 촌지 받
는 선생님 이야기 하나 들은 것으로 전체 선생님을 헐뜯는 것처럼

주관적 경험으로 전체를 매도하는 아이로 성장할 위험이 있는 것이다.

이런 아이가 무슨 일이 생기면 자신이 한 행동의 옳고 그름을 따지기에 앞서 자신을 이해하지 못하고 자신의 말을 들어주지 않는 선생님은 무조건 벌을 받아야 한다는 잘못된 생각으로, 잘못을 지적하는 선생님한테 두 눈 동그랗게 뜨고 대드는 버릇없는 아이가 될 수 있다.

그런 점에서 『지각대장 존』을 읽은 아이가 "엄마, 나쁜 선생님이 벌을 받으니까 통쾌하지?"라고 묻자, "그래, 엄마도 그렇게 생각해."라고 해놓고는 "이럴 때는 어떻게 하면 좋으냐?"고 질문을 한 어머니의 행동은 우리에게 시사하는 바가 크다.

적어도 이 어머니는 그 순간 아이에게 더 좋은 방향으로 독서코칭을 해주지는 못했어도 무엇이 문제인가는 느낌으로나마 인식할 수 있었기 때문이다.

그렇다면 『지각대장 존』을 읽은 아이가 '평소에 학생의 말을 안 들어주는 선생님은 무조건 나쁘다'는 식의 편견을 갖지 않게 하려면 어떻게 해야 할까? 어떻게 해야 아이가 주관적 경험을 일반화해서 부분으로 전체를 매도하는 오류에서 벗어나게 할 수 있을까?

먼저 처음에 아이의 감정을 존중해서 우선적으로 "그래, 엄마도 그렇게 생각해."라고 맞장구를 쳐주는 것은 좋은 방법이다. 아이의 잘못된 생각을 고쳐준다는 욕심으로 아이의 감정을 무시하고 가르치려 든다면 오히려 역효과가 날 수 있다.

이것을 분명히 인식하고, 다음과 같이 아이와 대화를 시도하며 『이미지 독서코칭』을 시도하는 것이 좋다.

존과 고릴라가 의미하는 비유와 상징은?

『지각대장 존』의 내용만 보면 학생인 존의 말을 들어주지 않은 선생님의 잘못이 분명하다. 실제로 고릴라가 출현했기 때문이다. 하지만 현실에서 이런 일은 있을 수 없다.

따라서 이 작품에 주요 사건과 배경, 그리고 등장인물의 의미하는 비유와 상징을 찾아봐야 한다.

사건 : 상습 지각생 존과 고지식한 선생님의 갈등

존 : 상습 지각생

선생님 : 고지식한 선생님

고릴라 : 돌발상황

문제상황 : 존과 선생님과 의소소통이 이뤄지지 않음

먼저 이렇게 『이미지 독서코칭』의 기본을 점검하고, 이제 아이들이 이런 것에 대해 이해할 수 있도록 대화를 시도하는 것이 좋다.

"너희들 중에 존처럼 매일 지각하는 사람은 없니?"

"선생님이라면 이런 학생을 어떻게 대해야겠니?"

다음에는 학생과 선생님의 입장에서 각자 생각해 보게 하고, 이제는 이로 인해 생길 수 있는 문제를 해결할 방안에 대해서 각자의 의견을 발표하게 해보는 것이 좋다.

"네가 존이라면 매일 선생님한테 혼났다면 어떻게 하겠니?"

"선생님은 많은 학생을 대하게 되잖아. 너희 반에 존처럼 매일 지각하는 아이는 없니? 혹시 있다면 너는 그 아이의 행동에 대해 어떻게 생각해?"

"존의 말을 무시한 선생님이 잘못한 것은 사실이야. 하지만 선생님은 왜 존의 말을 믿지 못했을까? 존이 평상시에 믿음직한 학생이었어도 그랬을까?"

이쯤 되면 아이도 현실에서 존과 같은 아이와 고릴라를 만났다고 말하는 상황이 무엇인지 얼른 알아차린다. 학생과 선생님의 의사소통이 이뤄지지 않아서 생기는 갈등을 금방 이해한다. 아이가 이를 이해하면 이를 통해 아이가 꼭 배워야 할 것을 짚어주어야 한다.

"존이 정말로 고릴라를 봤는데 선생님이 안 믿어줬다면, 집에 가서 어머니한테 이야기를 해서라도 선생님이 믿게 만들었어야 하지 않았을까?"

이런 식의 질문으로 학교에 상습적으로 지각한 존이 잘못한 것이 무엇인지도 생각해보도록 만들어 줘야 한다. 무조건 지각한 학생의 말을 안 들어 주는 선생님이 나쁜 것이 아니라, 때에 따라서는 선생님이 자신을 믿지 못하게 만든 존의 행동이 잘못된 것일 수도 있다는 것을 스스로 생각해보게 하는 것이 좋다.

'선생님은 왜 존의 말을 들어주지 않았을까?'
'내가 존이라면 내 말을 들어주지 않는 선생님께 어떻게 해야 할까?'

이런 식으로 독서코칭을 해서 아이의 사고 영력을 넓혀주어야 한다. 적어도 『지각대장 존』을 통해 아이가 주관적인 독서 경험을 일반화해서 세상 모든 선생님이 그 책에 나오는 것처럼 학생의 말을 들어주지 않으면 똑같이 벌을 받아야 한다는 잘못된 가치관을 가지지 않도록 잘 이끌어 줘야 한다.

나의 마시멜로는 무엇인가?
눈앞의 유혹을 어떻게 이겨낼 것인가?

『마시멜로 이야기』의 이미지 독서코칭

주인공이 어렸을 때의 일이다. 엄마가 주인공 앞에 마시멜로를 놓고 말했다.

"엄마가 시장에 다녀 올 때까지 안 먹고 있으면 나중에 하나를 더 줄게."

그리고 엄마는 집을 나갔다. 그때 어린 주인공은 눈앞에 있는 마시멜로가 먹고 싶었지만, 엄마가 올 때까지 먹지 않고 버티면 엄마 말대로 맛있는 마시멜로를 하나 더 먹을 수 있다는 생각으로 끝까지 참았다. 그리고 마침내 엄마가 온 다음에 맛있는 마시멜로를 하나 더 먹을 수 있었다.

당장 먹고 싶은 마시멜로의 유혹을 이겨내서, 나중에 그보다 훨씬 더 좋은 결과를 얻은 것이다.

주인공은 어른이 된 뒤에 어린 시절에 자신이 어떤 심리학자의 '만족지연능력'을 테스트하는 실험의 대상이었다는 것을 알게 된다. 만족지연능력이란 '미래의 더 큰 가치를 위해 당장의 욕구나 만족을 참아내는 능력'을 말한다.

실험에 의하면 어렸을 때 '만족지연능력' 테스트에서 당장 눈앞에 마시멜로의 유혹을 참지 못하고 먹어버린 아이들보다, 끝까지 먹지 않고 버텨서 나중에 마시멜로 하나를 더 먹은 아이들이 성인이 되었을 때 성공할 확률이 훨씬 높았다고 한다.

실제로 실험결과를 증명하듯 나중에 어른이 되었을 때 크게 성공해서 큰 회사의 사장이 된 주인공은 자신처럼 성공하기를 꿈꾸는 젊은 운전기사에게 마시멜로의 달콤한 유혹을 이겨내는 것이 성공의 비결이라는 이야기를 들려준다.

- 호아킴 데 포사다의 『마시멜로 이야기』 줄거리

『마시멜로 이야기』는 100만 부 이상 팔린 베스트셀러다. 이 책이 베스트셀러가 된 것은 책 내용이 좋기도 하지만, 극성스런 부모들이 많이 사줬기 때문이라는 말도 있었다.

"너도 주인공처럼 당장 놀고 싶은 유혹을 이겨내고 열심히 공부하면 성공할 수 있다."

학교와 학원을 오가며 공부하느라 고생하는 아이들에게 이 책을 사주면서 많은 부모들은 아이가 이런 교훈을 얻고 더 열심히 공부하기를 기대했을지 모른다. 하지만 부모가 단지 아이에게 책을 사주는 것만으로는 충분한 교육 효과를 기대할 수 없다는 것을 알아야 한다. 아무리 좋은 책이라도 그것을 잘 활용하지 못하면 그 책은 오히려 아이에게 스트레스를 주는 도구가 될 수 있다.

아이에게 이 책을 억지로 권하는 것은 "이 책을 보면 눈앞에 달콤한 유혹을 참으면 더 좋은 결과가 있다고 하니 너도 그렇게 하길 바래."라고 강요하는 것과 다르지 않다. 그러다 보니 아이는 먼 미래의 눈부신 성공보다 지금 당장 눈앞에 부모가 던져주는 스트레스가 더 크게 느껴져 부모가 원하지 않는 방향으로 더욱 삐딱하게 흐를 수 있다.

"순간의 달콤한 유혹을 이겨내면 눈부신 성공을 맞이할 것이다."

우리는 세상을 살면서 참아내기만 하면 나중에 더 좋은 것이 있다는 것을 알면서도 순간의 유혹을 이겨내기 힘든 경우가 많다. 그때마다 가슴에 새긴 이 말을 떠올릴 수 있다면, 분명히 눈앞에 달콤한 유혹을 이겨내는데 큰 힘이 될 것이다. 특히 자녀를 키우는 부모들이 명심해야 할 말이다. 자녀 교육만큼 인내와 긴 시간을 필요로 하는 것도 없다. 하지만 대부분의 부모들은 너무 서두른다. 당장 눈앞에 보이는 성과만을 갖고 아이를 평가하고, 재단하고, 훈육하려 든다.

정말 진득하게 기다려야 할 것은 아이를 키우는 부모들이다. 지금 당장 눈앞의 결과물에 일희일비해서는 절대로 안 된다. 장기적인 안목을 갖고, 지금 아이가 하는 행동이 맘에 들지 않더라도 진득하게 지켜보며 기다려주는 자세가 필요하다.

아울러 『마시멜로 이야기』에 담겨 있는 〈마시멜로〉의 비유와 상징은 교육자와 피교육자에 입장에 따라 그 의미가 달리 해석될 수 있다는 것을 알아야 한다.

① **마시멜로** : 더 좋은 것을 얻지 못하게 하는 달콤한 유혹
② **피교육자(아이)** : 마시멜로의 유혹을 견뎌내야 하는 사람
③ **교육자(부모)** : 마시멜로의 유혹을 견뎌내야 할 사람임과 동시에 아이에게 마시멜로의 유혹을 견뎌내도록 이끌어줘야 할 사람

『이미지 독서코칭』에서 〈마시멜로〉는 당연히 교육자의 입장에서 받아들여야 한다. 즉 스스로 마시멜로의 유혹을 견디기 위해 노력하면서, 동시에 아이들에게 마시멜로의 유혹을 견뎌내도록 이끌어주기 위해 노력해야 한다. 따라서 〈마시멜로〉의 독서체험을 이미지화하기 위해서는 다음과 같은 질문을 스스로에게 할 수 있어야 한다.

"아이가 마시멜로의 유혹을 이겨내게 하려면 어떻게 해야 할까?"

"아이의 만족지연능력을 키워주려면 어떻게 해야 할까?"

　부모입장에서 『마시멜로 이야기』를 독서체험으로 현실에 구체적으로 활용하려면 무엇보다 먼저 이 실험이 부모의 양육방식을 평가하는 실험이라는 것을 알아야 한다. 아이들이 〈마시멜로〉의 유혹에 대처하는 태도는 부모의 양육방식에 따라 다르게 나타나기 때문이다.

　먼저 부모가 아이를 양육하면서 평소에 아이와의 약속을 잘 지키는 편이라면 아이도 참기만 하면 마시멜로를 꼭 얻을 수 있다는 확신이 있기에 끝까지 참고 기다릴 확률이 높다.
　부모가 아이를 양육할 때 약속을 잘 지키지 않는 편이라면 아이는 굳이 나중을 기약하며 눈앞에 유혹을 이겨낼 이유가 없어진다. 이런 아이에게는 당장 눈앞에 있는 마시멜로를 먹고 보는 것이 현명한 선택일 수 있다. 어차피 참고 기다려봤자 부모가 똑같은 것을 하나 더 주겠다는 약속을 지킬 것이라는 보장을 할 수 없기 때문이다. 부모의 평소 행동으로 보면 힘들게 참고 견뎌봤자 하나를 더 줄 거라는 확신이 서지 않는데 어떻게 나중을 생각할 필요가 생기겠는가?
　부모가 아이를 양육할 때 투정을 잘 받아주는 편이라면 아이는 얼른 마시멜로를 먹어버리는 것이 더 이익일 수 있다. 어차피 나중에 엄마가 왔을 때 투정을 부리기만 하면 똑같은 것이 하나 더 생길 것이 분명한데 굳이 그때까지 참고 기다릴 필요가 없기 때문이다.

아이의 마시멜로는 부모의 양육방식에 달렸다

『마시멜로 이야기』를 우리 실정에 맞게 적용해서 아이들을 상대로 실험을 한 EBS의 다큐 프로그램이 방영된 적이 있었다. 실험은 5~6세 되는 유치원생들을 상대로 진행되었다. 아이들 앞에 캐러멜을 놓고 5분을 버티면 하나를 더 준다고 했다. 그리고 만일 캐러멜이 먹고 싶어 버티지 못하겠으면 앞에 있는 벨을 울리라고 했다. 그러면 그냥 앞에 있는 캐러멜을 먹게 해 준다고 했다.

실험에서 하나를 더 먹기 위해 5분을 버틴 아이들은 저마다 나름대로 버티는 방법을 터득하고 있었다. 캐러멜을 보고 있으면 더욱 먹고 싶은 생각이 드니까 아예 눈을 감고 버티는 아이, 캐러멜을 등지고 앉는 아이, 캐러멜이 놓여 있는 책상 밑으로 고개를 처박고 흔들어 대는 아이, 또는 캐러멜을 만지작거리며 장난감처럼 갖고 노는 아이 등등….

아이들은 당장 먹고 싶다는 생각을 지우기 위한 방법을 누가 가르쳐준 적이 없는데도 불구하고 스스로 찾아서 행동으로 옮긴 것이다. 실험자는 이렇게 어렸을 때부터 스스로 사고하는 힘을 키워줄 때 전두엽 활성화된다고 한다. 소수이지만, 어렸을 때 부모가 아이의 결정력을 존중해주고, 자신의 일을 스스로 선택하고 자신이 선택한 일에 책임을 지도록 양육한 아이들에게 생기는 능력이라고 한다.

이에 비해 5분을 버티지 못한 아이들은 캐러멜을 바라보면서 시간이 가기만을 기다린다. 실험자는 이것을 스스로 생각하기보다 부모의 강요에 의해 참는 연습을 많이 한 아이들에게 나타나는 현상이라고 한다. 그러다 보니 당장 눈앞에 있는 캐러멜을 먹고 싶다는 유혹에서 벗어날 수가 없고, 끝내는 그 유혹에 굴복하게 된다고 한다. 부모의 강압적인 양육방식이 만들어낸 것이라고 한다.

아이가 이런 유혹에서 벗어나게 하려면 부모가 먼저 그 답을 알고, 아이가 그 답을 찾을 수 있도록 이끌어 주는 것이 최선의 방법이다. 즉 내 아이의 성향에 맞게 캐러멜의 유혹으로부터 벗어나는 방법을 알려주는 것이다. 그 방법에 따라 어떤 부모는 캐러멜을 빤히 바라보며 시간이 가기만을 기다리는 아이 옆에 다가가 컵으로 캐러멜을 덮어 가려 주었고, 어떤 부모는 아이가 기다리는 5분 동안 시험문제를 풀게 하면서 아이의 관심을 다른 곳으로 돌리게 했다. 그러니까 실제로 처음에 5분을 못 버텼던 아이들이 모두 다 거뜬히 5분을 버텨냈다.

부모의 양육 방식에 따라 아이가 〈마시멜로〉의 유혹을 버텨내기도 하고, 그러지 못하기도 하다는 것을 잘 보여주는 실험이다.

"공부는 왜 하는 거지?"

수업 시간에 공부는 열심히 하는데 노력하는 만큼 점수가 나오지 않아 힘들어 하는 아이에게 이렇게 물어 볼 때가 많다. 그러면 아이들은 이런 식으로 대답을 한다.

"나중에 잘 살려고요."

"목표를 이루기 위해서요."

거의 다 미래를 위해 현재의 괴로움을 참고 있다고 한다.

"나중에 어떻게 사는 것이 잘 사는 걸까?"

"그 목표가 구체적으로 뭔지 말해주었으면 하는데?"

"……?"

이렇게 질문하면 대부분의 아이들은 아무런 대답도 하지 못하고 고개를 떨군다. 미래의 성공을 위해 공부를 한다면서 정작 미래의 성공이 무엇인지 한 번도 생각해 보지 않고, 그저 막연하게 좋은 대학, 좋은 직장에 가는 것이 성공이라고 생각하고 있기 때문이다. 아니 그것이 성공이라고 생각하도록 길들여진 교육을 받아왔기 때문이다.

"눈부신 성공을 위해 순간의 달콤한 유혹을 이겨내야 한다"는 말은 굳이 『마시멜로 이야기』라는 책이 아니어도 얼마든지 배울 수 있다. 『마시멜로 이야기』를 통해서 정작 배워야 할 것은 '눈부신 성공을 위해 순간의 달콤한 유혹을 이겨내야 한다'는 교훈만이 아니라 바로 그 순간의 달콤한 유혹을 이겨내기 위해 무엇을 해야 할지 구체적인 방법을 찾아서 바로 실천에 옮기는 것이다.

그 방법은 누구나 각자 처한 상황이나 환경에 따라 다를 수밖에 없다. 약속 잘 지키는 부모, 약속을 잘 어기는 부모, 투정을 잘 받아주는 부모에 따라 아이에게 맞는 구체적인 방법이 각기 다를 수밖에 없다.

아이들 중에는 공부가 중요한 줄은 알지만, 진심으로 공부의 중요성을 느끼지 못하는 경우가 많다. 마시멜로 맛을 잘 몰라 굳이 두 개를 먹기 위해 당장 눈앞에 있는 마시멜로를 먹지 않고 버틸 이유가 없는 아이도 많다. 이런 아이는 참는 게 중요한 게 아니라 당장 지금을 즐기는 법을 가르쳐야 한다.

아이들 중에는 공부가 중요한 줄도 알고 필요한 이유도 알지만 참을성이 부족해서 공부에 전념하지 못하는 경우도 있다. 마치 마시멜로가 맛있는 줄도 알고, 5분을 버티면 하나를 더 먹을 수 있어 좋다는 것도 알지만, 참을성이 부족해서 못 버티는 아이와 같은 경우다. 이런 아이들은 부모가 참을성을 키울 수 있도록 구체적인 방법과 동기부여를 끊임없이 제공해줘야 한다. 아이의 두 눈을 가려주거나, 다른 일을 하도록 해서 주위를 분산시켜 5분을 버틸 수 있게 한 것처럼, 공부에 재미를 붙이도록 아이에게 맞는 공부법을 적용하거나 『이미지 독서코칭』처럼 아이가 스스로 사고의 폭을 넓히도록 비유와 상징에 초점을 맞춰 끊임없는 사유하도록 이끌어 줘야 한다. 실제로 공부를 통해 작은 성취감이라도 느낄 수 있도록 효과적인 공부법을 접목시켜줘야 한다.

무엇보다 중요한 것은 목표를 이루기 위해서 무조건 현재의 고통을 참으라고 해주는 것만이 능사가 아니라는 것을 먼저 인식해야 한다. 아이들 스스로 자신이 처한 환경을 파악하고, 자신에게 맞는 구체적인 방법을 찾을 수 있도록 도와줘야 한다.

언젠가 EBS에서 유치원 아이들을 대상으로 하는 실험을 본 적이 있다. 그러나 '재미있는 실험이네' 하고 생각은 했지만 이내 기억에서 잊혀졌다.

얼마 전 독서지도법 강의를 들으면서 그때 봤던 동영상을 다시 보게 되었다. 그리고 선생님의 설명을 듣고 나서야 그 실험이 『마시멜로 이야기』라는 책 내용의 일부라는 것을 알게 되었다.

그러고 보니 제목이 낯이 익은 듯한데 읽어 보려고 하진 않았다. 첫 강의 때 선생님께서 수업 내용에 있는 도서이기도 하지만, 좋은 책이니 읽어 보라고 하셨는데도 말이다. 그렇게 한 번 짚고 넘어가는 도서라고 생각했다. 그런데 그렇지가 않았다. 다음 강의 때에도 선생님은 그 책 이야기를 하셨다. 책 내용을 모르니 질문에 답을 할 수 없어서 고개 숙이고 조용히 있었다.

그렇게 강의가 끝나고 오후에 딸아이가 있는 작은도서관에 갔다. 나는 도서관에 들러서 『마시멜로 이야기』를 찾았다. 그런데 찾는 책은 없고 〈마시멜로 두 번째 이야기〉가 있어서 무심히 책장을 넘겼다. 한 장, 두 장 넘길수록 점점 몰입되어 갔다. 찰리가 마시멜로의 교훈을 잊고 있다는 것을 알게 된 조나단이 찰리에게 퀴즈를 풀게 함으로써 다시금 그것을 상기하게 하는 것을 보고, 나에게 조나단 같은 존재는 누굴까 생각해봤다. 남편? 친정엄마? 그럼 내가 조나단이라면 찰리는? 우리 수민이? 확신이 서지 않은 가운데 많은 생각을 하게 됐다.

그날 사탕을 유난히 좋아하는 6살 딸아이가 어김없이 사탕을 달라고 하기에 문득 마시멜로 실험을 해보고 싶어졌다. 사탕 한 개를 상 위에 올려놓고 설명을 하자 "알았어." 하고 바로 일어나서 다른 놀이를 하기 시작했다. 그런데 15분이 지나 20분을 넘겼는데도 관심을 보이지 않았다.

그래서 내가 먼저 물어봤다. 그러자 딸아이가 "엄마가 얘기한 시간 지났어? 한 개 더 준다며?" 한다.

나는 아이가 이미 성공한 것으로 여겨 기쁜 마음으로 칭찬하려는데 옆에서 보고 있던 남편이 냉정하게 "상황이 다르잖아!" 라고 말했다.

남편의 말을 듣고 나 역시 기가 죽어 "그렇지. 상황이 다르긴 하지!" 할 수밖에 없었다. 그래도 상황이 다르니까 안 된다고 할 수가 없어서 아이에게 조심스럽게 물어 보았다.

"왜 안 먹었는데?"

"두 개 같이 먹고 싶어서…."

아이는 천연덕스럽게 이야기했다.

- 구리시 독서논술지도사 과정 이○○ 님

『이미지 독서코칭』 과정에서 경험한 어머니의 고백이다. 아이는 사탕이 있는 현장을 아예 떠났다. 얼마나 기가 막힌 전략인가? 당장 먹고 싶어서 달라고 했던 사탕을 15분을 버티면 하나 더 준다고 했을 때 얼른 "알았어."라고 할 수 있는 아이가 과연 얼마나 될까?

이런 상황에서 아이에게 방법이 다르다고 15분을 버티면 주기로 했던 사탕을 주지 않는다면 어떤 일이 벌어질까? 엄마는 약속을 지키지 않는 사람이 되어버리고, 아이 입장에서는 당장 떼라도 썼으면 금방 생겼을지도 모를 사탕을 엄마 말만 믿고 15분을 버텼는데 아무런 결실도 얻지 못하고 실망만 하게 되는 것이 아닌가? 더구나 이런 경험이 되풀이된다면 아예 엄마를 믿지 못하는 아이로 급변할 위험이 있는 상황이다.

다행히 이 어머니는 이 점을 알기에 얼른 아이를 칭찬해주고 사탕하나를 더 보태주었다고 한다. 역시 그 어머니의 그 딸이라는 말이 실감이 나는 부분이다. 훌륭한 아이는 훌륭한 어머니 밑에서 자라난다는 것을 실감할 수 있는 사례다.

창의역량을 키워주려면?

1. 문학작품의 비유와 상징을 찾아 현실에 적용한다.

'이 이야기의 비유와 상징은 무엇인가?'

'이럴 때 나라면 어떻게 할 것인가?'

2. 『이상한 나라의 앨리스』, 독서체험 이미지화 하기

'나의 동굴은 무엇인가?'

'이럴 때 앨리스라면 어떻게 했을까?'

3. 『무지개 물고기』, 독서체험 이미지화 하기

'나의 비단비늘은 무엇인가?'

'내가 비단잉어라면 어떻게 될까?'

4. 『지각대장 존』, 독서체험 이미지화 하기

'나의 고릴라는 무엇일까?'

'내가 존이라면 어떻게 해야 할까?'

5. 『마시멜로 이야기』, 독서체험 이미지화 하기

'나의 마시멜로는 무엇인가?'

'눈앞의 유혹을 어떻게 이겨내게 할 것인가?'

Part
2

자기주도적학습 역량

우스갯소리와
이미지 독서코칭

너 죽을래?

생각을 바꾸라고?
어떻게?

생각을 바꾸면 행동이 바뀌고, 행동을 바꾸면 습관이 바뀌고, 습관을 바꾸면 성격이 바뀌고, 성격을 바꾸면 운명을 바꾼다.

- 사무엘 스마일즈

동기부여 강의에서 참 많이 듣는 말이다. '밥상머리 독서코칭'에서 정말 신중하게 활용해야 할 말이기도 하다. 하지만 이 말은 일면 타당성이 있지만, 현실에 적용할 때는 문제가 생길 수 있다.

"생각을 바꾸면 행동이 바뀐다는데, 생각은 어떻게 바꾸죠?"

이런 질문을 받으면 뭐라고 할 것인가?

정말 어떻게 생각을 바꾼단 말인가?

화를 내지 않아야 한다는 것은 누구나 잘 안다. 그런데 막상 상황에 닥치면 어떻게 되는가? 먼저 화부터 낸 다음에 후회하게 되지 않는가? 먼저 행동부터 하고 생각이 뒤따라가지 않던가?

웃어야 복이 온다는 것은 누구나 잘 안다. 그런데 막상 잘 웃지 않아 본 사람에게, 웃음에 대한 트라우마가 있는 사람에게 "생각을 바꿔 웃어야 한다"고 아무리 강조한들 이 말이 들리겠는가?

어떻게 생각을 바꾸란 말인가? 생각을 바꾸는 게 중요하다는 것은 알지만 정작 '어떻게?' 바꾸느냐는 질문에는 당황할 수밖에 없다. 아무리 좋은 말도 '어떻게?'를 제시할 수 없다면 공허한 말에 불과할 뿐이다.

우리는 『이미지 독서코칭』은 '어떻게?'라는 답을 제시하고 있다. 우스갯소리인 〈애꾸눈 이야기〉를 통해 그 방법을 찾아보자.

"너 죽을래?"

이 말에 담긴 비유와 상징을 이미지화해서 실천하는 것이 생각을 바꾸는 큰 힘을 갖게 한다는 것을 알게 될 것이다.

지금부터 그 힘이 어디에서 나오는지 살펴보자.

너 죽을래?

애꾸눈 제자, 선문답에서 이기다

옛날 중국에 훌륭한 스승이 있었다. 그 당시에 수행을 하는 스님들은 스승한테 인정을 받는 것이 최고의 영예였다. 그래서 이 절은 스승에게 인정을 받으려는 스님들의 발길이 끊이지 않았다.

스승은 손님이 올 때마다 제자들을 차례대로 돌려가며 손님을 맞게 해서 법을 겨루게 했다. 그런 다음에 손님과 제자 중에 이긴 사람은 그 자리에서 능력을 인정해주고, 진 사람은 바로 보따리를 싸서 절을 떠나게 했다.

스승에게는 삼 년 동안 가르침을 받은 애꾸눈 제자가 있었다. 마침내 애꾸눈 제자가 손님을 맞을 차례가 되었다. 애꾸눈 제자는 자칫 내일이면 쫓겨날 것이라는 생각에 안절부절못하다가 밤늦게 될 대로 되라는 심정으로 스승을 찾아가서 고민을 털어놓았다.

"스승님, 저는 아직 부족한 것이 많습니다. 이제 내일이면 쫓겨날 것만 같아 두려운데 어떻게 하면 좋을까요?"

스승은 제자의 진지한 표정을 보고 이렇게 되물었다.

"아주 쉬운 비법이 있기는 한데, 내 말대로 따를 수 있겠느냐?"

그 동안 수행도 안 하고 이제 와서 무슨 소리냐는 호통이 떨어질 것을 예상하고 눈을 질끈 감았던 애꾸눈 제자는 의외로 부드러운 스승의 목소리를 듣고는 한 줄기 희망을 보았다.

"당연히 목숨 걸고 따르겠습니다. 제발 비법을 알려주세요."

"손님이 와서 뭐라고 하건 너는 절대로 아무 말도 하지 말거라. 그러면 반드시 네가 이길 것이다."

다음 날, 제자는 일찌감치 법을 겨룰 장소에 가서 가부좌를 하고 참선을 하는 자세로 스승이 가르쳐 준 비법만을 머릿속에 새기고 있었다.

마침내 손님이 들어왔다. 손님은 먼저 들어와 입을 꾹 다물고 있는 애꾸눈 제자를 보고, 위압감을 느끼며 말을 하면 질 것만 같아 가만히 손가락 하나를 내밀어보았다. 그 모습을 본 애꾸눈 제자는 화가 너무 났지만 "말하면 진다."는 스승의 말씀을 떠올리며, 손가락 두 개를 손님 앞으로 척 내밀어보았다.

그것을 보고 손님은 손가락 세 개를 펼쳐보였다. 애꾸눈 제자는 그 모습을 보고 더욱 화가 났지만, 꾹 참고 주먹을 불끈 쥐어 내밀었다. 그러자 손님은 얼른 일어나 애꾸눈 제자에게 큰절을 올리며 말했다.

"아이고, 대단하십니다. 제가 졌습니다."

그리고 규칙대로 절을 떠나기 전에 스승을 찾아뵙고 큰절을 올리며 자초지종을 말했다.

"제자분이 얼마나 수행을 많이 하셨는지 말 한마디 없이 저를 이겼습니다. 오늘 저는 제자분한테 큰 것을 배우고 물러갑니다."

"그래, 무슨 일이 있었는가?"

"제자분이 가만히 앉아 있길래 말을 하면 질 것만 같아서 제가 먼저 '우리는 부처님 한 분을 모셔야 합니다'라는 뜻으로 손가락 하나를 들어보였습니다. 그러자 제자분은 말없이 '어찌 부처님 한 분뿐이냐? 부처님의 가르침도 모셔야 하지 않느냐?'는 뜻으로 손가락 두 개를 펼쳐보이더군요. 그래서 저는 '부처님과 가르침뿐입니까? 스님들도 모셔야죠?'라며 삼보를 가리키는 뜻으로 손가락 세 개를 들어보였습니다. 그러자 제자분은 갑자기 주먹을 들어보이며 '그 모든 것을 다 하나로 봐야 하느니라'며 큰 가르침을 주었습니다. 그동안 삼보를 하나로 보지 못하고, 셋으로 분리해서 보았던 저는 더 이상 할 말이 없어 얼른 항복하고 이렇게 큰스님께 인사드리고 떠나려고 왔습니다."

손님이 이렇게 말을 하고 절을 떠난 뒤에 애꾸눈 제자가 씩씩거리며 스승을 찾아왔다. 손님 때문에 화가 몹시 났는데 아직도 풀리지 않는다는 것이었다. 그 모습을 보고 스승이 물었다.

"도대체 너는 무엇 때문에 그리 화가 났단 말이냐?"

그러자 애꾸눈 제자는 스승에게 자초지종을 털어놓았다.

"스승님이 오늘은 아무 말도 하지 않아야 이길 수 있다고 하지 않으셨습니까?"

"그랬지."

"그래서 저는 스승님 말씀대로 아무 말도 하지 않으려고 가만히 앉아 있는데, 이놈이 들어오기가 무섭게 한 손가락을 내밀며 욕을 하더라고요."

"그래, 뭐라고 욕을 했는데?"

"아, 글쎄 손가락 하나를 내밀며 '너는 눈이 하나뿐인 애꾸구나.' 라고 하잖아요. 화가 났지만 말을 하면 진다는 스승님 말씀을 떠올리며 꾹 참고 저는 손가락 두 개를 내밀었습니다. '나는 눈이 하나여도 우리 스승님은 두 개니 함부로 욕하지 말라' 는 뜻이었죠. 그랬더니 이놈이 이번에는 손가락 세 개를 쑥 내미네요. '네 눈과 스승의 눈을 합쳐봤자 세 개밖에 더 되느냐?' 라고 모욕을 주더군요. 저는 너무 화가 났지만 그 순간 또다시 '말을 하면 진다'는 스승님의 말씀이 떠올라 입을 꾹 다물고 주먹을 들어보였습니다. '너 죽을래?' 라고 겁을 준 거죠. 더 이상 까불면 정말 혼쭐을 내줄 생각이었습니다. 그랬더니 이놈이 겁을 먹었는지 '아이고, 제가 잘못했습니다' 하고 얼른 꼬리를 내리더군요. 덕분에 이기기는 했지만, 아직도 그 때 생각만 하면 화가 나서 참을 수가 없네요. 지금이라도 쫓아가서 패주고 싶은 마음입니다."

- 〈애꾸눈 제자 이야기〉

우스갯소리다. 하지만 우리는 이 짧은 이야기를 통해서 『이미지 독서코칭』의 핵심을 짚을 수 있다.

먼저 생각해 보자. 나는 이 이야기를 통해서 무엇을 느꼈는가? 이 이야기가 우리에게 주는 교훈은 무엇이라고 생각하는가?

독서의 출발, 사실적인 이해력이 중요하다

〈애꾸눈 제자 이야기〉를 읽고 난 뒤에도 남들은 다 웃는데, 사람들이 왜 웃는지 어리둥절한 표정을 짓는 사람이 있다. 또한 웃기는 웃었는데, 웃은 이유가 애꾸눈 제자의 행동 때문인 사람이 있고, 손님의 행동 때문인 사람이 있고, 그저 남들이 웃으니까 얼떨결에 따라

웃는 사람도 있다.

이 짧은 이야기를 통해서 '아하, 내가 이렇게 어리석은 삶을 살고 있을 수 있겠구나?'라고 뭔가 촌철살인의 교훈을 얻는 사람이 있고, '이게 말이나 되는 소리야?'라고 의문을 제기하는 사람도 있고, 우스갯소리로 치부하고 가볍게 듣고 넘기는 사람도 있다.

왜 이런 차이가 벌어지는 것일까?

바로 같은 이야기를 듣더라도 사실적인 이해가 다르기 때문이다. 똑같은 책을 읽었어도 사실적인 이해가 다르고, 받아들이는 정보가 다르다는 것을 보여주는 것이다.

사람은 자신이 아는 만큼만 받아들이고, 받아들이는 만큼만 자기 것으로 만든다. 이것은 마치 손님이 '우리는 부처님 한 분을 믿어야 합니다'라는 것을 말하기 위해 손가락 하나를 내밀어 보인 것을 애꾸눈 제자가 '너는 눈이 하나뿐인 애꾸구나'라는 뜻으로 받아들이는 것과 같은 이치다.

독서코칭에서 일차적으로 중요하게 여기는 것이 '사실적인 이해'의 확인이다. 똑같은 책을 읽었어도 독자의 경험이나 처지에 따라 받아들이는 것이 다르다는 것을 전제로 독서 후 아이들이 받아들인 것이 무엇인지 점검해 보는 것은 매우 중요한 일이다. 독서 후에 '사실적인 이해'가 부족한 아이들은 대체로 다음과 같은 공통점을 보인다.

첫째, 스스로 독서의 필요성을 느끼지 못한다. 어려서부터 책을 가까이 하는 습관이 들지 않았거나, 또는 독서를 많이 했더라도 스스로 한 것이 아니라 부모의 강요로, 혹은 독서 후에 부모가 베풀어 주는 어떤 보상을 얻기 위한 수단으로 한 경우다. 이런 아이들은 먼저 독서의 필요성을 스스로 체득할 수 있도록 끊임없이 동기부여를 해줘야 한다.

둘째, 어휘력이 부족한 경우다. 줄거리를 정리하지 못할 때 많은 부모들이 아이의 의지와 집중력이 부족하다고 닦달하는 경우가 많은데, 이것은 아이가 책을 더욱 멀리하게 만드는 결과를 초래한다. 아이도 책을 읽은 후 줄거리를 잘 정리하고 싶어한다는 것을 인정하고, 혹시 어휘력이 부족한 것은 아닌가 챙겨봐야 한다. 끝말잇기나 퍼즐 게임 등을 통해 어휘력을 점검해 나가야 한다.

셋째, 배경지식이 부족한 경우다. 독서량이 풍부한 아이들은 다른 책을 읽을 때도 배경지식을 바탕으로 더욱 많은 정보를 받아들인다. 이에 반해 독서량이 부족한 아이들은 배경지식이 부족해서 똑같은 책을 읽더라도 정보를 받아들이는 양이 적을 수밖에 없다. 지식습득에도 독서량의 빈익빈 부익부 현상이 일어나는 것이다.

아이에게 독서 후 '사실적인 이해'를 위해 독서의지와 어휘력, 배경지식이 중요하다는 것을 일깨워주기 위해서는 〈애꾸눈 제자 이야기〉 처럼 단순구조로 된 이야기를 많이 다뤄주는 것이 좋다. 여럿이 있을 때 짧은 이야기를 접하게 해주고, 각자 받아들인 사실적인 이해를 발표하게 하면, 똑같은 이야기를 듣고도 각자 받아들이는 '사실적인 이해'가 다르다는 것을 아이들이 스스로 느끼고 자각하게 할 수 있다.

독서의 깊이, 정보의 객관화 작업이 필요하다

독서 후에 '사실적인 이해'와 함께 중요한 것이 '정보의 객관화' 과정이다. 인간은 더불어 살아가는 사회적 동물이기에 사회에서 요구하는 객관적인 세계관을 형성하는 것이 매우 중요하다. 독서체험을 생활의 지혜로 활용하는 『이미지 독서코칭』을 통해 사회성을 갖춘 인재역량을 키우는 것도 '정보를 객관화'해서 받아들이는 것에 기초를 두고 있다. '정보의 객관화'는 사회성을 갖춘 인재를 육성하는데 가장 중요한 과정이다.

〈애꾸눈 제자 이야기〉는 평소에 불교에 관심이 많은 사람과 그렇지 않은 사람에 따라 받아들이는 '사실적인 이해'가 다를 수밖에 없다. 심지어 불교에 반감을 갖고 있다면 아예 글을 읽지도 않거나, 읽더라도 비판하기 위해 이야기 속에 숨겨져 있는 비현실적인 요소에 집중하느라 '사실적인 이해'는 뒷전으로 넘기는 경우가 많다. 이런 경우에는 '정보의 객관화' 과정도 기대하기 힘들다.

〈애꾸눈 제자 이야기〉를 제대로 이해하려면 불교에 대한 기본적인 배경지식이 있어야 한다. 손님과 애꾸눈 제자가 아무 말 없이 손가락을 내밀어 의사를 표현한 것은 불교에서 전해오는 선문답의 한 방식이다. 선문답은 일반인이 볼 때는 말도 안 되는 소리 같지만, 불교 문화를 이해하면 심오한 뜻을 주고받는 수행의 방식이라는 것을 알 수 있다.

석가모니가 수많은 제자들을 모아 놓고 법문을 했다. 어느 날 석가모니는 수많은 대중 앞에서 아무 말도 하지 않고 꽃 한 송이를 가만히 들어 보였다. 수많은 제자들이 왜 저럴까 하고 의아한 눈빛을 보내고 있을 때, 가섭이라는 제자가 그 모습을 보고 빙그레 웃어 보였다.

"가섭만이 나의 뜻을 알아들었구나."

석가모니는 이렇게 말하며 가섭을 불러 자신의 옆자리에 앉히며, 자신의 사후에 가섭이 뒤를 이을 수제자라고 행동으로 보여 주었다.

'염화미소', 또는 '염화시중'이라는 사자성어와 관련된 대표적인 불교의 선문답이다. '염화미소', '염화시중'은 '말을 세우지 않고 뜻을 전한다'는 '불립문자', '교외별전'이라는 사자성어와 같은 말이다. 이것은

'마음과 마음으로 통한다'는 뜻을 가진 '이심전심'이라는 사자성어와 비슷한 말로 쓰이고 있다.

'염화미소'는 불교의 교리를 선문답으로 보여주는 대표적인 사례다. 석가모니는 자신의 법문을 제자들이 얼마나 잘 알아듣나 시험하기 위해 꽃을 들어 보인 것이고, 가섭이 웃어주자 바로 그에게 최고의 점수를 준 것이다.

요즘 학교에서 이런 식으로 평가가 이뤄진다면 분명 시끄러운 일들이 생길 것이다. 하지만 독서를 지도하는 부모라면 먼저 열린 시각으로 모든 것을 수렴해야 한다.

우리의 고전은 불교와 유교적 관점이 많이 반영된 작품이 많기에 고전문학을 이해하려면 불교와 유교의 대한 기본적인 배경지식이 있어야 한다. 이것은 현대문학이나 세계문학을 이해하려고 할 때 천주교나 기독교에 대한 배경지식이 부족하면 제대로 이해할 수 없는 경우와 마찬가지다.

"〈애꾸눈 제자 이야기〉가 우리에게 주는 교훈은 무엇일까요?"
이렇게 질문을 던지면 많은 분들이 판에 박힌 대답을 한다.

"사람은 누구나 자기 식대로 생각한다는 것을 알자."
"사람은 자신이 듣고 싶어하는 말만 들으니까 애꾸눈 제자와 손님처럼 어리석게 살지 않으려면 남의 말을 있는 그대로 들을 줄 알아야 한다."

다 맞는 말이다. 하지만 뭔가 허전하다. 애꾸눈 제자와 손님의 어리석은 행동은 제대로 짚었지만, 이 이야기를 현실에 구체적인 지혜로 적용하기에는 너무 추상적이다. 이 이야기를 구체적으로 생활의 지혜로 활용하려면, 답도 구체적이어야 한다.

구체적인 답을 찾으려면 무엇보다 먼저 상황에 구체적이어야 한다. 따라서 이 이야기를 받아들이는 사람의 관점에 따라, 이 이야기를 활용하려는 목적에 따라, 이 이야기를 들려주는 상황에 따라 각자의 상황을 구체적으로 적용할 수 있어야 한다.

〈애꾸눈 제자 이야기〉에는 등장인물이 스승과 애꾸눈 제자, 손님, 이렇게 세 사람밖에 없다. 손가락을 내밀고 그것을 서로 다르게 해석한 제자와 손님의 이야기가 사건의 줄거리를 이루고 있다. 여기에 초점을 맞춰 핵심 비유와 상징을 정리해 보자.

이 이야기를 『이미지 독서코칭』을 통해 현실에 구체적인 지혜로 활용하기 위해 어떻게 핵심 비유와 상징을 찾아야 하는지 구체적으로 짚어보자.

애꾸눈 제자에게서 배움의 자세를 새기다

세 인물 중에서 가장 먼저 초점을 맞춰봐야 할 인물이 바로 '애꾸눈 제자'다. 우스갯소리로만 본다면 애꾸눈 제자는 분명히 뭔가 덜 떨어져서 조롱과 비웃음의 대상이 될 수밖에 없는 인물이다. 손님이 내미는 손가락 하나를 '너, 눈 하나밖에 없구나'라고 해석하는 열등감이 큰 인물이고, 손님이 내미는 손가락 세 개를 '네 눈과 스승의 눈을 합쳐봤자 세 개밖에 안 되는구나'라는 욕으로 듣고, '너, 죽을래?'라는 식으로 주먹을 내밀어 보이는 단순 무식한 인물의 대표적인 유형이다.

하지만 결과적으로 애꾸눈 제자는 시험에 합격해서 스승에게 인정을 받았다. 애꾸눈 제자는 결코 비웃음의 대상으로만 볼 수 없는 인물이다. 행동과 말은 덜 떨어져 보였지만 결과적으로는 최고로 공부를 잘한 사람으로 인정을 받지 않았는가? 우리 주변에는 이처럼 겉으로는 어수룩해 보이지만 자기 분야에서 최고의 경지를 이룬 이들이 많다. 따라서 우리는 애꾸눈 제자에게 배울 점을 찾아야 한다.

먼저 애꾸눈 제자라는 인물이 지닌 비유와 상징은 무엇일까? 애꾸눈 제자가 시험에 합격하기까지 보인 행동을 통해 한번 점검해 볼 필요가 있다. 그는 성공한 사람들이 갖는 다음과 같은 세 가지 특징을 그대로 보여준 인물이다.

첫째, 애꾸눈 제자에게는 절박한 목표가 있었다. 시험에서 밀리면 절에서 쫓겨나야 할 처지였고, 그렇게 되면 갈 곳이 없는 절박한 상황이라는 것을 분명하게 인식하고 있었다. 그래서 그는 어떻게든 시험에서 이겨야 한다는 목표 의식이 확고했고, 그 목표를 이루기 위해 자신이 할 수 있는 모든 방법을 찾아 다 실행에 옮겼다.

둘째, 애꾸눈 제자는 스승에게 모르는 것을 솔직하게 드러내고 질문할 줄 알았다. 많은 학생들이 선생님한테 질문하는 것을 꺼린다. 그동안 선생님한테 배운 것을 자신이 모른다고 솔직하게 드러내면 혼이라도 날까 봐, 자신이 모른다는 것이 드러나는 것 자체를 부끄러워하면서 입을 꾹 다물고 있다.

애꾸눈 제자는 그러지 않았다. 모르는 것을 솔직하게 드러내놓고, 어떻게 해야 하는지 답을 구하기 위해 묻고, 답을 얻은 다음에는 어떻게든 실천해 냈다.

스승은 자기 분야에 전문지식을 갖고 있을 뿐만 아니라 경험적으로도 제자보다 많은 것을 알고 있는 사람이다. 제자라면 응당히 스승이 가르침대로 따라 행하는 것이 기본이다. 애꾸눈 제자는 그것을 잘 해냈다.

셋째, 애꾸눈 제자는 목표를 이루기 위해 감정에 흔들리지 않았다. 손님이 손가락을 내미는 것을 자신과 자신의 스승을 모욕하는 것으로 해석하고 화가 났지만, 어떻게든 말을 하면 질 수밖에 없다는 스승의 말을 지키려고 꾹 참았다. 즉자적으로 화를 내기보다 자신의 목표를 위해 끝까지 참아 내는 끈기를 보인 것이다. 어떻게든지 말을 한 마디라도 하면 자신이 진다는 스승의 말을 지키기 위해 올라오는 화를 참을 줄 알았다.

애꾸눈 제자가 시험에 성공한 이유를 살펴보면 위와 같다. 따라서 애꾸눈 제자의 비유와 상징은 다음과 같이 정리할 수 있다.

① **애꾸눈 제자** = 자신의 목표를 이루기 위해 절박함을 갖고, 자신이 모르는 것을 드러내놓고 물어가며 배우는 자세를 잘 갖춘 학생이자, 목표를 위해 화가 올라와도 참을 줄 아는 인물.

이렇게 정리하면 애꾸눈 제자는 성공한 사람들이 공통적으로 갖고 있는 성공요소 세 가지를 모두 갖춘, 결코 비웃음의 대상으로만 여길 수 없는 인물이라는 것을 알 수 있다.

① 목표에 대한 절박함

② 모르는 것은 드러내놓고 물어서 배우려는 자세

③ 한번 목표를 정했으면 어떤 감정이 올라와도 믿고 밀어붙이는 끈기.

이제 우리는 자기주도적학습 역량에서 빼놓을 수 없는 이 세 가지를 갖추기 위한 좋은 방법을 찾았다.

지금 당장 실험해 보자. 먼저 눈을 감고 '애꾸눈 제자'가 한 행동을 그대로 떠올려 보자. 그리고 주먹을 불끈 쥐고 앞으로 내밀며 나직히 외쳐보자.

"너 죽을래?"

입가에 저절로 미소가 떠오르면서 나도 모르게 애꾸눈 제자와 같은 배움의 자세를 갖춰야겠다는 의지가 생기는 『이미지 독서코칭』의 진수를 맛볼 수 있을 것이다. 백 마디 말보다 한 번의 실천이 우선이다. 지금 당장 해보자. 이미지의 힘이 얼마나 강한지 실감하게 될 것이다.

손님에게서 공부할 때 경계할 점을 배우다

'손님'은 공부를 하는 사람들이 반면교사로 삼아야 할 인물이다. 당대의 최고 스승에게 인정을 받기 위해 시험을 보러 온 것으로 보아 그도 꽤 오랫동안 공부한 인물이라는 것을 알 수 있다. 그런데 그가 손가락 하나 내민 것을 자기 열등감에 빠져 '눈이 하나밖에 없구나'라고 받아들인 덜 떨어진 애꾸눈 제자한테 질 수밖에 없었던 이유는 무엇인가?

그는 도대체 어떻게 공부했기에 말 한 마디 못하고, '너 죽을래?'라고 주먹을 내민 애꾸눈 제자의 단순무식한 행동을 '그 모든 것을 하나로 봐야 하느니라'고 해석하고, 그 자리에서 패배를 인정하는 어리석은 선택을 한 것일까?

오늘 이 순간에도 수십만 명의 학생들이 대학입학이라는 목표로 공부한다. 학생뿐이 아니다. 진급시험을 앞둔 직장인들도 생존경쟁에서 살아남기 위해 열심히 공부한다. 그들에게는 한결같이 자신이 원하는 것을 얻기 위해 반드시 통과해야만 하는 시험이라는 관문이 있다. 그런데 가만히 보면 어떤 사람은 별로 공부한 것 같지도 않은데 시험에 쉽게 합격하는 경우가 있고, 또 어떤 사람은 공부도 열심히 하고 아는 것도 많은 것 같은데 매번 시험에서 떨어지는 경우가 있다. 애꾸눈 제자가 전자에 속한다면 '손님'은 후자에 속하는 인물이다.

"공부를 잘하고 싶어, 아니면 시험을 잘 보고 싶어?"

가끔 공부는 열심히 하는데 성적이 오르지 않는 학생들에게 이런 우문(愚問)을 자주 던질 때가 있다. 그러면 이런 아이들 중에는 너무 당연하다는 듯이 "그야 공부를 잘하고 싶죠."라는 식의 우답(愚答)을 하는 경우가 많다. 열심히 공부는 하는데 성적이 오르지 않는 이유를 짐작하게 하는 대목이다.

그들은 시험과 공부를 분리해서 생각하기 때문에 시험이 끝난 다음에 '아, 실수했네. 억울해'라는 말을 하는 경우가 많다. 어쩌면 손님도 애꾸눈 제자가 손가락 두 개와 주먹을 내민 이유를 알게 된 후에는 '아, 내가 왜 그때 그런 생각을 못했지?'라고 뒤늦은 후회를 할지 모른다. 하지만 어쩌랴? 나중에 정답을 알고 나면 분명히 아는 문제인데도 번번이 틀리는 것을 반복하는 것도 실력인 것을. 열심히 공부하는데 성적이 좋지 않은 학생이라면, 손님이 무슨 잘못을 했는지 살펴보고, 그것을 반면교사로 삼아야 한다. 그렇다면 손님이 잘못한 것은 무엇일까?

첫째, 손님은 애꾸눈처럼 시험을 절박하게 받아들이지 않았다. 그러다 보니 정작 시험장에서 손가락 두 개 펼쳐 보이는 것으로 쉽게 물러났다.

둘째, 손님은 시험장 분위기를 간과했다. 애꾸눈 제자를 보는 순간 그가 왜 입을 꾹 다물고 있는지 살펴볼 여유를 갖지 못했다. 그 상황이라면 애꾸눈 제자도 상당히 경직되어 있었을 것이고, 손님이 여유만 챙겼으면 그것을 눈치채고 얼마든지 자신에게 유리한 쪽으로 활용할 수 있었을 것이다. 이는 많은 수험생들이 시험을 잘 봐야 한다는 경직된 생각에 시험장 분위기를 살피지 못하고 매번 출제자가 파놓은 함정에 걸려드는 것과 같다. 시험이 끝나고 "아, 실수했어."라는 말을 입버릇처럼 하는 학생이라면 자신의 행동이 곧 손님의 행동과 같다는 것을 알아차려야 한다. 손님처럼 어리석은 선택을 하지 않으려면 먼저 시험장 분위기를 살피며 마음의 여유를 챙겨야 한다.

셋째, 손님은 배운 것을 머릿속으로만 새기고 있었다. 어디서 주워들은 선문답을 어설프게 흉내낼 줄만 알았지, 그것의 참뜻은 이해하지 못했다. 그래서 애꾸눈 제자가 가만히 앉아 있는 것을 보고 자기 생각대로 선문답이라 생각하고, 손가락을 내미는 어리석음을 저질렀다. 다시 말해 애꾸눈 제자가 내민 손가락의 의미를 자기 생각대로 해석하는 어리석음을 범한 것이다. 손님이 선문답을 제대로 이해해서 생활의 지혜로 활용했다면 결코 그런 선택을 하지 않았을 것이다. 면접은 외운 답을 말하는 것이 아니라 현장에서 면접관들과 통하는 것이 우선이라는 것을 제대로 이해한 학생들이라면 반드시 손님을 반면교사로 삼아야 한다.

손님이 시험에 실패한 이유를 살펴보면 이 이야기에서 손님의 비유와 상징은 다음과 같이 정리할 수 있다.

② **손님** = 목표에 대한 절박함이 부족했고, 시험장 분위기를 파악하지 못했고, 배운 것을 머릿속으로만 새긴 인물.

이렇게 정리하고 보니 손님은 실패한 사람들이 공통적으로 보이는 실패요소 세 가지를 모두 갖춘, 우리가 반드시 반면교사로 삼아야 할 인물이다.

스승에게서 『이미지 독서코칭』의 길을 묻다

해마다 대학 입시철이 되면 학생들은 어떻게든지 합격 가능성이 있는 대학에 원서를 쓰고 싶어한다. 수시지원의 특성상 많은 학생들이 자신의 실력보다 좀 더 높은 대학을 지원하는 경우가 많다. 이때 학생의 성적을 잘 알고 있는 선생님과 부모들이 아이들에게 이렇게 반응을 보이는 경우가 많다.

"네 실력으론 힘이 들 텐데."

"네가 원하니까 어쩔 수 없이 써주기는 하지만 좀 더 현실적인 방법을 찾아보면 어떨까?"

그나마 이 정도는 양반이다. 자신의 말이 학생에게 얼마큼 상처를 주는지 모르고 이렇게 극단적인 반응을 보이는 경우도 있다.

"네 주제나 파악하고 말해."

"네 성적으론 백 프로 떨어지니까 꿈도 꾸지 마."

아이들은 이런 말을 들으며 자신감을 잃는다. 어쩌다 자기 소신대로 원서를 썼어도 주변에서 지지해주는 사람이 없다는 현실에 좌절감을 느끼는 경우가 많다. 끝내 그 좌절감을 극복하지 못하고 수시뿐만 아니라 정시까지 망쳐 버리는 경우도 있다.

"그러길래 평소에 열심히 하지. 왜 시험 앞두고 이래?"

이런 말로 상처를 주는 부모라면 정말 심각하게 생각해 봐야 한다. 〈애꾸눈 제자 이야기〉에서 스승이 제자를 대하는 태도를 본받아야 한다. 그렇다면 스승에게 본받아야 할 점은 무엇인가?

첫째, 아이의 과거보다 현재를 중요하게 여기는 자세다. 스승은 제자의 과거를 갖고 뭐라고 하지 않았다. 그것이 제자가 닥친 현실을 헤쳐가는데 도움이 되지 않는다는 것을 알았다. 그래서 묵묵히 제자의 질문을 받았고, 그 시점에서 제자에게 꼭 필요한 것이 무엇인지 알고 핵심을 짚어 주었다.

둘째, 스승은 제자가 절박함을 느끼도록 환경을 제공했다. 3년은 잘 먹여주고 가르쳐 줬지만, 그때까지 공부의 성과를 이루지 못하면 쫓겨난다는 절박함을 느끼게 했다. 부모라면 어떤 식으로든 아이가 공부를 절박한 자신의 목표로 세울 수 있도록 환경을 만들어줘야 한다.

셋째, 스승은 제자가 묻기를 기다렸지 먼저 가르치려 하지 않았다.

스승이 묻지도 않은 애꾸눈 제자에게 비법을 미리 가르쳐줬다면 어떤 일이 생겼을까? 절박함을 느끼지 못한 애꾸눈 제자가 그대로 실행에 옮겼을 것이라고 장담할 수 없다. 훌륭한 스승은 제자가 스스로 질문할 거리를 끊임없이 제공해주며, 그것을 자신의 문제로 받아들인 제자가 스스로 질문을 해왔을 때 핵심을 짚어 준다. 제자가 스스로 답을 구해 실행에 옮길 수 있도록 해준다. 이 점이 스승한테 우리가 꼭 배워야 할 덕목이다.

스승이 제자를 대하는 자세를 살펴보면 이 이야기에서 스승의 비유와 상징은 다음과 같이 정리할 수 있다.

③ **스승** = 제자의 과거보다 현재를 중요하게 여기고, 절박함을 느끼는 환경을 제공하고, 제자가 먼저 물어오기를 기다린 훌륭한 스승의 전형적인 인물

『이미지 독서코칭』에서 가장 접목시켜야 할 부분이다. 아이에게 독서를 강권하고, 따라 배우라고 할 것이 아니라, 아이가 먼저 독서의 필요성을 느끼게 하고, 스스로 답을 찾도록 환경을 제공해주고, 아이가 먼저 질문을 하도록 유도하는 분위기를 조성해 줘야 한다.

"엄마는 이 책을 읽고 이것은 우리가 이럴 때 이렇게 교훈을 받아야 한다고 생각하는데, 너는 엄마가 말한 것에 대해 어떻게 생각해?"

이런 식으로 아이와 대화를 시도하며, 아이가 자연스레 독서체험을 생활에 활용할 수 있도록 이끌어줄 수 있어야 한다.

"너 죽을래?"가 주는 이미지의 힘

이제 여러분도 함께 해보자. 애꾸눈 제자가 화를 참기 위해 손님에서 한 그대로 따라 해보는 것이다.

먼저 주먹을 쥐고 앞으로 치켜들면서 나직이 외쳐보자.

"너 죽을래?"

무슨 이미지가 그려지는가?

괜히 피식 웃음이 나면서 마음의 여유가 생기지 않는가? 그런 다음에 말 한 마디 않고 손님을 이긴 애꾸눈 제자의 이미지가 그려지면서 '나도 애꾸눈처럼 해야지.'라는 힘이 생기는 것이 느껴지지 않는가?

또는 괜히 자기 잘난 멋에 말 한 마디 붙여보지 못하고 졌다고 물러난 손님의 모습이 떠오르면서 '나는 손님처럼 하지 말아야지.'라는 이미지가 그려지지 않는가?

또는 어리석은 제자의 행동을 다 받아주면서 묵묵히 제자가 할 일만 알려준 스승의 모습이 떠오르면서 '나는 스승처럼 해야지.'라는 이미지가 그려지지 않는가?

입시면접을 앞둔 학생이 있었다. 인상도 좋고, 성적도 좋고, 스펙도 좋고, 다 좋은데 자신감이 부족했다. 단지 면접 예상문제에 맞춰 답을 외우려고 하는 자세가 안타까웠다. 그래서 〈애꾸눈 제자 이야기〉를 들려주고, 시험에 임하는 애꾸눈 제자의 자세를 이미지로 새길 수 있도록 했다.

"애꾸눈 제자가 제일 잘 한 게 뭐라고 했지?"

"꼭 이겨야 한다는 절실함을 가졌어요."

"그렇지. 그럼 점검해 보자. 너는 얼마만큼 절실한 거야? 이번 시험에 꼭 붙어야 할 이유가 있기는 한 건가?"

"그럼요, 이번에 떨어지면 더 갈 데도 없어요."

"그래? 그럼, 절실함은 있는 거네. 그런데 왜 나한테는 절실함이 없어 보이는 거지?"

"왜 그렇게 생각하세요?"

"너는 지금 답만 외우려고 하잖아. 지금까지 나한테 어떻게 하면 면접에 붙을 수 있느냐고 물어본 적이 있어?"

"그거야, 선생님이니까 당연히 가르쳐 줘야 하는 거 아닌가요?"

"나는 그동안 수없이 가르쳐 줬잖아. 그런데 너는 내 말을 안 듣고, 지금은 아예 묻지도 않잖아?"

"제가 언제요?"

"그동안 면접 문제는 답을 외우려고 할 것이 아니라 애꾸눈 제자처럼 절실함을 가져야 한다고 수없이 말했잖아. 그런데 절실함은 보이지 않고 매번 예시답만 외우려고 하니까 진전이 없는 거잖아. 왜 내 말은 안 듣고 예시답만 외우려고 하는데? 그러니까 절실함이 없어 보이잖아."

"그럼, 어떻게 하면 좋을까요?"

"이제는 제발 예시답을 외우려 하지 말고, 그것을 절실한 내 문제로 받아들이려고 해봐. 그게 힘들면 한번 따라 해볼래?"

그리고 애꾸눈 제자를 떠올리며 주먹을 쥐어 앞으로 내밀고 "너 죽을래?"를 해보라고 했다. 학생은 피식 웃으며 "너 죽을래?"를 따라 했다.

"그렇지. 봐라. 너는 그렇게 웃는 모습이 매력적이야. 면접장에서도 그렇게 웃는 모습으로 임했으면 해. 그러니까 제발 면접장에 들어가기 전에 예시답을 외우려고 하지 말고, 지금처럼 '너 죽을래?'를 해보며 마음의 여유를 가졌으면 해. 지금 너에게 필요한 것은 예시답이 아니라 절실함의 표현과 자신감이야. 알았지?"

학생은 당당히 원하는 대학에 합격했다. 대학입시는 성적과 스펙에서 이미 당락에 결정되는 경우가 많아서 꼭 면접만 잘 봐서 합격했다고 할 수는 없다. 하지만 중요한 것은 면접을 보고 난 후에 학생의 태도가 달라졌다는 것이다. 학생은 대학에 합격한 후에도 이러저

러한 면접을 많이 봤는데, 그때마다 좋은 성적을 거뒀다. 학생이 찾아와서는 이렇게 말했다.

"선생님, '너 죽을래?'는 정말 대단한 것 같아요."
"후후, 이제 알았냐? 그런데 왜 그렇게 생각하는데?"
"예전에는 면접을 볼 때마다 꼭 좋은 말을 해야 할 것 같아서 외우느라 괜히 저 자신이 주눅 들곤 했는데, 지금은 '너 죽을래?' 하니까 괜히 자신감이 생기는 걸 느낄 수 있어요. 그래서 발표가 있을 때도 '너 죽을래?'를 하기 시작했어요. 그때마다 좋은 성과를 거두니까 괜히 기분이 좋아요."

누군가를 가르치는 사람이 느끼는 가장 큰 보람이다. 가르친 대로 따라 해서 실생활에서 성과를 거두고 있다는 말만큼 더 큰 보람이 어디 있겠는가?

"생각을 바꾸면 행동이 바뀐다는데, 생각은 어떻게 바꾸죠?"

이제 이 질문에 대한 '어떻게?'라는 답을 찾을 수 있다. 생각은 정말 쉽게 바뀌지 않는다. 아무리 좋은 것을 알았어도 먼저 절실함이 없으면 바꾸기 힘든 것이다. 오로지 절실함을 가진 사람만이 생각을 바꿀 수 있다. 그 절실함을 챙기기 위해 여러분도 한번 해보자. 주먹을 쥐고, 앞으로 치켜들면서 나직이 외쳐보자.

"너 죽을래?"

절실한 사람은 반드시 그 효과를 볼 것이다.
이미지의 힘은 정말 강하다.

자기주도적 학습역량을 키우려면?

1. 공부의 절실함을 일깨워주는 마법의 주문을 외우자

   "너 죽을래?"

2. 독서를 통한 '사실적인 이해'와 '정보의 객관화'를 위해 언제나 열린 시각으로 접근한다.

3. 애꾸는 제자에게서 공부의 자세를 배운다.
   1) 간절함을 갖자
   2) 모르는 것을 인정하고 묻는 것을 두려워 말자
   3) 공부 과정에서 올라오는 감정에 속지 말자

4. 스승에게서 『이미지 독서코칭』의 길을 묻는다.
   1) 아이의 현재 실력을 인정하자
   2) 아이가 절실함을 갖도록 환경을 조성하자
   3) 아이가 먼저 묻도록 유도하자

Part

3

자기경영 역량

〈적벽대전〉으로
블루오션 찾기

나의 동남풍은

무엇인가?

장래희망이 없다는 자녀를 둔 부모에게

"저는 장래희망이 확실하지 않은데 어떻게 하죠?"
"저는 성적 때문에 어쩔 수 없이 지원한 건데 뭐라고 써야 하죠?"

자기소개서 양식에는 지원동기와 입학 후 학업계획, 향후 진로계획에 대해 써야 하는 문항이 있다. 입시를 앞두고 이런 고민을 털어놓는 학생들을 볼 때마다 안쓰럽기만 하다. 대부분의 학생들이 자신의 적성과 장래희망보다는 내신성적이나 수능점수에 맞춰 진로를 선택하는 현실이 빚어내는 비극이다.

요즘은 인공지능 시대를 앞두고 암기식의 공부는 더 이상 아이들에게 도움이 되지 않는다는 것이 부각되면서 아이들의 기질과 적성에 맞는 다양한 직업찾기 교육이 이뤄지는 학교가 많아지고 있어 다행이다. 예전보다 자녀의 진로에 대해 열린 시각을 가진 부모들이 많아지면서 아이들이 자신의 기질과 적성에 맞는 학과를 선택하는 경우도 많아지고 있어 정말 다행이다.

이제 더 열린 시각을 가져야 한다. 성적 때문에 어쩔 수 없이 지원한 학과에 지원한 동기와 입학 후 학업계획, 향후 진로계획을 쓴다는 것은 정말 고문 같은 일이다. 오죽하면 자신의 미래를 위해서라도 한번은 꼭 써봐야 할 지원동기와 향후 계획을 쓰면서 '자기소개'가 아닌 '자기소설'을 써야 하냐는 식으로 자조하는 아이들까지 생겼겠는가? 자신의 인생이 걸린 향후 진로계획을 쓰기 어렵다며 눈물까지 흘리는 아이들을 볼 때는 우리의 교육이 얼마나 잘못된 방향으로 흘러왔는가를 실감하게 한다.

이러면 공교육의 문제점을 지적하는 이들이 생길지 모르겠다. 하지만 이런 문제는 공교육의 책임으로만 돌릴 수 없다. 공교육 당사자들도 나름대로 최선의 노력을 기울이고 있다. 아이들의 꿈과 끼를 살려주기 위한 자유학기제를 도입했고, 암기식 공부에서 탈피하기 위해 다양한 학교생활을 바탕으로 전공학과에 맞는 인재를 선발하는 '학생부종합전형'(이하 학종)을 시행하고 있다. 하지만 세상의 그 어떤 제도도 완벽할 수는 없다. 자유학기제와 학종도 취지와 장점이 많지만, 시행과정에서 공평성에 문제를 드러내며 존폐논쟁이 벌어지고 있다.

이처럼 공교육은 어떤 제도를 도입하더라도 단점만을 부각시켜 공격하는 이들이 있기 마련이라 우리 교육의 모든 문제점을 해결할 수가 없다는 것을 단적으로 보여주고 있다. 이런 공교육의 문제점을 보완하기 위해 이제는 부모들이 역할을 다해야 한다.

아이에게 장래희망을 찾아주는 것은 부모가 아이의 관심사와 고민에 관심을 갖고 자주 소통하며 친밀감을 형성하는 일에서부터 시작이다. 아이들도 부모도 사람이기에 모든 것에서 완벽하지 않다는 것을 안다. 더러는 부모도 모르는 것이 있다는 것을 보여주며 친밀감을 형성하면 아이의 마음을 얻을 수 있다. 그 친밀감을 형성하는 방법 중에 가장 좋은 것이 바로 『이미지 독서코칭』이다.

장래희망이 확실하지 않다는 아이에겐 『삼국지』를 권해보자. 책의 분량이 너무 많아서 아이가 힘들어 한다면 만화책이라도 좋다. 만화책도 전체 내용을 다루기 힘들다면 그 중에 일부인 〈적벽대전〉이라도 좋다. 시중에는 『삼국지』의 진수라고 할 수 있는 〈적벽대전〉만을 다룬 책이 별도로 판매되고 있다. 〈적벽대전〉에서 동남풍을 이용해서 화공전으로 대승을 거두는 제갈공명의 이야기를 잘 활용한다면 아이가 자신의 장래희망과 향후 진로계획을 세우는 데 많은 도움을 줄 수 있다.

어떻게?

제갈공명이 동남풍을 활용하는 장면을 이미지화해서 뇌리에 새기게 하는 것이다. 이렇게 나만의 블루오션을 찾게 해주는 마법의 주문을 외우면서!

"나의 동남풍은 무엇인가?"

지금부터 『이미지 독서코칭』으로 아이의 장래희망과 향후 진로계획을 찾아주기 위한 세계로 빠져보자.

〈적벽대전〉 이미지화로 장래희망 찾아주기

제갈공명은 어떻게 동남풍을 활용했는가?

    강을 사이에 두고 북쪽의 위나라 조조군과 남쪽의 오나라 주유군이 대치를 하고 있었다. 주유군은 화공으로 조조군의 배를 모두 불태워버릴 계략을 세웠다. 대륙에서만 활동했기 때문에 배멀미가 심한 조조군은 배의 흔들림을 줄이기 위해 모든 배를 묶어 놓았다. 물론 주유군의 계략이었다. 이제 바람만 제대로 불어주면 불화살을 날려 묶여 있는 조조군의 배를 모두 불에 태울 참이었다. 그러나 바람이 도와주지 않아서 계획이 수포로 돌아갈 처지였다.

    그때 제갈공명이 주유에게 화공을 펼치기 좋도록 동남풍을 불게 해주겠다며, 칠성단을 만들어 동남풍을 불게 하는 의식을 치른다. 사람들은 반신반의했지만 며칠 후에 정말로 동남풍이 불었고, 주유군은 그 바람을 이용해서 조조군에게 불화살을 날려 대승을 거둔다.

이 전쟁을 통해 제갈공명은 뛰어난 지략에 도술까지 겸비한 가공할 능력을 지닌 인물로 사람들에게 널리 알려지게 된다.

- 『삼국지』 〈적벽대전〉 중에서

한때는 삼국지를 한 번도 읽지 않은 사람이나 세 번 이상 읽은 사람하고는 논쟁을 하지 말라는 말도 있었다. 삼국지를 한 번도 안 읽은 사람은 무식해서 말이 통하지 않으니 논쟁의 대상이 될 수 없고, 세 번 이상 읽은 사람은 어떤 말을 해도 논쟁에서 이길 수 없으니 애초에 논쟁을 피하라는 것이었다. 그만큼 삼국지를 읽으면 다양한 생활의 지혜를 얻을 수 있다는 뜻을 담고 있다.

"삼국지가 우리에게 주는 교훈이 무엇일까요? 아이가 삼국지를 읽고 독서감상문을 쓰려고 할 때 '어떻게 쓰면 좋아?'라고 묻는다면 뭐라고 답을 해주시겠습니까?"

이렇게 어리석은 질문도 없다. 이런 질문을 받으면 말문이 막힐 수밖에 없다. 워낙 방대한 소설을 놓고 이렇게 한 마디로 정리할 수 있다는 발상 자체가 문제다.

우리의 뇌는 한꺼번에 많은 것을 다루면 그 중에 하나도 제대로 정리할 수가 없다. 따라서 삼국지 전체를 다루는 것은 결국 어느 하나도 제대로 잡을 수 없는 길이다.

이럴 때는 구체적인 장면 하나에 집중에서 다루는 것이 좋다. 특히 자신이 무엇을 잘 하는지, 장래희망을 모르겠다는 아이는 〈적벽대전〉, 그 중에서 제갈공명이 '동남풍'을 활용해서 화공을 펼치는 장면을 이미지화해서 현실에 활용하는 독서코칭에 들어가면 큰 효과를 얻을 수 있다.

삼국지를 세 번 이상 읽었다는 중2 학생이 있었다.

"삼국지에 나오는 적벽대전을 이야기할 수 있어?"

학생은 기다렸다는 듯이 〈적벽대전〉에 대해 술술 이야기를 풀어놓았다. 주인공의 이름과 지형까지 외어가며 신나게 전투 장면을 이야기하는데, 삼 분이 지나도 끝날 기미가 보이지 않았다. 끝까지 들어준 다음에 물어보았다.

"그 적벽대전을 통해서 우리가 배워야 할 점은 무엇일까?"

"그거야 전쟁에 이기기 위해서는 제갈공명처럼 지혜를 써야 한다는 거 아닌가요?"

"그러면 전쟁이 일어나지 않으면 배울 게 없다는 건가?"

"……?"

책이란 많이 읽을수록 좋은 것이 사실이다. 하지만 적당한 독서코칭 없이 책만 읽는 것은 지식을 축적하는 데는 보탬이 될지 모르지만, 자칫 더 중요한 것을 잃을 수 있다. 아이에게 『이미지 독서코칭』을 적용하기 위해 슬쩍 화제를 바꿔서 물었다.

"제갈공명이 적벽대전에서 화공을 펼치기 위해 도술로 동남풍을 불게 한 것은 사실일까?"

"그건 제갈공명이 미리 동남풍이 불 줄 알고 그 시간에 맞춰 도술을 부린 것처럼 사기 친 거잖아요."

삼국지를 세 번씩이나 읽었다고 하더니 사실적인 이해는 제대로 했다. 나는 더욱 진지한 표정을 지으며 물었다.

"그때 제갈공명은 동남풍이 부는 것을 어떻게 미리 알았을까?"

"......?"

"제갈공명은 왜 동남풍을 부르기 위해 도술을 부리는 것처럼 의식을 치렀을까?"

〈적벽대전〉에서 제갈공명이 동남풍을 활용한 지혜를 짚어주고 싶어서 세부적으로 들어갔다.

"그 당시 동남풍의 방향이 바뀐다는 것은 제갈공명만이 알고 있는 지식이었지. 자, 그렇다면 제갈공명처럼 남들은 모르는데 너만 알고 있거나, 또는 남들은 할 수 없는데 너만 할 수 있는 일이 있다면 무엇이 있을까? 제갈공명이라면 그것을 어떻게 활용했을까?"

학생에게 제갈공명이 '동남풍'을 활용한 장면을 자꾸 상기시키며 스스로 이미지화하도록 이끌었다. 그러면서 집중적으로 동남풍이 현실에서 의미하는 것이 무엇일지 생각하도록 했다. 그리고 그것을 학생의 장래희망과 연결시키기 위해 잠시 말을 돌려, 장래희망에서 꼭 알아야 할 블루오션의 개념을 이해시키기 시작했다.

장래희망, 나만의 블루오션을 찾아라

최고가 되는 것, 그것이 영원한 블루오션이다

블루오션(blue ocean)은 푸른 대양이라는 말로 '현재 존재하지 않거나 알려져 있지 않아 경쟁자가 없는 유망한 시장'을 가리킨다. 정보를 선점한 사람이 개척한 지식정보 산업 등을 포함한 경쟁 대상이 없는 상품을 말한다.

레드오션(red ocean)은 핏빛 대양이라는 말로 '이미 잘 알려져 있어서 경쟁이 치열한 시장'을 말한다. 정보가 공개되어 있고 누구나 쉽게 접할 수 있어 그야말로 피 튀기는 경쟁을 해야만 하는 상품을 말한다.

개인브랜드화 시대에 경쟁력을 갖추기 위해서는 누구나 자신만의 블루오션을 갖고 있어야 한다. 목적의식이 뚜렷한 사람들은 누구보다 먼저 새로운 정보를 습득하여 자신만의 블루오션을 개척하고 있다. 지금도 인공지능과 로봇 등의 새로운 상품들이 앞서가는 기업의 블루오션으로 끊임없이 개발되고 있다.

"세상에 영원한 블루오션이 있을까?"

이렇게 물으면 한결같이 영원한 블루오션은 없다고 말한다. 심지어 블루오션 강의를 하는 강사님들 중에도 확신을 갖고 말한다.
"영원한 블루오션은 없다."
그런데 과연 그럴까?
세상에 과연 영원한 블루오션은 없는 것일까?

한때 변호사와 검사는 고수익을 올리는 안정된 직장으로, 즉 블루오션의 세계였다. 그동안 그들만이 영역을 지키기 위하여 사법고시를 통해 소수의 엘리트 집단으로 관리하며 권위와 지위를 유지해 왔다.
그런데 지금은 어떤가? 로스쿨을 통해 다수의 법조인들이 배출되면서 이제는 끼니도 유지하기 힘든 이들이 양산되고 있다. 그들끼리 치열한 자리다툼이 벌어지면서 경쟁에서 밀린 사람들은 낙오의 대열에 낄 수밖에 없는 핏빛 세상, 즉 레드오션이 되어 버렸다.

이런 것만 보면 정말 영원한 블루오션은 없다는 말이 맞는 말 같다.

하지만 음식점을 보면 어떤가? 많은 사람들은 음식점을 레드오션으로 본다. 세상에 차고 넘치는 것이 음식점이다. 하지만 모든 음식점을 레드오션이라고만 할 수 없다. 경제 위기가 올 때마다 수많은 음식점이 문을 닫을 때도 문전성시를 이루는 음식점이 있다.

전문가들의 말대로라면 음식점은 레드오션인데, 그런 음식점들은 어떻게 경쟁자 없이 더욱 탄탄한 성공의 길을 달릴 수 있는 것일까? 세상에 이보다 더한 블루오션이 어디에 있단 말인가?

블루오션의 사전적 의미는 지워야 한다. 이제 블루오션도 비유와 상징의 개념으로 접근해야 한다. 많은 이들이 사전적 의미로 해석해서 블루오션을 '현재 존재하지 않거나 알려져 있지 않아 경쟁자 없는 유망한 시장'이라고 해석하지만, 이제 비유와 상징으로 접근하면 블루오션은 '현실에서 경쟁자 없는 유망한 시장'으로 해석할 수 있다.

이렇게 블루오션의 개념을 새롭게 정립하면 이제 블루오션 개발을 위한 접근이 달라질 수밖에 없다. 지금까지는 '새로운 상품 개발'이 블루오션 개척의 출발이었다면, 이제부터는 '경쟁자 없는 상품개발'에 초점을 맞추게 되는 것이다.

왜 블루오션을 없는 것에서만 찾아야 한단 말인가? 지금 하고 있는 것 중에서도 잘 개발해서 '경쟁자 없는 상품'으로 만들 수 있다면 그 것이 곧 블루오션이라고 할 수 있는 게 아닌가?

세상이 아무리 변해도 영원한 블루오션이 딱 하나 있다. 이제 "세 상에 영원한 블루오션은 없다"는 말은 수정되어야 한다. 이렇게!

"세상에 영원한 블루오션이 딱 하나 있다. 그것은 자신이 하는 일에서 최고가 되는 것이다."

이렇게 블루오션에 대한 새로운 해석을 하면 이전에 새로운 상품 을 찾기 위해 노력했던 '무엇을 할 것인가?'를 찾는 것 못지않게, 이 제는 자신이 하는 일에 최고가 되기 위해 '어떻게 할 것인가?'에 집중 하는 노력을 기울일 수 있다.

남들이 다 레드오션이라고 생각하는 음식점을 하더라도 자신만이 할 수 있는 맛있거나 특색이 있는 음식을 상품으로 만들어 누구도 흉내낼 수 없는 맛집으로 만들면 이게 곧 자신만의 블루오션이 아니 겠는가?

이렇게 블루오션을 개척한 인물이 바로 제갈공명이다. 제갈공명은 '동남풍'을 활용해서 누구도 넘볼 수 없는 자신만의 최고 상품인 블 루오션을 만들었다. 그는 당시 적벽대전에서 남보다 먼저 동남풍이 부는 시기를 알았고, 그것을 도술로 잘 포장해서 누구도 흉내낼 수 없는 최고의 전쟁 상품을 만들었다. 즉 자신만의 블루오션을 개척해서 당대 최고의 전략가 자리에 오를 수 있었던 것이다.

바로 이 부분, 제갈공명이 동남풍을 활용한 장면을, 생생한 이미지로 만들어 현실에 활용할 수 있다면, 누구나 제갈공명처럼 최고의 '블루오션'을 개척할 수 있다.

꿈의 첫 걸음, 나의 동남풍은 무엇인가?

동남풍은 제갈공명이 개척한 블루오션

한때는 정보를 얼마나 빨리 선점하느냐에 따라 경쟁력이 달라졌다. 동남풍이 언제 부는지 먼저 아는 것이 중요했다. 독서량이 많을수록 경쟁력에서 앞선 이유도 여기에 있었다. 그때는 독서량이 곧 정보량이었기에 독서를 많이 하면 그만큼 앞서갈 수 있었다.

지금은 정보의 홍수 시대다. 인터넷만 검색하면 수많은 정보를 얻을 수 있다. 정보량으로만 볼 때는 독서량이 아무리 많아도 인터넷의 검색 속도를 따라잡을 수 없다. 그래서 지금은 더더욱 『이미지 독서코칭』을 필요로 한다. 독서량만으로 머물러서는 안 되기 때문이다.

지금은 정보 하나를 접해도 유용하게 활용하는 창의력을 필요로 한다. 인터넷 검색 속도를 따라잡지 못해 정보의 선점을 빼앗겼더라도 기죽을 필요가 없다. 그것을 먼저 유용하게 활용할 줄 아는 지혜를 갖추면 된다. 그 방법 중에 하나가 〈적벽대전〉에서 남보다 먼저 수집한 동남풍이라는 정보를 도술과 접목시켜 블루오션으로 개발한 제갈공명의 지혜를 배우는 것이다.

삼국지를 세 번씩이나 읽었다는 학생에게 먼저 블루오션과 레드오션에 대해 설명을 해주었다. 그리고 재차 물어 보았다. 삼국지에서 제갈공명의 '동남풍을 활용한 지혜'를 아이가 자신의 현실에 구체적으로 적용할 수 있도록 이끌어 주기 위함이었다.

"그 당시 언제쯤에 동남풍이 분다는 것을 알고 있었던 사람은 제갈 공명밖에 없었나?"

"아니죠? 주변의 어부들 중에도 아는 사람이 있었죠."

"그렇지. 하지만 그들은 그것을 알고도 결정적인 순간에 써먹을 줄 몰랐잖아. 하지만 제갈공명은 어땠지?"

"그걸 이용해서 도술처럼 써 먹었어요."

"그렇지. 그러니까 지금 말로 하면 그것이 곧 제갈공명이 개발한 블루오션이라고 볼 수 있겠지?"

"그게 그렇게 되나요?"

"그때 만약에 제갈공명이 도술부리는 것처럼 하지 않고 바로 농남 풍이 언제쯤 분다고 잘난 체 하듯이 정보를 떠벌리고 다녔다면 어떻게 됐을까?"

학생은 금방 이해를 했다는 듯이 눈을 반짝였다.

"아, 그러니까 정보도 중요하지만 그것을 잘 써먹기 위해 도술을 부린 것처럼 행동한 것이 중요한 거네요."

"그렇지. 동남풍이 분다는 정보를 도술로 접목시킨 지혜가 대단한 거지. 적벽대전의 제갈공명처럼 자신이 알고 있는 정보를 도술처럼 잘 포장해서 누구도 따라잡지 못할 자신만의 블루오션으로 만드는 것을 배운다면 정말 큰 지혜를 얻는 거지."

"아, 그게 그렇게 되나요?"

"그렇다면 너의 동남풍에는 무엇이 있을까? 너에게 동남풍처럼 활용할 정보나 능력이 있다면 그것이 무엇일까?"

삼국지에 나타난 제갈공명의 '동남풍'을 단순히 동남쪽에서 불어오는 바람이 아니라 문학작품 속에 담겨 있는 비유와 상징으로 바라보면 다음과 같은 지혜를 얻을 수 있다.

제갈공명은 누구보다 먼저 동남풍이 부는 것을 알아차리는 기상관측 지식을 습득했고, 그것을 도술이라는 상품으로 포장해서 적절히 활용할 줄 알았다. 즉 우리가 적벽대전에서 배워야 할 것 중에 하나는 제갈공명이 '동남풍'을 활용해 자신만의 블루오션으로 개발한 지혜인 것이다.

이렇게 정리하고 보면 이제부터 우리가 사용하는 '동남풍'은 제갈공명이 '동남풍이 언제쯤 불어온다는 것을 아는 것에 그치지 않고 그것에 도술을 부리는 의식에 접목해서 적절히 활용한 지혜'라는 의미를 가진 비유와 상징으로 되는 것이다.

이미지의 힘은 강하다. '나의 동남풍은 무엇인가?'라고 생각하는 순간 제갈공명이 동남풍이라는 정보에 도술로 접목시켜 자신만의 블루오션으로 개발한 장면이 뇌리에 선명한 이미지로 펼쳐질 것이다. 지금 잠시 책에서 눈을 떼고 생각해 보자.

'나의 동남풍은 무엇인가?'

이 생각을 하는 것만으로도 앞에서 이야기한 것처럼 적벽대전에서 대승을 거둔 제갈공명의 지혜가 선명한 이미지로 펼쳐지는 것을 느낄 것이다. 실제로 삼국지를 읽은 사람이라면 '적벽대전'에서 느꼈던 전율이 가미되면서 '제갈공명처럼 되기 위해 나도 나만의 블루오션을 개발해야겠다는 의지'가 생기는 확실한 체험을 하게 될 것이다.

어떻게 나를 상품으로 포장할 것인가?

동남풍은 아직 누구도 유용하게 활용하지 못한 지식이다. 그 지식을 어떻게 나만의 상품으로 포장을 하느냐가 중요하다. 『이미지 독서코칭』에서 아이의 장점과 단점을 파악해서 그 핵심을 짚어 동남풍과 연결시킬 수 있도록 도와주면 좋다. 예를 든다면 이런 식이다.

　삼국지를 세 번이나 읽었다는 학생에게 재차 물었다.

　"너의 동남풍은 무엇이라고 생각해? 너무 심각하게 생각하지 말고, 그냥 간단하게 네가 남들보다 잘 할 수 있는 것이 있으면 말해봐."

　"저, 태권도 잘 해요."

　"그래, 그러면 그게 너의 동남풍일 수 있겠네?"

　"그런데 요즘 태권도 잘 하는 애들이 너무 많아요. 국가대표 정도는 되어야 하는데, 저는 좀 힘들 것 같아요."

　나는 그 학생이 또래에 비해 태권도 동작에서 우위를 점하는 유연한 몸을 갖고 있다는 것을 알았다. 남학생이 웬만한 요가 동작을 다 하고 있었다. 그래서 그 점을 부각시키면서 학생의 장점으로 강조했다.

　"대신 넌 두 발을 들어 머리 뒤로 보낼 정도로 몸이 부드럽잖아. 니네 도장에서 너처럼 몸이 부드러운 친구가 있어?"

　"아뇨, 그것만큼은 제가 자신 있어요."

　"그러니까 그것을 너의 '동남풍'으로 개발하면 어떨까?"

　"어떻게요?"

　"생각해봐. 대개 어른이 되면 몸이 굳어져서 너처럼 할 수가 없어. 그런데 네가 계속 노력을 해서 30살이 되었는데도 몸이 지금처럼 부드럽다면, 그것으로 너의 상품 가치를 높일 수 있지 않을까? 똑같은 태권도장을 해도 너처럼 몸이 부드러워서 마음대로 할 수 있는 사범

과 몸이 굳어서 폼만 잡는 사범이 있다면 사람들이 어떤 도장에서 배우려고 할까?'

학생은 자신이 '동남풍'을 발견한 것처럼 은근히 어깨에 힘을 주고 있었다.

"그러니까 실력도 중요하지만 제갈공명처럼 그것을 어떻게 사람들한테 드러내느냐도 중요하다는 거네요."

"그렇지. 물론 태권도 실력도 최고가 되어야 하지만, 그것이 좀 부족하더라도 너만이 할 수 있는 다른 것을 보태서 최고인 것처럼 보일 수 있으면 좋잖아? 생각해 봐. 네가 태권도장을 차렸을 때도 지금처럼 몸이 부드럽다면 그 멋진 사진을 찍어 간판으로 달아 놓는다면 어떻게 될까?"

"이야, 정말 좋은 생각이네요."

아이는 정말 진지하게 눈을 빛냈다. 나는 다시 한 번 강조했다.

"영원한 블루오션을 찾으려면 내가 어떤 분야에 최고가 될 수 있는 일을 선택하는 거야. 그리고 실력을 쌓는 것도 중요하지만 그것 못지않게 사람들한테 그것을 잘 보이도록 상품으로 포장하는 기술도 중요하다는 것을 알아야 해. 사람들은 그것을 전문용어로 마케팅이라고 하지."

"와, 그러고 보니 용기가 나네요."

"그렇지. 그런데 이제 이 자리에서 돌아서기만 하면 금방 잊게 될걸. 사람은 망각의 동물이거든. 아마 너도 이 생각 오래 못갈 거야."

"정말 그럴까요?"

"많은 사람들이 좋은 것을 배웠는데 쉽게 변하지 않는 이유가 뭔지 알아? 바로 그 자리만 떠나면 금방 잊어버리기 때문이야."

"그럼 어떻게 해야 하죠?"

"자꾸 생각해야 하는 건데 그게 쉽지가 않지. 그런데 너는 정말 삼국지를 세 번 읽었다니까 쉬울 거야. 이제 적어도 적벽대전만 생각하면 동남풍이 떠오를 테니까, 이 자리를 떠나도 쉽게 잊지 않는 비법을 가질 수 있지. 그게 뭔지 알아?"

"그게 뭔데요?"

"따라 해볼래? 나의 동남풍은 무엇인가?"

"나의 동남풍은 무엇인가?"

"그래, 바로 지금처럼 수시로 '나의 동남풍은 무엇인가?'라고 자신에게 물어보는 거야. 그러면 너도 모르게 적벽대전의 장면과 제갈공명의 행동이 떠오르고, 네가 잘 할 수 있는 일을 찾아 어떻게 도술을 부리는 것처럼 행동할 수 있을까 하는 생각에 큰 용기를 갖게 될 거야."

지금까지 살펴본 것처럼 『적벽대전』에 나타난 제갈공명과 동남풍이 의미하는 비유와 상징은 다음과 같이 정리할 수 있다.

① **제갈공명** = 먼저 습득한 천측지식을 도술과 접목해서 자신만의 블루오션으로 만든 사람

② **제갈공명의 도술행위** = 천측지식을 포장해서 블루오션으로 만든 기술

③ **제갈공명의 동남풍** = 자신의 장점을 도술로 포장해서 만든 최고의

블루오션

머리로 배운 지식은 금방 잊어버리기 마련이다. 그러나 이 학생처럼 삼국지를 세 번이나 읽고, 적벽대전에서 제갈공명이 동남풍을 활용하는 장면을 선명하게 기억하고 있다면, '나의 동남풍은 무엇인가?'를 떠올리는 것만으로도 제갈공명의 지혜를 수시로 온몸에 새길 수 있다.

이것이 바로 비유와 상징으로 이미지화해서 얻는 힘이다.

이미지의 힘은 정말 강하다.

나의 동남풍, 어떻게 찾을 것인가?

요즘은 『삼국지』를 만화로 읽은 아이들이 많다. 만화라고 해서 걱정할 필요가 없다. 그렇게라도 삼국지에 빠져본 아이에게 비유와 상징을 찾아서 대화를 시도해 보면 구체적으로 그 장면을 이야기하는 아이들이 많다. 삼국지를 세 번 이상 읽도록 할 시간이 어디 있냐고 반문하는 부모도 있다. 굳이 세 번이 아니어도 좋다. 요즘 시중에 〈적벽대전〉 부분만 나와 있는 책을 구입해 『이미지 독서코칭』의 교재로 활용해도 좋다. 실제로 시간 관계상 이 부분만 읽게 한 아이들과 있었던 일이다. 수업 시간에 아이들에게 물어 보았다.

"너희들의 동남풍은 무엇이라고 생각해?"

"저는 그림을 잘 그려요."

한 아이가 얼른 대답했다. '동남풍'을 남들보다 잘할 수 있는 것으로 이해한 것이다. 그러나 동남풍은 이것으로 그치는 것이 아니다.

"이야, 그거 좋다. 그런데 제갈공명이 '동남풍'을 어떻게 써 먹었지? 도술 부리는 것처럼 써먹었잖아? 그렇다면 너는 그림을 잘 그리는 것을 어떻게 도술 같은 것으로 포장할 수 있을까?"

"……?"

"선생님, 되게 어렵네요? 선생님은 그 방법을 아나요?"

사실 이런 질문에 바로 대답할 수 있는 사람은 많지 않다. 이론으로는 알더라도 막상 내 문제에 부딪혔을 때는 그 답을 찾기가 어려운 것이다. 중요한 것은 이런 식으로 자신이 무엇을 잘하는지 알고 있고, 또 그것을 어떻게 해야 잘 활용하는 것인지 생각해보는 시간을 자주 가져보게 하는 것이다. "이것이 그 정답이다"라고 확신할 수 있는 것은 없기 때문이다.

아이의 질문에 바로 답을 하지 않고 말을 돌리는 이유가 여기에 있다. 『이미지 독서코칭』은 직접 답을 구해주는 것보다 아이가 스스로 생각할 수 있도록 적절한 질문을 해주는 것으로 충분할 때가 많다.

"그것은 상황에 따라, 네가 추구하는 목적에 따라 달라질 수 있지. 예를 들어 대학입학을 앞둔 상황이라면, 너만 그릴 수 있는 그림을 그려서 .블로그에 올려놓는다거나, 각종 미술대회에 적극적으로 참가해서 자꾸만 너를 알리기 위해 노력하는 것도 방법일 수 있지. 그러면 대학 입시에서 남들보다 훨씬 유리한 포트폴리오로 활용할 수 있잖아."

"와, 그런 방법이 있네요."

"그렇지. 너만이 갖고 있는 지식이나 장점을 가지고, 너만이 할 수 있는 독창적인 방법을 찾아 상품으로 만드는 것이 바로 제갈공명이 도술부리는 것처럼 했던 것과 똑같은 거잖아."

그러면서 직업세계를 보여주는 보조자료를 이용해서 먼저 자신이 해보고 싶은 것을 체크해보고, 좋아 하는 것과 잘할 수 있는 것이 무엇인지 다 써보라고 했다.

이제 아이들과 함께 했던 '나의 동남풍을 찾는 작업'을 공개한다. 아이들에게 해보라고 하기 전에 부모가 먼저 '나의 동남풍을 찾는 작업'을 해보자.

세 개가 다 같아도 좋고, 서로 달라도 좋다. 그냥 생각나는 대로 일단 동그라미를 쳐 봐도 좋고, 밑줄을 그어 봐도 좋다. 그런 다음에 옆에 좋아 하는 것과 잘 할 수 있는 것에 대해서는 직접 글로 써보자. 그러는 과정 중에 이것이 나의 동남풍일 수 있다고 생각이 드는 것이 생길 것이다. 그러면 그것을 찾아서 좀 더 구체적으로 어떻게 동남풍으로 활용할 것인지 생각해보자.

나의 동남풍을 찾아라		
좋아하는 것	잘 하는 것	어떻게 해야 하나?
1. 기술자, 소방대원, 농부, 동물전문가, 요리사, 목수, 피아노조율사, 운전기사, 어부, 엔지니어, 기계기사, 정비사, 전기기사, 운동선수, 건축가, 도시계획가		
2. 과학자, 발명가, 학자, 물리학자, 천문학자, 수학교사, 비행기조종사, 의사, 생물학자, 화학자, 수학자, 지질학자, 편집자		
3. 예술가, 화가, 연예인, 가수, 예술가, 시인, 무용가, 조각가, 작가, 소설가, 디자이너, 연극인, 음악평론가, 만화가		
4. 교사, 임상치료사, 사회복지사, 유치원, 교사, 스튜어디스, 학교교장, 외교관, 응원단원, 대학교교수, 양호교사, 간호사, 청소년지도자, 종교지도자, 상담가		
5. 정치가, 기업경영인, 광고인, 영업사원, 보험사원, 관리자, 공장장, 판매관리사, 매니저, 탐험가, 변호사, 영화감독, 아나운서, 사업가, 사회자(MC), 여행안내원, 자동차 판매원		
6. 회계사, 세무사, 경리사원, 은행원, 법무사, 공무원, 회사원, 경비원, 약사, 비서, 우체국 직원, 통역사, 보디가드		

'나의 동남풍'을 찾는 일은 결코 쉬운 일이 아니다. 쉽게 찾아진다면 누구나 쉽게 성공했을 것이다. 답이라고 확정을 짓기보다 '나의 동남풍은 무엇인가?'를 찾아가는 과정에서 '혹시 이것이 아닐까?'라고 끊임없이 자신이 '잘할 수 있는 일'을 찾아, '어떻게 해야 할까?'라고 생각해 보는 것으로도 충분한 의미가 있다. 지금 당장 꼭 답을 내려야 한다고 닦달하지 말자.

"내가 보기에 너는 이런 걸 잘 하는데 너는 어떻게 생각해?"
"너는 이런 걸 잘 하잖아. 그걸 동남풍으로 보고 도술부리는 것처럼 어떻게 써먹을까 찾아보면 어떨까?"

『이미지 독서코칭』으로 부모가 먼저 '나의 동남풍'을 찾아보고, 아이와 함께 서로의 장점을 짚어주는 시간을 가지면 좋다. 가급적 칭찬 위주로 해주면 더욱 좋은 효과를 얻을 수 있다. 아이는 자신이 모르는 장점에 대해 생각해 보는 시간을 갖게 되고, 부모는 앞으로 아이에게 필요한 것이 무엇인지 챙겨보는 시간도 가질 수 있다.

때로는 도술을 부리는 것처럼 행동할 수 있어야

제갈공명이 적벽대전에서 이기기 위해 도술을 부리는 것처럼 '동남풍'을 불러 온 것은, 그 당시 수많은 군사들을 상대로 사기를 친 것으로 정말 뻔뻔한 행동일 수 있다. 그런데 삼국지를 읽은 사람들은 그것을 사기라 부르지 않고 지혜라 부르며 감탄을 한다. 그 이유는 무엇일까?

자신의 목적이 확실했고, 자신이 습득한 지식을 가장 적절히 활용했고, 무엇보다 〈적벽대전〉이라는 전쟁을 승리로 이끈 성과물을 창출해냈기 때문이다.

"아는데 안 되는 걸 어떻게 해요?"

"저는 용기가 없어서⋯."

"저는 부끄러움이 많아서⋯."

강의를 하다 보면 이렇게 말하는 사람들을 참 많이 만난다. 물론 공부를 하다 보면 이런 경계를 반드시 만나게 되어 있다. 그런데 이런 말로 자신을 변명하고 합리화를 시작한다면 그것은 더 이상 어떻게 할 방법이 없다.

공부는 크게 네 가지 단계로 나뉜다.

첫째, 무엇을 모르는지조차도 모르는 단계

둘째, 무엇을 모르는지 알아가는 단계

셋째, 알았는데 그것이 잘 안 되는 단계

넷째, 아는 대로 그냥 해나가는 단계

공부란 모르는 것을 알아가는 과정이다. 그런 점에서 공부를 시작하면 제일 먼저 무엇을 몰랐는지 그동안 몰랐던 것을 알아가는 단계를 거치게 된다. 처음에는 신이 날 수가 있다. 지식으로 아는 것이 늘어나는 만큼 지적 욕구가 충족되는 희열을 느낄 수도 있다. 실제로 독서경험을 통해 새로운 것을 알아 갈 때마다 흥분하고 열정을 느끼며 결의를 다지는 것이 여기에 속한다.

그런데 이 단계에서 느꼈던 기쁨은 어느 시점이 지나면 시들해지기 시작한다. 그 무렵에 만나는 것이 바로 '아는데 안 되는데…'라는 생각이다. 이제 어느 정도 배워서 아는 것은 많은데, 그것을 뜻대로 실천할 수 없는 이 단계에서 가장 많이 만나는 것이 자기 열등감이나 좌절감이다. 이 과정을 잘 극복하면 다음 단계로 넘어갈 수 있지만, 많은 이들이 이쯤에서 좌절하고 포기하는 경우가 많다.

따라서 '아는데 안 되는데…'라는 생각이 올라오면 얼른 긍정적으로 이제 어느 정도 공부가 되어가는 셋째 단계에 들어서고 있다고 위안을 삼아야 한다. 좀 더 열심히 하자고 스스로 채찍질해야 한다. 하던 일을 포기하지만 말고 계속 해나가면 이제 그것이 습관으로 굳어지면서 아는 대로 행할 줄 아는 단계에 들어서는 것이다.

"아는데 안 되는데…."

우리 주변에는 이 말을 입에 달고 다니는 사람들이 너무 많다. 그런 사람을 만날 때 어느 정도 친밀도가 있거나 말이 통할 사람 같으면 꼭 해주고 싶은 말이 있다.

"그렇다고 그렇게 평생 살 거예요? 그렇다면 힘들게 배워서 뭐에 쓸 건데요?"

하지만 대개 이런 말을 입버릇처럼 하는 사람들은 그것을 마치 자신의 소신(?)인양 믿는 경우가 많아서 어떻게 해볼 도리가 없다. 그를 위한다는 마음으로 "바로 그런 생각 때문에 안 되는 것"이라고 충고라도 했다가는 자칫 인간관계마저 틀어질 수 있어서 그의 마음을 얻기 위해 이렇게 맞장구를 쳐줄 수밖에 없다.

"그렇죠? 저도 그럴 때가 많아요."

이런 말은 당장 위안이 될지 몰라도 그 사람에게는 정말 쓸데없는 말이다. 그 말버릇 하나 고치기 전에는 무엇 하나 쉽게 나아질 것이 없다. 본인이 스스로 그 말버릇이 자신의 삶을 힘들게 한다는 것을 알 때까지 지켜볼 수밖에 없다. 정말 안타까운 일이다.

"아는데 안 되는데…."

공부를 하는 과정에서 이런 경계를 만나면 먼저 "아는데 안 되는 게 아니라, 안다고 착각하면서 알아도 안 되는 게 있다는 것으로 자신이 못하는 것을 합리화시키니까 안 되는 것"이라는 것을 알아차려야 한다. '아는 데 안 된다'는 생각이 올라오는 만큼 '아는 것을 행하는 방법을 모르는 것'이라는 것을 명확히 인식해야 한다.

공부하는 과정에서 알았으면 "안 된다"고 할 겨를이 없다. 안 되는 것을 안 만큼 해보려고 노력하는 것이 공부하는 이의 올바른 자세다. 김연아가 3단 회전을 하는 방법을 알았는데, 몇 번 연습해 보고 '알았는데 안 된다'고 포기했다면 과연 그 분야에 최고가 되었겠는가? '알았는데 안 된다는 것'을 알았으면 그때 더욱 해보려는 노력을 더해야 한다. 끊임없이 연습을 해서 '안 만큼 된다'는 것을 증명해 내야 한다. 그것이 공부하는 사람의 올바른 자세다.

함께 물어보자, 나의 동남풍은 무엇인가?

지금까지 '나의 동남풍'은 무엇이고 그것을 어떻게 활용할 것인지 생각해보는 시간을 가졌다.

이제 마지막 남은 것은 '나의 동남풍'을 실제로 어떻게 현실에 적용해나가느냐가 남아 있다.

"아는데 안 되는 걸 어떻게 해요?"

이 단계에서 가장 많이 부딪히는 말이다. 어떻게 하는지는 알았는데, 실제로 그것을 실천에 옮길 수 없으니까 자연스레 나오는 반응이다. 이때 필요한 것이 '안 만큼 해보는 것'이다. '안 만큼 될 때까지 연습'을 해야 한다. 아무리 좋은 것을 알았어도 이런 말로 자신이 실제로 실천하지 못하는 것을 합리화한다면 그것은 어리석은 일이다. 알았으면 행하는 연습을 해야 한다. 제갈공명처럼 도술을 부리는 것처럼 뻔뻔스럽게 사기를 치는 요식행위라도 하는 자신감을 배워야 한다.

"아는데 안 되는 걸 어떡해요?"

아이들 중에도 이런 말을 하는 경우가 많다. 이럴 때 아이의 말버릇을 고친다고, 말버릇에 대한 잘못을 지적했다가는 아이와 담을 쌓아 역효과를 낼 수 있다.

따라서 내 아이가 이렇게 말한다면 그 말버릇이 어디에서 시작했는지 먼저 살펴줘야 한다. 그리고 '아는데 안 되는 게 아니라 그만큼에서 멈추기 때문에 안 된다는 것'을 일깨워주기 위해, 그와 관련된 작은 일을 하게 만들어 작은 성취감을 맛보게 해야 한다. 일상에서 아이가 조금이라도 잘한 일이 있으면 적극적으로 그것을 부각시켜 칭찬을 해주며 자신감을 갖게 해야 한다.

이때 필요한 것이 『이미지 독서코칭』의 효과를 극대화하기 위해서 부모가 먼저 이렇게 스스로에게 물어봐야 한다.

'나의 동남풍은 무엇인가?

이렇게 끊임없이 스스로에게 묻다 보면 자신도 모르게 속에서 무엇인가 해보고 싶은 일들이 점차 선명하게 그려지는 체험을 할 수 있다. 더러는 방법을 알았어도 '나의 동남풍'을 찾는 것이 실제로 얼마나 어려운 일인 줄도 경험하게 된다. 바로 아이가 이 단계에서 '아는 데 안 된다'며 괴로워하는 고통을 실감하게 되는 것이다. 이때 혼자 고민할 것이 아니라 이것으로 아이와 함께 하는 시간을 늘려가면 효과를 극대화할 수 있다.

사람은 스스로 자신의 장단점을 찾기가 힘들다. 더러는 자신의 장점을 단점으로, 자신의 단점을 장점으로 잘못 알고 있는 경우도 있다. 실제로 부모 입장에서 아이를 보면 분명히 장점인데, 정작 아이는 그것을 단점으로 여기는 경우가 많다.

"아는 데 안 되는 걸 어떻게 해요?"

부모 입장에서 이런 말을 하는 아이를 보면 충분히 할 것 같은데 자신의 장점을 발휘하지 못해서 이런 말을 한다는 것을 느낄 때가 많다. 이것은 아이의 입장에서도 마찬가지다. 아이도 부모인 나의 장단점을 분명히 볼 줄 안다. 따라서 부모인 나도 장점이 분명한데, 정작 나 스스로는 단점으로 여기는 것이 있을 수 있다는 것을 인정하고 아이에게 이렇게 물어볼 수 있어야 한다.

"네가 보기에 엄마의 동남풍은 무엇인 것 같아?"

이 말은 아이가 먼저 부모에게 이렇게 물었으면 하고 바라는 말이기도 하다.

"엄마가 보기에 저의 동남풍은 무엇인 것 같아요?"

아이가 부모에게 이렇게 물어온다면 '나의 동남풍 찾기'는 이미 성공한 것이다. 부모와 소통을 하면서 자기주도적인 아이로 성장할 확률이 높기 때문이다. 아이가 이렇게 묻게 만들기 위해서라도 부모가 먼저 이렇게 물어가며 서로의 동남풍을 찾는 자리를 마련해 보자.

"네가 보기에 엄마의 동남풍은 무엇인 것 같아?"

부모가 아이에게 이렇게 묻기 시작하면 아이는 부모에게 자신이 인격체로 인정받는다는 생각을 갖고, 적극적으로 자신의 의견을 피력하는 성격으로 바뀔 수 있다. 아울러 그렇게 아이의 눈으로 본 것이 정확히 '나의 동남풍'과 연결이 되어 부모인 내가 먼저 '동남풍'을 찾아 블루오션을 개척할 수가 있다.

이런 경험이 축적되면 아이는 자연스레 자기경영 역량을 키워가게 된다. 스스로 장래희망도 분명히 세우고, 그만큼 향후 자기관리를 스스로 설계하면서 입시 및 입사시험을 위해 당당히 자기소개서를 작성하는 자기주도적인 인재로 성장하게 되는 것이다.

『이미지 독서코칭』의 효과를 극대화하기 위해서 가만히 눈을 감고 제갈공명이 동남풍을 활용해서 화공전을 펼치는 장면을 떠올려보자. 그리고 가만히 속으로 새겨보자.

'나의 동남풍은 무엇인가?'

혼자 하는 것도 좋지만, 아이와 함께 하는 것이 더 큰 효과를 얻을 수 있다. 아이와 수시로 대화의 자리를 마련해 가면서 서로에게 이렇게 묻는 시간을 가져보자.

"네가 보기에 엄마의 동남풍은 무엇인 것 같아?"
"엄마가 보기에 저의 동남풍은 무엇인 것 같아요?"

자기경영 역량을 키우려면?

1. 수시로 블루오션을 찾게 해주는 마법의 주문을 외우자.

   "나의 동남풍은 무엇인가?"

2. 제갈공명이 동남풍을 활용한 장면을 떠올려보자.
   지식을 습득하는 것보다 중요한 것은 그것을 현실에 적극적으로 활용하는 지혜라는 것을 잊지 말자. 목적을 이루기 위해서는 제갈공명처럼 '도술을 부리는 의식'을 생각해 낼 수 있어야 한다.

3. '해보고 싶은 것', '좋아 하는 것', '잘 할 수 있는 것'을 도표로 만들어 놓고 수시로 점검해 보자.
   그 중에 세 가지가 일치하는 것이 있다면 그것을 찾아 어떻게 하면 그것을 최고의 상품으로 만들 수 있는지 계획을 세워 본다.

4. '아는데 안 되는데…' 라는 생각이 올라올 때 동남풍을 도술로 포장한 제갈공명을 떠올려 보자. 그리고 되뇌어 보자.
   '나의 동남풍은 무엇인가?'

5. 부모와 자녀가 함께 해서 수시로 서로에게 이렇게 물어가며 점검하는 자리를 마련해 나가자.
   "네가 보기에 엄마(아빠)의 동남풍은 무엇인 것 같아?"
   "엄마(아빠)가 보기에 저의 동남풍은 무엇인 것 같아요?"

Part

4

의사소통 역량

〈논리야, 놀자〉
창의적으로 읽기

앗, 내 안의 개똥이

뭐, 선생님과 싸웠다고?

"아, 짜증나! 엄마, 나 학교 가기 싫어요. 담탱이 때문에 학교 가기 정말 싫어요. 저 학교 그만 두게 해주세요."

"왜? 무슨 일이 있었는데?"

"오늘도 담탱이하고 싸우고 왔단 말이에요. 담탱이 꼴도 보기 싫어요."

"그게 무슨 말버릇이니?"

"선생님이 이제 내 말은 듣지도 않는단 말이에요. 친구가 먼저 나를 쳤는데, 선생님이 내 말은 듣지도 않고 싸가지 없다고 저만 혼내잖아요."

"네가 싸가지 없이 말했겠지? 지금도 그 말버릇이 뭐냐? 엄마가 그렇게 말했는데도 담탱이가 뭐고?"

"아, 몰라요! 엄마도 싫어! 내 말은 듣지도 않잖아!"

아이는 지금 직접적인 의사표현을 하고 있다. 엄마가 자신의 말을 어떻게 들을지는 전혀 생각하지 않고, 그저 하고 싶은 말을 다 하면서 자신의 억울함을 알아 달라는 것이다.

"담탱이와 싸웠다."

아이는 이런 표현을 쓰는 것이 곧 자신이 버릇없는 아이라는 것을 스스로 드러내는 행위라는 것을 모르고 있다. 자신의 억울함을 토로하면 상대가 그 억울함을 알아줄 것으로 여기고 있다. 하지만 어디 그런가? 엄마는 억울함을 알아주기는커녕 그 말을 통해 아이가 혼날 만하다고 여길 수밖에 없다.

엄마도 마찬가지다. 아이의 말 속에 담겨 있는 뜻을 전혀 들으려고 하지 않고, 아이의 말만 듣고 반응을 보인다. 아이가 담임선생님과의 갈등을 극단적인 말로 토로하고 있으면 한번쯤 '얼마나 억울하면 저럴까?' 하고 아이의 속내를 들으려고 해야 하는데 전혀 그러지 못하고 있다.

왜 그러는 걸까? 아이의 말뜻을 들으려고 하기보다 아이의 말만 들었기 때문이다. 엄마도 아이처럼 의사소통의 문제점을 모르고 있는 것은 마찬가지다.

아이가 말을 함부로 한다는 것은 분명 잘못이다. 하지만 아이들이 이렇게 자신의 태도와 행동을 생각하지 않고 말만으로 억울함을 토로할 때는 정말 신중하게 접근해야 한다. 부모는 더욱 그렇다. 이런 아이들의 말뜻을 들어주지 않으면 나중에 감정조절할 줄 모르는 아이가 될 수 있고, 일상에서의 대화는 물론 입시나 입사 면접에서 그냥 당할 수밖에 없다. 어려서부터 잘못된 의사소통 방식이 습관으로 자리잡으면 쉽게 고칠 수 없기 때문이다.

이런 아이들에게 써먹기 좋은 이야기가 있다. 일명 〈개똥이 이야기〉다. 우스갯소리로 떠도는 이야기일 수도 있지만, 『논리야 놀자』(위기철 지음)라는 책을 통해 접하면 더욱 좋은 독서체험을 할 수 있으니 위기철의 〈논리 시리즈〉를 꼭 참고했으면 한다.

〈개똥이 이야기〉는 아이의 의사소통 역량을 키워주는데 매우 유용하게 활용할 수 있다. 먼저 아이들에게 위기철의 『논리야 놀자』를 접하게 하고, 그 중에서 〈개똥이 이야기〉에 다루며 일상에서 의사소통을 잘 하려면 챙겨야 할 것이 무엇인가를 챙기게 하는 『이미지 독서코칭』의 핵심인 비유와 상징을 활용한 다음과 같은 마법의 주문을 되뇌게 하면 좋다.

"앗, 내 안의 개똥이!"

이제부터 아이들과 같은 마음으로 '앗, 내 안의 개똥이'가 의미하는 비유와 상징을 찾아서 독서체험을 일상에 지혜로 활용하는 『이미지 독서코칭』의 진수를 습득해 보자.

개똥이가 될래? 쇠똥이가 될래?

개똥이는 열심히 일을 해서 황금을 많이 모았다. 하지만 황금을 보관할 곳이 마땅치 않아 집 뒤뜰의 구석진 곳에 땅을 파서 묻어두었다. 개똥이는 자신이 건망증이 심해 나중에 황금을 묻어 둔 곳을 잊어버릴까 봐 고민하다가 팻말을 세워두기로 했다. 그런데 팻말에 사실대로 써놓으면 남들이 쉽게 알아보고 훔쳐갈까 봐 고민 끝에 이렇게 써놓았다.

"이곳에 개똥이가 황금을 묻어 놓지 않았음."

이 마을에는 쇠똥이도 살고 있었다. 쇠똥이는 어느 날 개똥이가 써놓은 팻말을 보고 황금을 캐 갔다. 그러면서 개똥이를 속이기 위해 그곳에다 이렇게 써놓았다.

"쇠똥이가 황금을 가져가지 않았음."

다음 날 황금이 없어진 것을 알게 된 개똥이는 범인을 잡겠다고 노발대발하며 동네 사람들을 향해 외쳤다.

"쇠똥이 빼고 다 나와!"

- 『논리야 놀자』 중에서

우스갯소리가 일상에서 일깨워주는 교훈적 가치는 대단하다. 아이들에게 개똥이처럼 덜 떨어진 주인공의 이야기는 인기도 좋다. 어리숙한 사람의 이야기를 들으면 괜한 우월감으로 자신감이 생기기 마련이다. 〈개똥이 이야기〉는 아이들에게 재미있게 접근해서 현대사회에서 중요한 경쟁력으로 부각된 소통능력을 키워 줄 수 있는 이야기다.

부모가 아이와 함께 〈개똥이 이야기〉를 공유하고, 개똥이가 의미하는 비유와 상징을 챙겨 '앗, 내 안의 개똥이'를 함께 이미지화하면, 소통의 문제로 갈등이 생길 때 얼른 서로의 '개똥이'를 살피며 해결해 나갈 수 있다.

〈개똥이 이야기〉가 우리에게 주는 교훈은 무엇일까? 이렇게 물으면 깊이 생각하지 않고 즉자적으로 이렇게 대답하는 이들이 많다.

"개똥이처럼 어리석게 살지 말자."
하지만 이건 너무 추상적이다. 결코 현명한 답이라고 할 수 없다.

"개똥이처럼 물건을 감추고 팻말을 세우는 건 어리석은 일이니 그렇게 하지 말자."

이건 너무 지엽적이다. 이 이야기가 주는 교훈의 본질에 접근하지 못한 답이다. 그런데 실제로 많은 이들이 이렇게 답을 내리고 어리석은 개똥이의 행동을 비웃고 끝내는 경우가 많다. 하지만 이 이야기는 이처럼 추상적이거나 지엽적으로 접근하면 본질을 보기 어렵다.

개똥이와 쇠똥이는 우리 주변에 넘쳐나는 사람들이다. 나도 그 중에 한 사람이라는 것을 분명히 인식하고 출발해야 한다. '독서체험을 이미지화해서 실생활에 우려먹는 지혜'를 찾는 『이미지 독서코칭』을 적용해야 한다. 이 이야기를 고도의 비유와 상징으로 이뤄진 문학작품으로 보고, 이야기 속에 담겨 있는 비유와 상징이 갖고 있는 의미에 집중해야 한다. 소재도 많지 않고, 등장인물도 개똥이와 쇠똥이 두 사람뿐이어서 조금만 생각해 보면 쉽게 찾을 수 있다.

먼저 개똥이와 쇠똥이에 스며있는 비유와 상징은 무엇일까? 그들이 의사소통의 중요한 도구로 삼은 '팻말'이라는 중심소재에 비유와 상징을 찾아 점검해 보자.

"엄마, 오늘 담탱이하고 싸우고 왔어요!"
"너, 그게 무슨 말버릇이니?"

"선생님이 이제 내 말은 듣지도 않는단 말이에요. 친구가 먼저 나를 쳤는데, 선생님이 내 말은 듣지도 않고 싸가지 없다고 저만 혼내잖아요."

"네가 싸가지가 없이 말했겠지? 지금도 그 말버릇이 뭐냐? 엄마가 그렇게 말했는데도 담탱이가 뭐고?"

"아, 몰라요! 엄마도 싫어! 내 말은 듣지도 않잖아!"

부모와 아이는 서로 자신의 말을 들어주지 않는다고 갈등을 빚고 있다. 즉 자신이 무슨 말을 하면 상대가 자신의 뜻대로 들어줘야 한다고 믿고 있기에, 자신의 말을 자신의 뜻대로 들어주고 있지 않는 상대 때문에 괴로워하고 있다.

〈개똥이 이야기〉를 결부시키면 딱 들어맞는 현실이다. 지금 둘은 서로 개똥이처럼 '황금을 묻어 놓지 않았음'이라는 팻말을 세워놓고, 쇠똥이가 자신의 글을 뜻대로 들어주지 않은 것은 눈치도 못 채고, 괴로워하며 마을 사람들에게 화를 내고 있는 모양이다.

"엄마, 담탱이하고 싸웠어요."

엄마가 쇠똥이라면 이럴 때 뭐라고 들었을까? 아이가 저렇게 말하는 의도가 무엇인지 그 뜻을 듣고, '아이가 선생님과 갈등을 빚고 있는데, 속상한 자신의 마음을 알아달라는구나!'라고 듣고 그 문제를 해결해 주려 했을 것이다. 먼저 아이의 화난 감정을 받아주고, 화가 난 이유를 구체적으로 들어보고, 그 문제를 해결하기 위해서는 선생님이 "싸가지 없다"며 화낸 말뜻을 잘 듣고, 그 태도부터 고칠 수 있도록 이끌어줬을 것이다.

그런데 엄마는 쇠똥이가 되지 못하고 개똥이처럼 겉으로 드러난 아이의 말만 듣고, 그 안의 담긴 뜻을 들을 생각은 하지 못하고 아이에게 오히려 잔소리만 늘어놓았다.

아이를 위한다면 엄마가 먼저 마음을 열어 쇠똥이처럼 상대의 말뜻을 듣는 연습을 해야 한다. 겉으로 드러난 말만 보고 아이가 싸가지 없다고 단정 짓고 화를 내는 것이 아니라, '억울한 내 마음을 알아달라'고 한 말이라는 속뜻을 듣고 그 마음을 챙겨줘야 한다. 평소에 아이와 자주 대화를 나누며 상대에게 자신의 의사표현을 올바르게 표현하는 법을 가르쳐줘야 한다.

아이와 친밀한 대화를 나누기 위해서라도 〈개똥이 이야기〉처럼 재미있고, 강한 인상이 남는 이야기를 소재로 삼는 것은 매우 중요하다. 이 이야기 속에 '내가 무슨 말을 해도 상대는 내 뜻대로 그 말을 듣기보다 그 말 속에 담겨 있는 뜻을 듣기에 신중을 기해야 한다'는 것을 일깨워줄 수 있고, 반대로 '상대의 말을 들을 때는 상대의 말을 그대로 들을 것이 아니라 그 속에 담겨 있는 의도를 알아차려야 한다'고 일깨워 줄 수 있다.

그러기 위해서는 먼저 〈개똥이 이야기〉에 담겨 있는 비유와 상징을 이미지화할 수 있도록 이끌어 줘야 한다. 이 이야기에서 비유와 상징으로 활용된 '개똥이가 황금을 묻어 놓지 않았음'이라고 써 놓은 팻말'과 '개똥이', '쇠똥이'라는 보조관념이 뜻하는 원관념은 무엇일까? 비유와 상징에 집중해서 살펴보면 다음과 같은 결론을 얻을 수 있다.

① **팻말** = 내가 글을 써 놓거나 말을 하면 상대가 그대로 믿어 줄 거라고 믿고 그대로 하는 행동.

② **개똥이** = 내가 글을 써 놓거나 말을 하면 상대가 그대로 믿어 줄 거라고 믿는 어리석은 사람.

③ **쇠똥이** = 상대의 글이나 말을 보고 그대로 믿는 것이 아니라 상대의 의도를 파악해서 해석하는 현명한 사람.

이렇게 원관념을 찾고 보면 이미지는 분명해 진다. 개똥이는 우리가 반면교사로 삼아야 하고, 쇠똥이는 우리가 따라 배워야 할 현명한 사람이다.

"앗, 내 안의 개똥이!"

이 말은 곧 매 순간 나의 말과 글을 상대가 어떻게 받아들일지 생각도 않고 너무 쉽게 말하고, 너무 쉽게 쓰는 행위를 경계하는 말이다. 아울러 상대의 말이나 글을 접할 때는 먼저 상대의 의도를 파악해서 받아들이는 쇠똥이처럼 해야 한다는 것을 챙기는 말이기도 하다는 것을 알 수 있다.

개똥이 될래? 쇠똥이 될래?

※ 개똥이 이야기
팻말1 : 개똥이가 황금을 묻어 놓지 않았음
속뜻 : 내 말을 사실대로 믿고 황금을 가져가지 말라.
쇠똥이 : 개똥이가 황금을 숨겼다는 것을 알고 얼른 가져감.

팻말2 쇠똥이가 황금을 가져가지 않았음
속뜻 : 개똥이는 정말 그렇게 믿을 것으로 알고 있음.
개똥이 : 쇠똥이의 말을 사실대로 믿고 마을 사람들만 의심함.

※ 일상의 이야기
일상1 : 담탱이하고 싸웠단 말이에요!
속뜻 : 엄마에게 억울한 마음 알아달라고 함.
엄마 : 개똥이처럼 아이의 속뜻을 듣지 못하고 잔소리함.
쇠똥이라면? : _____

일상2 : 선생님이 싸가지 없다고 말함.
속뜻 : 말할 때 태도를 잘 갖추라고 함.
아이 : 개똥이처럼 선생님 말만 듣고 계속 반항함.
쇠똥이라면? : _____

평소에 〈개똥이 이야기〉를 공유하고, 『이미지 독서코칭』으로 친밀함을 유지해 놓으면, 이와 비슷한 상황이 생겼을 때 의사소통을 슬기롭게 해나가는 훌륭한 도구로 활용할 수 있다.

"앗, 내 안의 개똥이!"

아이가 버릇없이 말대꾸할 때 부모가 먼저 이렇게 챙기면, 화가 올라오기 전에 먼저 아이의 말뜻을 챙기는 힘을 얻을 수 있다. 그러면 아이의 말을 잘 듣고, 아이가 화를 가라앉히게 한 다음에 이런 식으로 이야기하며 의사소통 역량을 키워줄 수가 있다.

"너도 개똥이가 되지 말고, 쇠똥이가 되면 어떨까? 네가 아무리 억울해도 그렇게 말을 함부로 하면 상대는 네가 억울해서 그런 말을 했다는 뜻을 듣는 것이 아니라, 네 말만 듣고 버릇 없다고 더 화를 내게 되는 거야. 엄마도 당장 네 말을 들었을 때 화가 나서 '앗, 내 안의 개똥이'를 챙겨봤거든. 그러니까 쇠똥이처럼 네가 그렇게 말한 뜻이 무엇일까 생각하게 되고, 네 억울한 사정이 듣고 싶어지더라. 그러니까 너도 화가 날 때는 '앗, 내 안의 개똥이'를 챙겨서 네 뜻과 다르게 상대가 기분 나쁘게 들을 수 있다는 것을 알고, 이왕이면 상대가 네 말을 들어줄 수 있도록 좋은 말로 표현하는 노력을 기울이면 어떻겠니?"

〈개똥이 이야기〉를 일상의 지혜로 활용하려면 부모가 먼저 쇠똥이가 되기 위한 노력을 기울여야 한다. 그렇지 않고 말로만 써먹으려면 반드시 아이에게 이런 식으로 되치기를 당할 수 있다는 것을 염두에 둬야 한다.

"엄마는 왜 나한테는 쇠똥이 되라면서 엄마는 맨날 개똥이만 해!"

부모로서 아이에게 이런 말을 듣지 않으려면 『이미지 독서코칭』의 핵심을 챙겨보자. 잠시 눈을 감고 '개똥이가 황금을 묻어놓지 않았음'이라고 써 놓은 〈개똥이 이야기〉를 떠올리며, 그것이 나의 의사소통하는 방식일 수도 있다는 생각으로 가슴에 새겨보자.

'내 안의 개똥이는 무엇인가?'
'앗, 내 안의 개똥이!'

경청의 자세를 일깨우는
'앗, 내 안의 개똥이!'

"내가 언제 그런 말 했어?"

"네가 어떻게 나한테 그럴 수 있어?"

"그건 오해야, 오해!"

일상에서 우리는 이렇게 자신의 의사표현을 담은 '팻말'을 세우고 있다. 쇠똥이처럼 '팻말'을 액면 그대로 보는 게 아니라 그 속에 담긴 뜻을 헤아리지만, 대다수의 사람들은 개똥이처럼 '팻말'을 액면 그대로 해석하면서 자기 뜻이 제대로 전달되지 않는다고 괴로워하는 것이다.

그나마 이렇게라도 소통이 제대로 되지 않았음을 알고 불만이라도 터트리는 것은 다행이다. 무엇이 문제인 줄 알고 다시 이야기를 나누면 잘못된 의사소통으로 생긴 갈등을 해결할 여지가 남아 있기 때문이다.

문제는 서로 같은 말을 쓰고, 서로 다른 뜻으로 해석해서 감정이 상해 아예 인연을 끊는 관계로 변하게 된다면 그것은 여간 큰 문제가 아닐 수 없다.

왜 우리는 같은 말을 쓰는데도 의사소통에 문제를 일으키는 것일까?

왜 나는 사랑스럽고 고운 말을 썼는데 아이는 잔소리로 듣는 것일까?

왜 남편은 용건만 말했다고 하는데, 나는 무시를 당했다고 듣는 것일까?

왜 나는 친근감을 표현했다고 하는데, 내 말을 들은 친구는 화를 내는 것일까?

요즘 소통의 기술을 다룬 강좌들이 많이 개설되어 호응을 얻고 있다. 많은 이들이 의사소통의 가장 중요한 출발점으로 경청을 들고 있다. 상대방의 말을 잘 듣고(경청), 공감하고, 인정해주는 것이 우리 사회의 갈등을 해결해나갈 수 있다고 한다. 우리 역시 의사소통에서 경청이 중요하다는 것에는 공감한다.

하지만 의사소통의 출발점을 경청으로 보는 것에는 의견이 좀 다르다. 우리가 생각하는 의사소통의 출발점은 경청 이전에 개똥이의 잘못에서 벗어나겠다는 인식을 분명히 챙겨야 한다는 것이다.

개똥이의 가장 큰 잘못은 무엇인가? 바로 자신이 어떤 표현을 하면 상대가 그 표현을 그대로 믿어 줄 거라는 잘못된 인식을 갖고 행동한 것이다. 의사표현에는 '이곳에 개똥이가 황금을 묻어 놓지 않았음'이라는 글만이 있는 것이 아니라, 자신의 의도와 상황, 주변 사람들과의 관계 등 언어외적인 요소가 중요한 역할을 한다는 것을 인식하지 못한 것이다.

개똥이의 잘못에서 벗어나는 길은 소통할 때는 먼저 의사표현에는 말만이 아니라, 말하는 이, 듣는 이, 상황, 의도, 표정, 어투 등 언어외적으로 챙겨야 할 것이 많다는 것을 분명하게 인식해야 한다.

경청이 좋은 줄은 누구나 안다. 하지만 각자의 기질이나 습관에 따라 쉽게 경청을 하지 못하는 이들이 많다. 말을 주고 받을 때는 모르다가 막상 다툼이 벌어지고 난 다음에야 알아차리는 경우가 많다. 일상에서 이런 일은 너무나 흔하다. 예를 든다면 이런 식이다.

아내가 예쁘게 파마를 하고 남편의 퇴근하기만을 기다렸다. 마침내 현관문의 벨이 울리고, 아내가 뛰어나가 반갑게 남편을 맞는다. 그리고 밝은 목소리로 남편에게 묻는다.

"여보, 나 파마했다. 예쁘지?"

남편은 아내를 힐끗 보더니 무뚝뚝하게 말한다.

"배고파. 밥이나 줘!"

아내는 그렇게 상처를 입는다. 당연히 남편에게 곱게 밥상을 차릴 수가 없다. 남편도 그렇게 상처를 입는다.

무엇이 문제인가?

상대의 말뜻을 제대로 알아듣지 못한 개똥이가 되어 괴로움 속으로 빠질 수밖에 없는 것이다.

이때 쇠똥이라면 어떻게 했을까?

"여보, 나 파마했다. 예쁘지?"

이럴 때 얼른 그 뜻을 알아차렸다면?

당연히 고운 밥상을 받았을 것이고, 둘 사이의 사랑도 더욱 꽃을 피우지 않았을까?

부모와 아이 사이에도 마찬가지다. 아이가 모처럼 시험 성적이 올라 기분 좋게 들어오면서 말한다.

"엄마, 나 이번에 수학 90점 넘었다."

이럴 때 부모가 쇠똥이라면 뭐라고 대답했을까?

"와, 축하해! 네가 기쁘니까 엄마도 기쁘네."

당연히 아이의 속뜻을 알기 때문에 이렇게 칭찬을 했을 것이다. 그런데 간혹 부모 중에는 이런 경우도 있다.

"그래? 다른 애들은? 문제가 쉬웠던 거 아냐?"

아이는 모처럼 높은 점수를 맞아서 칭찬을 듣고 싶어하는 것인데, 상대의 말뜻을 듣지 못하고 자기말만 하는 것이다. 이것이 바로 영락없는 개똥이 부모다.

그렇다면 어떻게 〈내 안의 개똥이〉를 찾을 것인가?
답은 의외로 간단하다.

첫째, 무엇보다 먼저 '개똥이 이야기'를 이미지화하는 것이다. 내 안에도 개똥이가 있다는 것을 인정하고, 상대와 의사소통을 하기 전에 '내 안의 개똥이'를 되뇌어 보는 것이다. 실제로 많은 분들이 이렇게 하는 것만으로 생활 속에서 〈내 안의 개똥이〉를 찾아가고 있다.

둘째, 의사소통에는 말과 글보다 더 중요한 것이 있다는 것을 분명히 인식해야 한다. 내가 아무리 좋은 뜻으로, 좋은 말을 했어도 상황에 맞지 않으면 상대에게 불쾌감을 줄 수 있다는 것을 알아야 한다.

셋째, 무슨 말을 할 때는 먼저 상황을 살펴야 한다. 내 어조와 말투, 듣는 이의 표정, 상대와의 관계, 시간과 장소 등등 말보다 더 중요한 상황을 챙겨야 한다.

동시에 세 가지를 다 챙길 수 있으면 좋지만, 평소에 소통의 문제가 있는 사람은 한꺼번에 모든 것을 챙기기가 너무 힘들다. 뭔가 아니다 싶을 때는 얼른 모든 것을 다 내려놓고 속으로 되뇌어 보는 것이다.

'앗, 내 안의 개똥이!'

그러면 나도 모르게 자연스레 그 상황에 맞는 적절한 태도와 행동을 챙길 수 있다. 이것이 바로 독서체험을 이미지화해서 일상의 지혜로 우려먹는 『이미지 독서코칭』의 힘이다.

'내 안의 개똥이'로 면접을 잡다

〈개똥이 이야기〉는 함정이 많은 문제로 아이들의 인성을 평가하는 면접에 아주 유용하게 활용할 수 있다. 우리는 면접준비를 하는 학생들에게 항상 〈개똥이 이야기〉를 들려주었다. 그러면서 면접관이 파놓은 함정에 걸리지 않으려면 개똥이가 아닌 쇠똥이가 되어야 한다고 강조했다. 그리고 면접을 준비하면서 항상 속으로 되뇌어보라고 했다.

'내 안의 개똥이는 무엇인가?'
'앗, 내 안의 개똥이!'

『이미지 독서코칭』을 하려면 아이가 현실에서 필요한 것이 무엇인지 꿰뚫고 있어야 한다. 내 아이가 현실에 부딪혔을 때 가장 힘들어하는 면접실전 문제를 미리 파악했다가, 아이와 이야기 나누기 쉬운 적당한 시기에 〈개똥이 이야기〉와 결부시켜 들려주면 좋은 효과를 얻을 것이다.

지금부터 실전면접 문제를 〈개똥이 이야기〉로 접근해서 그 답을 찾아보자. 아이에게 아주 유익한 자료가 될 것이다.

면접준비, '내 안의 개똥이'로 시작하라

"우리 학교에 입학하고 1년 정도 다녔는데 전공이 적성에 맞

지 않는다는 것을 알았으면 어떻게 하겠습니까?"

대학입시 면접에서 자주 출제되는 문제 중 하나다. 이 문제는 대학 측에서 생활 속에서 개똥이처럼 어리석은 짓을 하는 수험생을 가려 내기 위해 출제한 문제다.

만약 여러분이 이런 문제를 접했다면 뭐라고 대답을 하겠는가?

"이럴 때 뭐라고 대답을 해야 해요?"

여러분의 자녀가 이렇게 묻는다면 뭐라고 대답할 것인가?

실제로 면접을 앞두고 학교에서 특별히 마련한 특강 자리에서 30여 명이 수강생들을 상대로 이 질문을 던져본 적이 있다. 적어도 논술과 심 층면접을 준비하는 특강이라면 성적이 상위권에 드는 학생들로 채워져 있다. 그런데 그 중에 서너 명을 빼고는 거의 다 이렇게 대답을 했다.

"전공을 바꿀 거예요."

"휴학을 할 거예요."

"열심히 노력해서 적성에 맞도록 할 거예요."

여러분이 면접관이라면 이렇게 대답한 수험생을 어떻게 평가하겠는가?

면접관의 질문에 대한 올바른 대답은?

"우리 학교에 입학하고 1년 정도 다녔는데 전공이 적성에 맞
지 않는다는 것을 알았으면 어떻게 하겠습니까?"

면접관이 이 문제를 출제한 의도는 과연 무엇이겠는가? 이것은 면접관이 '여기에 개똥이가 황금을 묻지 않았음'이라는 팻말을 세운 것과 유사한 경우다. 즉 〈개똥이 이야기〉에 담겨 있는 비유와 상징이 여기에 있다. 쇠똥이가 이 팻말을 봤다면 어떻게 해석했을까?

먼저 출제자의 의도를 생각해서 그 뜻을 들으려 했을 것이다. 이 문제는 합격 후에 실제로 어떤 선택을 할지에 대해 묻는 질문이 아니라 지금 당장 이 학과를 지원한 동기가 무엇인가를 평가하기 위한 문제라는 것을 간파했을 것이다.

생각해 보자. 여러분이 면접관이라면 어떤 학생을 가장 싫어하겠는가? 기껏 입학시켜주었더니 적성에 안 맞는다고 그만 두겠다는 학생을 과연 고운 눈으로 바라 볼 수 있겠는가?

면접관도 학교에 고용된 임금노동자다. 힘들게 뽑아 놓은 학생이 중간에 그만두기라도 하면, 그만큼 등록금 내는 학생이 줄어드는 것이고, 학생 수가 줄어들어 학과가 폐지라도 되면 일자리를 잃을 수밖에 없는 상황이다.

이 문제는 이렇게 중간에 그만 둬서 학교와 면접관에서 손해를 끼칠 수험생을 가려내기 위한 문제로 봐야 한다. 이런 것을 직접 드러내기 뭐하니까 학생이 소신지원을 했는지, 아니면 점수에 맞춰 눈치지원을 했는지 가려내는 것처럼 보이게 이런 팻말을 세워놓은 것이라고 봐야 한다.

그런데 면접관의 의도는 생각하지도 않고, 겉으로 드러난 글만 보고 "전공을 바꾸겠습니다."라는 식으로 덥썩 물어버린다면, "쇠똥이가 황금을 훔쳐가지 않았음"이라는 팻말을 보고, "쇠똥이 빼고 다 나와!"라고 한 개똥이와 무엇이 다르단 말인가?

면접관의 의도를 알아차렸다면 적어도 자신이 소신 지원을 했다는 것을 증명해보여야 한다. 물론 그 전에 자기소개서를 통해 이 학과를 소신지원한 것이라고 보여 줄 수 있는 구체적인 사례들을 제시해야 하고, 면접장에서도 당당하게 소신지원했음을 밝힐 수 있어야 한다.

"자기소개서에도 밝혔듯이 저는 이 학과를 지원하기 위해 오래 전부터 준비했습니다. 또한 제 적성과 능력을 고려해서 선택한 학과이기에 적성에 맞지 않을 거라는 생각은 꿈에도 생각하지 않았습니다. 또 그런 일도 없을 것이라 봅니다."

그러면서 먼저 자신이 자기소개서를 잘못 쓴 것은 아닌가 살펴봐야 한다. 면접관 입장에서는 이미 생활기록부나 자기소개서를 통해 학생에 대한 정보를 알고 있다. 어쩌면 성적이나 다른 것은 다 좋은데, 혹시라도 적성을 보지 않고 성적에 밀려온 것은 아닌가 싶을 때 이런 질문을 던질 수 있다. 교수들이 나중에 손해보지 않기 위해서 아무리 성적이 좋아도, 적성이 맞지 않을 때 그만 두거나 전과를 하겠다는 학생을 뽑으면 손해일 수밖에 없어서 이런 학생을 걸러내기 위해 돌려말하기로 세워놓은 팻말이라고 볼 수 있어야 한다. 쇠똥이처럼 얼른 상대가 세워놓은 팻말의 의도를 파악하는 지혜가 필요한 것이다.

면접은 시험을 앞두고 집중적으로 매달리는 족집게 교육만으로 쉽게 잡을 수 없다. 평소에 〈개똥이 이야기〉를 활용해서 상대의 말보다 그 말 속에 담겨 있는 의도를 먼저 파악할 수 있는 능력을 키워줘야 면접이라는 긴장된 상황에서도 당황하지 않고 자연스럽게 대처할 수 있다.

옳은 일을 해줬는데 아이가 엄마에게 대든다면?

"아이가 학교에 간 사이에 아이 방에 있는 컴퓨터에 음란물 차단 프로그램을 설치했다. 그런데 나중에 아이가 그것을 알고 '나를 못 믿어서 그랬나요?'라고 따지면서 그 프로그램을 삭제해달라고 한다. 여러분은 어떻게 할 것인가? 그 이유는?"

여기 또 개똥이가 '황금을 묻어 놓지 않았음'이라는 팻말을 세워 놓은 면접문제가 있다. 쇠똥이라면 어떻게 해석했을까?

개똥이의 관점으로 보면 음란물 차단 프로그램을 설치했더니 그것을 알아차린 자녀가 따지는 행동을 어떻게 훈육하겠냐는 말로 들을 수 있겠지만, 쇠똥이의 관점으로 보면 부모가 자식을 위해 음란물 차단 프로그램을 설치했는데 자녀가 불만을 가졌다면 이게 과연 자녀만의 책임으로 봐야 하느냐고 묻는 문제라고 볼 수 있을 것이다. 즉 일상에서 자신이 누군가를 위해 어떤 행동을 취했는데, 상대가 그것을 그대로 받아들이지 못하고 불만을 터트렸다면 불만 터트린 사람만의 문제로만 보고 그를 어떻게 하려고 하는 것이 아니라, 상대가 불만을 터트리면 평소에 자신에게도 문제가 있을 수 있다는 것을 살펴보는 인성을 갖췄는지를 평가하려는 문제로 봤을 것이다.

"네가 음란물을 보지 않았으면 어떻게 알았냐며 혼내겠습니다."

"너를 믿지 못해서 그런 것이 아니라 세상을 믿지 못해서 그런 것이라 하겠습니다."

"너를 위해서 그런 것인데 정말 내 마음을 모르겠냐고 타이르겠습니다."

실제로 많은 사람들이 이렇게 대답을 한다. 아마 독자님들 중에도 이 중에 한 가지에 속하는 생각을 했을지도 모른다. 개똥이처럼 불만을 터트리는 자녀만의 문제로 보고 그를 어떻게 훈육하겠냐는 식으로만 해석한 결과다.

이쯤에서 정말 진지하게 〈내 안의 개똥이〉를 떠올리며 생각해보자. 만약 정말로 음란물을 봤던 자녀가 대든다고 상정하고 답을 찾으면 어떻게 될 것인가? 음란물까지 본 아이가 부모에게 당당하게 대들기까지 하는 최악의 집안을 만들어 버리는 것이다. 평소에 부모와 자녀 간에 신뢰가 단절된 것을 스스로 드러내거나, 콩가루 집안이 아니고서는 있을 수 없는 일이 벌어진 것을 인정한 꼴이 되는 것이다.

그러니 그 어떤 대답도 답 아닌 길로 빠지는 딜레마에 봉착하게 된다. 계속 혼낸다고 하면 그 부모에 그 자식인 집안이 되는 것이고, 어쩌고 저쩌고 변명을 한다면 못된 자식을 제대로 훈육도 못하는 부모가 되어버리고 마는 것이다. 어쨌든 내 자녀가 음란물을 보기까지 했으면서 불만까지 터트린 것이라고 상정하고 답을 찾는다면 그 어떤 답도 좋은 평가를 받을 수 없다.

이럴 때는 얼른 쇠똥이 입장에서 진지하게 생각해봐야 한다. 막돼먹은 자식이 아니라면 이런 상황에서 왜 부모에게 따지려 들겠는가? 실제로 음란물을 봤으면 얼른 꼬리를 내려야 할 상황이다. 그런데도 화가 난다면 평소에도 뭔가에 불만이 있었는데 이때만큼은 정말 억울해서 어떻게든지 불만을 터트려 이기려고 하는 상황이거나, 실제로 음란물 차단 프로그램을 설치해서 생기는 불편함이 있어서 그것을 해소하기 위함이 아니겠는가?

평소에 자녀와 소통을 잘 하는 현명한 부모라면 어떻게 대처하겠는가? 먼저 취지가 아무리 좋았어도 자녀가 없을 때 부모가 일방적으로 프로그램을 설치한 것은 분명히 자신이 잘못한 것이라 이 부분에 대한 잘못을 인정할 것이다. 그런 다음에 당장 화가 나 있는 자녀의 감정을 이해하고, 자녀의 감정을 먼저 가라앉힌 다음에 "엄마는 너를 위해서 한 건데 그렇게 화를 낼 이유가 있었니?"라고 물어가며 문제를 해결하려 할 것이다.

이것은 무엇보다 쇠똥이처럼 출제자의 의도를 명확히 파악했을 때 가능한 일이다. 평소에 자기 입장보다 상대의 입장을 먼저 생각하는 습관이 든 인성을 갖췄을 때 가능한 일이다.

———

실제로 독서코칭을 하는 과정에서 만난 쇠똥이 같은 학생들은 얼른 이 문제의 의도를 알아차리고 이렇게 대답을 했다.

"저라면 그런 일은 없을 거예요. 그런 걸 설치하려면 아이한테 먼저 알리고 하지 내 맘대로 설치하는 일은 없을 테니까요."

"저라면 우선 아이에게 말없이 설치해서 미안하다고 할 거예요. 어쨌든 아이 몰래 말없이 설치한 것은 제가 잘못한 거잖아요. 그런 다음에 아이의 화가 풀리면 그때 물어 볼 거예요. 그런데 왜 그렇게 화가 났냐고? 엄마가 평소에 뭐 잘못이라도 한 게 있냐고, 내가 뭐 잘못해준 게 있냐고."

쇠똥이처럼 출제자의 의도만 제대로 파악했다면 말이야 어떤 식으로 하든 면접관이 원하는, 누군가와 갈등이 생겼을 때 상대의 입장을 배려하는 인성을 갖춘 사람이라는 것을 증명해 보일 수 있을 것이다.

이 문제는 엄밀히 말하면 아이의 인성 못지않게 중요한 집안의 양육방식을 평가한 문제라고 볼 수 있다. 자식을 배려하는 부모 밑에서 자란 아이가 남을 배려하는 훌륭한 인성을 갖추기 십상이다. 교수 입장에서는 앞으로 자신이 가르칠 학생이 수업 시간에 자기 생각만 하는 것이 아니라 교수를 배려하는 인성을 갖춘 학생이길 바랄 것이다. 괜히 수업 시간에 교수의 말을 자기 식대로 해석하고 받아들여서 문제라도 일으킨다면 그보다 더한 악몽도 없을 것이다. 어쩌면 이렇게 말썽을 일으킬 수 있는 학생을 걸러내기 위해 이런 문제를 출제한 것으로 봐야 한다. 그렇다면 이럴 때 어떻게 답을 해야 교수의 마음을 얻을 수 있겠는가?

면접을 잘 보려면 평소에 상대를 배려하는 인성을 갖춰야 한다. 단기간의 면접학습만으로 키울 수 없는 덕목이다. 『이미지 독서코칭』에서 부모가 아이에게 솔선수범해서 자연스럽게 녹아들도록 키워줘야 할 덕목인 것이다.

실제로 이 문제를 접한 학생 중에 이렇게 대답한 경우도 있었다. 어쩌면 이것이 면접관의 의도를 제대로 파악한 대답이 아닐까 하는 생각으로 함께 공유해본다.

"어느 날 집 와서 컴퓨터를 하는데 속도가 굉장히 느려져서 봤더니 아버지가 음란물 차단프로그램을 설치해 놓으셨더라고요. 그래서 아버지께 말씀드렸죠. '아버지, 컴퓨터 속도가 느려져서 그런데, 저를 믿고 풀어주시든지, 아니면 더 좋은 컴퓨터로 사 주시든지 하셨으면 좋겠습니다.' 그랬더니 아버지는 저를 믿는다면서 풀어 주셨어요. 저는 아버지처럼 절대로 먼저 아이가 없을 때 프로그램을 설치하는 일은 없을 겁니다. 그래도 그런 일이 생긴다면 먼저 아이의 의견을 물어보고 아이의 의견을 최대한 존중해 줄 거예요."

시험을 보는 목적이 무엇입니까?

"수능시험 당일 고사장에 가던 중 길가에 쓰러져 있는 응급환
자가 도움을 구하는 상황이 발생했다. 도움을 줄 수 있는 사람
은 오직 자신뿐인데다 어떠한 통신 수단도 없다면 이 상황을
어떻게 대처하겠는가?"

여기 또 '개똥이의 팻말'이 있다. 액면으로만 보면 환자를 구하겠느
냐, 시험을 보러 가겠느냐를 묻는 것 같지만, 실상은 공동체 구성원으
로서 꼭 필요한 인성을 갖추었는지를 묻는 문제다. 즉 사회를 위해서
어디까지 희생할 수 있냐를 묻는 문제일 수도 있고, 궁극적으로는 시
험을 잘 봐서 성공했을 때 어떤 삶을 살 것인지를 보여달라는 문제일
수도 있다.

시험을 보러 가는 것은 자신의 이익만을 챙기는 이가 선택할 길이
지만, 환자를 구하겠다는 것은 공동체 구성원으로서 갖춰야 덕목을
챙긴 자만이 선택할 수 있는 일이다. 이렇게 놓고 보면 당연히 환자
를 구해야겠다는 말만이 답이라고 착각하는 아이들이 많다. 특히 눈
치가 빨라서 어른들이 원하는 답이 무엇인지 금방 알아차리는 아이
들 중에는 망설임 없이 이렇게 대답하는 경우가 많다.

"당연히 사람을 구해야죠?"

그러나 이렇게 말하는 학생에겐 이런 반문이 올 수 있다.

"환자는 누군가 구할 수 있을지 몰라도 시험은 본인만이 할 수 있는 게 아닌가?"

이런 반문에도 환자를 구하겠다는 말만 하면, 자칫 자신은 시험에 큰 비중을 두지 않는 수험생이라는, 즉 합격에 대한 간절함이 부족한 수험생이라는 것을 고백하는 것이 된다. 결국 말로는 "사람을 구한다"고 했지만, 속으로는 '내게 시험은 그렇게 중요하지 않아요'라는 것을 자백하는 것일 수도 있다.

이런 문제를 진지하게 고민하는 학생들은 대개 최상위권 학생들이다. 그만큼 시험에 집착하고, 시험을 위해 자신의 모든 것을 걸었기 때문이다. 심지어 어떤 학생 중에는 고민 끝에 이렇게 대답하는 경우도 있다.

"그 사람은 다른 누군가가 구할 수도 있잖아요. 그런데 시험은 12년을 준비한 것인데 단 하루밖에 없으니까, 또 누가 대신할 수도 없는 것이니까 저는 시험을 보러 갈 거예요."

그러나 이런 학생들은 "그렇게 시험을 보고 나면 양심에 걸리지 않을까?"라는 면접관의 반문에 어쩌지 못해 쩔쩔 매는 모습을 보이는 경우가 많다.

그렇다면 어떻게 해야 하나? 물론 사람을 구하겠다는 대답을 해야 하지만, 그 속에는 자신이 시험을 보는 목적이 바로 사람답게 사는 사회를 만들기 위한 것이라는 신념을 보여 줄 수 있어야 한다.

실제로 최상위권으로 소위 일류대학에 합격한 학생은 이렇게 말했다.

"제가 시험을 보려는 목적은 행복하게 살기 위함입니다. 그런데 환자가 쓰러져 있을 때 그냥 시험을 보러 가면 괜히 마음에 걸려서 시험도 제대로 못 볼 뿐만 아니라, 설사 시험을 잘 봐서 원하는 것을 이뤘다 하더라도 자꾸만 그 사람이 떠올라서 양심의 가책 때문에 행복하게 살지 못할 것 같습니다. 그래서 이 양심의 가책에서 벗어나기 위해서라도 먼저 환자를 구하겠습니다. 시험은 나중에 재수라도 할 수 있지만, 양심의 가책은 평생을 짊어져야 하는데, 저는 도저히 그럴 자신이 없기 때문입니다."

면접에서 이 말을 그대로 외워서 써먹는다고 답이 되는 것은 아니다. 면접은 말 잘 하는 학생을 뽑는 것이 아니다. 중요한 것은 어떤 문제든, 면접관이 세워놓은 팻말을 보고, 그 속에 담겨 있는 출제자의 의도를 파악한다면, 그 순간 어떻게 행동하고 말하는 것이 옳은 선택인지 스스로 답을 찾아 제시할 수 있다.

면접은 말이 아니라 〈개똥이 이야기〉를 지혜로 받아 들여, 상대의 의도를 잘 파악해서 원만히 소통하는 지혜를 챙겨갈 때 확실하게 잡을 수 있는 영역이다.

면접실전 문제1

팻말1 : 입학 후 전공이 안 맞는다면 어떻게 하겠는가?

속뜻 : 적성에 맞는 소신지원이라는 것을 밝혀라

개똥이 : 전공을 바꾸겠다, 휴학을 하겠다 등등.

쇠똥이라면? : 어떤 식으로라도 소신지원이라 입학 후에 절대 전공을 바꾸지 않을 것이라는 것을 보여주는 말.

면접 실제 문제2

팻말 : 음란물 차단 프로그램을 설치했는데 아이가 알고 따진다면 어떻게 하겠는가?

속뜻 : 당연한 일을 해줬는데 아이가 엄마에게 대든다면?

개똥이 : 혼내겠습니다, 너를 믿지 못해서 그런 게 아니라고 말하겠습니다 등등

쇠똥이라면? : 아이가 대드는 이유가 무엇인지 살펴서 그 문제를 해결해 주겠다는 말.

면접 실제 문제3

팻말 : 시험보러 갈 때 나의 도움을 꼭 필요로 하는 환자를 만났다면 어떻게 할 것인가?

속뜻 : 사회인으로서 갖춰야 할 인성을 갖췄는지 보여달라

개똥이 : 시험은 나만 볼 수 있는 거라 시험을 보러 가겠습니다 등등.

쇠똥이라면? : 공부만 잘 하는 학생이 아니라 사회인으로서 갖춰야 할 인성을 갖췄다는 것을 보여주는 말.

일상에서 우려먹는 '내 안의 개똥이!'

　요즘 학교에서 체벌을 못하게 하니까 상대적으로 언어폭력을 남발하는 경우가 많다. 특히 선생님들 중에 언어폭력이 아이들에게 체벌보다 더 큰 상처를 줄 수 있다는 것을 간과하는 경우가 있다. 많은 아이들을 가르치다 보니 어쩔 수 없이 자극을 줘야 할 때도 있겠지만, 그 말이 상대에게 어떤 상처를 줄지 생각한다면, 그것이야말로 개똥이처럼 "난 못난 선생님이다"라고 팻말을 들고 다니는 것임을 알아야 한다.

　세상을 살아가는데 원활한 의사소통은 가장 기본적인 덕목이다. 그런데 사람들은 수많은 말을 하면서 정작 자신이 무슨 말을 했는지, 상대에게 무슨 상처를 주었는지 인식하지 못하는 경우가 많다.

　그런 점에서 세상을 살아가며 우리가 더욱 경계해야 할 것은 모르고 짓는 잘못이다. 알고 짓는 잘못이야 어떻게든지 그 대비책을 세울 수 있지만, 모르고 짓는 잘못은 자신도 모르게 잘못의 대차가 더욱 커지게 만든다. 말이나 글은 더욱 그렇다. 내가 아무리 좋은 뜻으로 사용했다고 하더라도 그것이 상대에게 상처를 줄 수 있다는 것을 항상 염두에 두어야 한다. 그렇지 않으면 평생 개똥이처럼 주변 사람들한테 손가락질 받으며 살아갈 수밖에 없다.

꼭 써야 할 때는 직설적인 말을 써야겠지만, 직설적인 말은 득보다 실이 많다. 따라서 평소에는 가급적 직설적인 말보다 상대를 배려하는 말을 쓰는 것이 좋다. 직설적인 말은 저절로 쓰지만, 상대를 배려하는 말은 학습으로 이뤄지지 않으면 쉽게 쓰기 어렵다.

『이미지 독서코칭』에서 핵심으로 여기는 '비유와 상징으로 돌려말하기'는 상대를 배려하는 말이다. 저절로 쓰기 어려운 말이기에 그만큼 노력과 연습이 필요하다.

다음은 〈개똥이 이야기〉의 독서체험을 이미지화해서 일상의 소통하는 지혜로 활용하고 있는 분들의 사례다. 지식으로 아는 것에 그치지 않고 지혜로 활용하기 위해 일상에 그대로 적용해 나가는 분들에게 존경을 표하며, 많은 분들에게 공개해 본다.

쌀은 있냐? 김치는 다 먹었냐?

고향에 계신 친정엄마는 전화 드릴 때마다 "쌀은 있냐? 김치는 다 먹었냐?"고 묻는다. 처음 얼마 동안은 그것이 그냥 자식

걱정이신 줄로만 알았다. 그래서 항상 이렇게 대답했다.

"엄마! 요즘 쌀이 없어서 밥 못 먹는 사람이 있겠어요. 걱정 마세요. 우리가 사 먹어도 돼요."

며칠 전 오랜만에 뵙는 부모님은 더욱 수척해 지셨다. 아무 말도 못하고 눈물만 글썽한 딸자식을 보며, "바쁜데 어떻게 왔어? 낼 또 가야잖아. 힘든데…."라며 반기시는 목소리. 그때 옆에 있던 큰오빠가 말했다.

"엄니가 쌀이나 김치 있냐구 물어보시는 게 네가 쌀, 배추가 없어서 밥 못먹을까 봐 그러시겠니? 쌀이라도 가지러 와야 네 얼굴 보니까 그러시는 거잖아!"

- 춘천시 박○○ 님

늦게나마 부모님의 말뜻을 알아차린 글쓴이의 마음이 가슴을 울린다. 사실 이것이 우리 조상의 미덕이다. 어른들은 서로를 배려하는 마음으로 자신의 뜻을 직설적으로 표현하지 않으신다. 그런데 언제부터인가 직설적인 말들이 난무하면서 오히려 배려하는 사람들이 손해를 보는 경우가 많다. 텔레비전 프로그램에서도 직설적으로 독설을 퍼붓는 사람들이 대세를 이루는 모습을 보면서 씁쓸한 미소를 지은 적이 한두 번이 아니다.

사람은 듣고 싶은 말말 듣고 보고 싶은 것만 보는 습성이 있다. 그래서 말을 들을 때는 상대방이 무슨 말을 했느냐보다 먼저 무슨 의도로 했는지를 살펴야 하고, 내가 말할 때는 어떤 말을 했느냐보다 상대가 어떻게 알아들었는지를 살필 줄 알아야 한다. 말하는 상대와 듣는 나, 그리고 말하는 나와 듣는 상대와의 관계를 수시로 살펴야 한다.

이것은 생각만큼 쉬운 일이 아니다. 그런데 내 안의 개똥이를 찾는 연습을 하면 한결 쉬운 일이 된다. 내 안의 개똥이를 생각하는 것만으로도 어느 순간 '앗, 내 안의 개똥이!'와 직면하는 모습을 볼 수 있기 때문이다.

그런데 그것보다 더 중요한 것은 '앗, 내 안의 개똥이'라는 말조차 떠오르지 않을 때가 있으니까 한번쯤 글로 표현해보는 것이다. 〈내 안의 개똥이〉를 찾는 내용을 한번이라도 글로 표현해보면 그 기억은 오래 남게 되고, 어느 순간 무의식적으로라도 내 안의 개똥이를 떠올리는 내 모습을 보게 될 것이다. 실제로 많은 분들이 글쓰기 체험을 통해 이런 경험을 들려주고 있다.

나도 모르게 그만 개똥이가 되었네

명랑하고 쾌활한 큰딸아이가 평상시와는 다르게 울상이 되어 학교에서 돌아왔다.

"무슨 일 있었어?"

"엄마, 나 독후감대회에서 상 못 탔어. 잘 썼다고 생각했는데."

"속상하지, 괜찮아. 상이 중요한 것은 아니지만 세은이가 상을 받고 싶으면 다음 대회에 다시 도전하면 되는 거야."

여기까지는 좋았다. 그런데….

① "거 봐. 엄마가 대회에 나갈 때는 좀 길게 쓰고, 네 생각도 많이 들어가야 된다고 했잖아."

"……."

사실 말이야 옳은 말이지만, 그 순간 아이가 내 말을 어떻게 받아들였을지 생각만 해도 끔찍하다. 당장 원하는 상을 타지 못해 감정이 올라 와 있는 아이에게 따뜻한 위로와 격려를 해 주지는 못할망정 그렇기 때문에 상을 타지 못했다고 속을 긁어대고 있었으니….

- 춘천시 김○○ 님

"거 봐. 어쩌고 저쩌고…."

①과 같은 이야기는 어머니들이 일상적으로 하는 말들이다. 하지만 가뜩이나 속상해 있는 아이한테 이런 말을 내뱉은 것이 무슨 의미가 있을까? 이 어머니는 '내 안의 개똥이'를 찾는 과정에서 자신이 무슨 말을 하고 있는지 알아 차렸다. 적어도 자신도 모르게 아이의 속상한 마음을 긁어대는 모습을 본 것이다.

후일담으로 어머니는 아이에게 이 글을 보여 주었다고 한다. 그랬더니 글을 본 아이는 엄마에게 이렇게 말했다고 한다.

"그래서 요새 엄마가 착해졌나 봐. 엄마, 고마워."

나도 어쩔 수 없는 개똥이였구나!

① "엄마는 맨날 안 된대!"

아이는 원망 섞인 목소리로 말했다. 순간 나의 머릿속에는 많은 생각들이 스쳐 지나갔다. 하지만 생각을 다시 정리하기에는 내 마음은 이미 조급했다.

"엄마가 맨날 안 된다고 한 게 무엇인지 말해줄래?"

아이는 동그란 눈동자를 이리저리 굴려가며 생각을 끌어내려 했다. 그런 아이에게 난 기다림의 시간 없이 다그치듯 먼저 말했다.

"엄마가 뭘 그리 맨날 안 된다고 했는지 궁금하구나!"

"음……. 엄마는 내가 책을 더 보고 싶은데 자라고만 하고……. 음……. 음……."

아이는 그렇게 몇 번을 얼버무리며 생각에 생각을 더 했지만, 아이인지라 말로 표현할 수 없는 한계에 부딪혔다. 그 틈을 놓칠 리 없는 나는 이미 엄마의 입장에서만 아이를 설득시키겠다며 강요를 하고 있었다.

② "엄마가 일찍 자라고 한 건 책을 읽는 것도 중요하지만 이미 자야 하는 시간을 지났기 때문이었고, 또 엄마가 늘 언제나 아무 이유 없이 안 된다고만 이야기하는 적은 없었지? 아니야?"

아이는 더 이상 어떤 말도 하지 않았다.

그렇게 말만 곱게 했지 사실상 강요하듯이 아이를 잠자리에 들게 하고, 온전한 나만의 시간이 되자 좀 전에 아이에게 보였던 내 행동이 '개똥이와 뭐가 다르지?'라는 생각이 뇌리를 스쳤다. 그리고 아이에게 미안함과 아쉬움이 물밀듯 밀려왔다.

"여기 황금 묻어 놓지 않았음!"

팻말만 세워놓고 사람들이 자신의 글만 믿어 주기를 바란 개똥이나, 아이가 엄마에게 전하고자 한 말속의 의미를 생각하기보다 아이의 원망을 들으면서도 억지로 설득하려고 든 나와 다를 게 무엇이던가? 다행히 아이가 그냥 들어 주었기 때문에 망정이지, 쇠똥이처럼 영악해서 끝까지 내 말꼬투리를 잡고 늘어졌다면 어떻게 했을까?

- 구리시 이○○ 님

시간관리를 매우 중요하게 여기는 어머니의 이야기다. 아이의 취침시간이 성장판에 중요한 영향을 끼친다는 사실을 알고, 평상시 아이에게 10시가 되면 잠에 들라고 했다는 것이다. 그런데 아이는 책을 좋아해서 때로는 취침 시간을 훌쩍 넘기곤 했다고 한다. 그래도 평소에는 "잠 잘 시간이야!"라고 하면 고분하게 불을 끄고 잠자리에 들던 아이가 어느 날, "조금만 더 있다가!"라고 말대꾸를 하더니, 급기야 "왜 맨날 일찍 자라고 하는 거냐?"고 반항을 하더라는 것이다. 그래서 평상시처럼 아이를 불러 고운 말로 타일렀다는 것이다.

"엄마가 일찍 자라고 한 건 어쩌고 저쩌고….."

아이는 볼멘 표정이지만 엄마한테 말로 이길 수 없다는 것을 알고 불을 끄고 잠자리에 들었다는 것이다. 그렇게 아이를 억지로 잠자리에 들게 해놓고, 가만히 생각해보니까 불현듯 개똥이 이야기가 떠올랐다고 한다. 아이의 말을 끝까지 들어주지 않고, 아이가 잠자리마저 자기 마음대로 들지 못하게 만들고 있는 자신의 모습을 보자 괜히 미안함과 아쉬움이 밀려와서 잠도 제대로 이루지 못할 정도였다고 한다.

"잠을 못 이룬 대신 이렇게 글이라도 쓰고 나니 가슴이 후련해졌어요. 괜히 미안해서 아침에 아이한테 사랑한다는 말 한 마디 더 해 줬죠."

'내 안의 개똥이'를 찾아 아이와 소통하는 어머니의 모습이 마냥 존경스럽게 다가왔다.

의사소통 역량을 키워주려면?

1. 의사소통 역량을 챙겨주는 마법의 주문을 외우자

   "앗, 내 안의 개똥이!"

2. '내 안의 개똥이' 는 말과 글을 그대로 믿어 버리는 어리석음과 상황을 파악하지 못하고 말과 글에 매이는 어리석음을 비유한 것임을 명심하자.

3. 소통에는 말과 글보다 더 중요한 것이 있다는 것을 인식하자.
   내 말이나 글을 상대가 그대로 믿어 줄 것이라고 생각하는 것은 개똥이가 '여기 황금 묻어 놓지 않았음'이라는 팻말을 세워 놓은 것과 같은 어리석은 짓이라는 것을 잊지 말자.

4. 면접을 볼 때는 문제를 액면 그대로 볼 것이 아니라 면접관이 이 문제를 낸 의도가 무엇인지 살펴보는 습관을 들이자.

5. 말을 하기 전에 먼저 글로 써보고 표현하는 연습을 해보자.
   아무리 좋은 의도로 말했다 하더라도 상대가 잘못 알아 들었다면 내가 말하는 방법에 문제가 있음을 스스로 알아차리는 좋은 방법이다.

Part
___
5

자아성찰 역량

모파상의 〈목걸이〉
창의적으로 읽기

나의 마틸드 목걸이는
무엇인가?

새로운 것을 얻고 싶으면?

"콩 심은 데 콩 나고 팥 심는 데 팥 난다."

누구나 다 아는 말이다.

하지만 누구나 한번쯤은 다 부정하고 싶을 때가 있다.

"열심히 공부했는데 시험을 망쳤어."

"열심히 노력했는데 결과가 안 좋았어."

"정말 잘해줬는데 배신을 당했어."

이런 말을 입에 달고 사는 아이들도 있다. 이런 아이들일수록 제삼자 입장에서 보면 '저러니까 그럴 수밖에 없었지'라고 생각할 정도로 그들이 무엇을 잘못하고 있는지 확실히 보일 때가 많다. 문제는 이런 아이일수록 그 문제점을 지적해주면 오히려 강하게 부정한다는 것이다. 이런 아이를 가르치겠다고 계속 문제점을 지적해 주다가는 오히려 아이의 미움을 받아 원망의 대상으로 전락할 수 있다.

『이미지 독서코칭』에서 가장 경계해야 할 일이다. 누군가를 가르친다는 것은 결코 쉬운 일이 아니다. 특히 누군가의 잘못을 지적해서 고쳐준다는 것은 더더욱 어려운 일이다.

그렇다면 아이가 반복해서 잘못하는 것을 어떻게 고쳐줄 것인가? 부모가 곁에서 아이를 지켜보면서 아이가 스스로 자신의 반복되는 잘못을 알아차릴 수 있도록 자극을 주는 것이 좋다. 『이미지 독서코칭』을 통해 아이와 친밀도를 유지하면서 수시로 아이가 자신의 반복되는 잘못을 스스로 알아차릴 수 있도록 이끄는 것이 좋다.

모파상의 『목걸이』는 자아성찰 역량을 키워주는 최고의 작품이다. 부모가 먼저 이 책을 통해 스스로 자신을 성찰하는 시간을 갖고, 『이미지 독서코칭』으로 아이들에게 적용하면 더할 나위 없는 성과를 얻을 수 있다. 단편소설이라 길지도 않으니 꼭 읽어보고 아이와 함께 공유하는 시간을 가졌으면 한다. 그리고 〈마틸드의 목걸이〉를 이미지화해서 일상에 활용하면 자신도 모르게 반복되는 잘못을 스스로 챙겨가며 개선해 나가는 경험을 하게 될 것이다.

지금 당장 자아성찰 역량을 키워주는 『이미지 독서코칭』의 주문을 수시로 챙겨보자. 이렇게!

'나의 마틸드 목걸이는 무엇인가?

원하는 것을 얻고 싶다면?

마틸드는 왜 사실대로 말하지 못했을까?

가난한 집에서 태어나서 하급관리인 남편을 둔 마틸드. 남편이 가져온 파티 초대장을 보고 초라한 모습을 보이기 싫다고 투정을 부린다. 남편이 준 비상금으로는 드레스밖에 살 수 없었고, 결국 친구에게 진주목걸이를 빌려 파티에 참석한다. 그 덕분에 한껏 멋을 부리고 파티를 즐기고 왔지만, 진주목걸이를 잃어버렸다는 것을 알고는 고생의 나락으로 떨어진다. 마틸드는 고민하다 결국 빚을 얻어 잃어버린 것과 똑같은 진주목걸이를 사서 친구에게 돌려주고, 그 빚을 갚기 위해 집까지 처분하며 십여 년 동안 온갖 고생을 하게 된다.

그러다가 우연히 친구를 만난다. 친구는 마틸드가 고생하면서 힘들게 살고 있는 모습을 보고 어쩌다 이렇게 됐느냐고 안

부를 묻는다. 그때서야 마틸드는 십여 년 전에 있었던 일의 자초지종을 이야기하고 친구에게 말한다.

"진주목걸이 때문에 이렇게 됐어."

그러자 친구는 안쓰러운 표정으로 마틸드에게 말한다.

"왜, 진즉에 이야기하지 않았니? 그 목걸이는 가짜였는데…."

- 모파상의 「목걸이」 줄거리

프랑스의 소설가 모파상의 단편소설인 『목걸이』의 핵심 줄거리다. 마지막 장면에서 마틸드의 십여 년 고생이 더욱 아프게 다가온다. 이 이야기가 우리에게 주는 교훈은 무엇일까?

'허영심을 부리지 말자.'

이런 식으로 주제를 뽑아 아이들에게 가르치는 이들이 많다. 물론 이것도 잘못된 말은 아니다. 자기 분수에 맞지 않는 행동을 하는 이들에게는 경각심을 일깨워 줄 수 있기 때문이다. 하지만 주제를 한 가지만으로 단정지어서 답을 외우게 한다면 문제가 있다.

모파상의 『목걸이』는 독서체험을 이미지화해서 일상에서 자신도 모르게 자신을 고생의 길로 내모는 자신의 잘못을 고쳐나가는 지혜, 즉 자아성찰 역량을 함양해 나가기에 정말 좋은 책이다.

우리 주변에는 마틸드와 같은 사람이 많다. 누구나 잘 살기를 원하고, 누구나 그 목적을 이루기 위해 최선을 다한다. 하지만 결과가 좋지 않아 괴로움 속에 산다.

무엇이 문제인가? 마틸드처럼 무슨 일이 생겼을 때 자신의 방식대로만 처리하기에 자신도 모르게 자신을 고생길로 내몰기 때문이다. 따라서 세상을 잘 살고 싶으면, 마틸드처럼 스스로 자신을 고생의 길로 내모는 것이 무엇인지를 찾아 그것부터 고쳐나가는 것이 좋다.

"여러분이 마틸드처럼 진주목걸이를 빌렸는데 잃어버렸다면 어떻게 하시겠습니까?"

이쯤에서 여러분들도 책을 덮고 잠시 생각해 보자.

내가 마틸드라면 친구에게 빌려온 진주목걸이를 잃어버렸다면 어떻게 처리할 것인가?

"빚을 내서라도 갚아야지 어떻게 해요?"

열 명 중에 두세 명은 이렇게 마틸드와 같은 선택을 하겠다고 답한다. 말 그대로 마틸드와 같은 성향의 사람이다.

"친구에게 사실대로 말한 다음에 어쩌고 저쩌고……."

열 명 중에 칠팔 명은 이렇게 대답을 했다. 사실대로 말했으면 괜한 고생을 하지 않았어도 됐을 마틸드의 처신을 잘못으로 지적하며 자신은 그렇지 않게 살 것이라고 말하는 사람도 있었다. 심지어 초등학교 5학년 학생 중에는 이렇게 반문하는 경우도 있었다.

"선생님, 마틸드 바보 아니에요? 그냥 친구에게 말했으면 처음부터 가짜라는 것을 알고 그 고생 안 했어도 됐잖아요?"

중요한 질문이다. 왜 마틸드는 초등학교 5학년 학생도 쉽게 할 수 있는 '사실대로 말하는 것'을 하지 못해 10년 고생을 해야 했을까?

문학작품 감상법 네 가지를 적용해서 이 작품의 핵심 소재에 담겨 있는 비유와 상징의 의미를 찾아보자. 그리고 이 책에서 얻은 독서 체험을 이미지화해서 일상에 활용하는 지혜를 찾기 위해서는 어떻게 해야 할지 점검해 보자.

작품 내적인 요소인 구조론적 관점으로만 보면 이 이야기는 가난한 마틸드가 분수에 어울리지 않는 진주목걸이를 빌렸다가 그것 때문에 인생이 꼬여버렸다는 것을 풍자하면서 독자들에게 당신도 마틸드처럼 되지 않으려면 어떻게 해야 하는지 생각해 보라는 메시지를 던진 것으로 볼 수 있다.

여기에 작품 외적인 요소인 작가, 독자, 시대상을 살펴보면 그 메시지는 더욱 분명해진다. 작가인 모파상은 프랑스인으로 젊은 시절

전쟁에 참여했던 악몽을 바탕으로 염세주의와 사실주의에 바탕을 둔 현실 비판적인 작품을 발표한다. 그 당시는 사교문화가 극에 달해 젊은 남녀들이 문란한 세계로 빠져들던 때였다. 사회 분위기가 그러다 보니 마틸드의 친구처럼 가짜 목걸이를 갖고 있는 이들이 많았다. 그것이 가짜일 거라고 전혀 생각하지 못한, 허영심의 세계를 알지 못한 순진한 마틸드는 결국 그 시대의 희생양일 수밖에 없었던 인물이다. 그 당시 독자들만 놓고 본다면 '겉모습만 화려한 허영심에 빠져들지 말라'며 경각심을 일깨워 준 풍자소설로 볼 수 있다.

그런데 이렇게만 본다면 효용론적 관점에서 아쉬움이 남는다. 효용론에서 살펴야 하는 그 당시의 독자만이 아니라 현실의 독자가 처한 시대적 배경도 고려해야 하지 않을까? 지금의 시점, 즉 현실에서 이 책을 읽은 독자들이 실생활에서 받아들여야 할 교훈적인 요소는 무엇일까? 이렇게 지금의 관점에서 물어봐야 한다.

'우리가 현실 속에서 범하는 마틸드와 같은 잘못은 어떤 것이 있을까?'
'우리가 마틸드와 같은 잘못을 범하지 않으려면 어떻게 해야 할까?'

나의 마틸드 목걸이는 무엇인가?
= 남들은 다 아는데 나만 모르는 문제점

사람은 욕심에 따라 서로 다른 삶을 산다. 허영심이 강한 사람은 허영심 따라, 물질욕이 강한 사람은 물질욕 따라, 명예욕이 강한 사람은 명예욕 따라, 권력욕이 강한 사람은 권력욕에 따라, 동물적 본능인 성욕이 강한 사람은 성욕에 따라 자신의 삶을 꾸리고 있다.

사람에게 자신이 걸려 있는 욕심을 버리라는 말은 들리지 않는다. 물질욕이 강한 사람에게는 아무리 그 욕심을 버려야 한다고 해봤자 제대로 들리지 않는다. 명예욕이 강한 사람에게 명예는 헛된 것일 뿐이라고 해봤자, 그것은 세상 모르는 사람들이 하는 말이라며 콧방귀만 뀔 뿐이다. 물질욕에 사로잡힌 수전노에게 "이웃을 위해 기부하는 것이 더 큰 행복을 불러온다"라고 설교하는 말과 권력욕에 사로잡힌 독재자에게 "권력이 무상하다는 것을 알자"라고 훈계하는 말이 들릴 리가 없다.

『이미지 독서코칭』에서 중요하게 여겨야 할 부분이다. 독서 후에 작중인물의 잘못을 지적하고 그것을 고치기 위해서는 어떻게 해야겠다는 식으로 하는 것은 큰 의미가 없다. 남의 잘못을 지적하는 것은 지식 자랑은 될 수 있어도, 그것으로 자신의 삶을 구체적으로 설계해 나가는 지혜를 얻을 수는 없다.

사람들은 누구나 남의 잘못은 잘 보는 눈을 갖고 있다. 물질욕이 강한 사람은 명예욕에 빠져 있는 사람의 잘못을 정확히 짚어낸다. 반대로 명예욕이 강한 사람은 물질욕에 빠져 있는 사람의 잘못을 정확히 짚어낸다. 독서가 결코 작중인물의 잘못을 짚어내고, 그것을 비판하는 것으로 그쳐서는 안 되는 이유가 여기에 있다.

아무리 어린 학생이라도 자신의 문제가 아닌 남의 문제로 볼 때는 상대의 잘못을 잘 짚어낸다. 실제로 마틸드의 〈목걸이〉를 읽은 학생 중에 이렇게 말하는 학생들이 많다.

"사람은 분수를 알아야지 마틸드처럼 허영심에 빠지면 안 돼요."

독서 후에 마틸드의 잘못을 짚어내는 것만으로 그쳐서는 안 되는 이유를 잘 보여주는 사례다. 실제로 현실에서는 허영심이라는 것을 이해하지 못하고 마틸드의 입장을 충분히 이해한다고 하는 이들도 있다. 대개 착하고 내성적인 성격을 가진 이들이다. 그래서 마틸드와 같은 상황이라면 자신도 차마 친구에게 잃어버렸다는 말을 못하고 빚을 내서라도 먼저 갚았을 거라고 한다.

"선생님, 그것은 결과가 '가짜 목걸이'였기에 가능한 것이지, '진짜 목걸이'였어도 그렇게 말할 수 있을까요? 괜히 사실대로 말해봤자 친구만 난처하게 만드는 건데요?"

이런 아이들에게 마틸드처럼 허영심에 빠져 그러는 거라고, 그러
니까 그렇게 안 하려면 '허영심을 버려야 한다'고 가르칠 수는 없다.
모파상의 『목걸이』에서 얻어야 할 교훈을 결코 마틸드의 허영심으
로만 접근할 수 없는 이유다.

이제 이 작품 속에 담겨 있는 비유와 상징을 찾기 위해 현실에 그
대로 적용해 보자. 마틸드가 잘못한 것은 무엇인가? 허영심이라는
선입견을 지우고, 현실에서 이와 비슷한 상황을 접목시켜 보자.

마틸드는 정말 열심히 살았다. 시대 분위기에 맞춰 사교계에 발도
들여 보았고, 사교계에서 남에게 뒤처지지 않기 위해 없는 살림의 돈
을 털어 옷을 샀고, 친구의 진주목걸이를 빌려 치장을 했다. 진주목
걸이를 잃어버린 것을 확인하고 돈을 빌려 똑같은 것으로 사 줄 능
력도 있었고, 오랜 세월 열심히 일해서 빚을 갚을 능력도 있었다.
하지만 그의 삶은 언제나 가난에 쪼들렸다. 자신의 분수를 모르고
시대 분위기에 휩쓸려 사교계 파티에 발을 담근 것이 큰 잘못일 수
있다. 하지만 그 당시에 유행했던 사교계에 발을 담근 것 자체를 잘
못했다고 하면 좀 문제가 있다. 그 당시 사교계는 요즘 말로 인맥을
넓히는 자리였다. 사회적으로 성공하기 위해서 인맥을 넓히려고 시

대의 유행인 사교계에 관심을 갖는 것은 당연한 일이었다.

마틸드처럼 파티 초대장과 옷을 마련해줄 만한 능력을 가진 남편과 진주 목걸이를 빌려줄 정도의 친구를 가졌다면 충분히 한번쯤 시도해 볼 만한 일이다. 그 자체를 허영심 때문이라며 부정적으로 보기에는 좀 문제가 있다.

여기에서 중요하게 살펴봐야 할 것은 〈진주 목걸이〉를 잃어버렸을 때 왜 친구에게 먼저 사실대로 말한 후에 조치를 취하지 않았냐는 것이다.

"선생님, 마틸드 바보 아니에요? 왜 친구에게 먼저 말하지 않았을까요?"

이처럼 초등학교 5학년 학생도 아는 좋은 방법을 취하지 않고, 왜 빚을 내서 〈진짜 목걸이〉를 샀냐는 것이다. 사실대로 말했으면 〈가짜 목걸이〉라는 것을 알아서 바로 문제를 해결했을 것이고, 설사 그게 진짜 목걸이라고 해도 빚을 내서 사줘야 하는 상황보다 더 나빠질 것은 없었다. 그런데 왜 마틸드는 그 순간에 친구에게 먼저 사실대로 말하지 못했을까?

이 문제를 현실에 적용하기 위해 아이들에게 물어보았다.

"친구에게 맞거나 돈을 빼았겼을 땐 어떻게 하는 게 가장 좋을까?"

"선생님이나 부모님께 말씀드려요."

"그렇지? 그런데 우리 주변에는 이런 일을 당하고도 선생님이나 부모님에게 말씀드리지 못하고 혼자 고민하는 친구가 있어. 왜 그럴까?"

"그건 성격 때문이 아닐까요? 괜히 평소에 말도 잘못 하는 성격을 가진 아이가 있잖아요."

"그러니까 마틸드는 결국 성격 때문에 괜히 안 해도 될 고생을 한 거네?"

"그렇죠."

"그렇다면 그 성격은 무엇 때문에 생기는 것일까?"

우리 주변에는 자신의 뜻대로 원하는 것을 쉽게 이루며 살아가는 사람이 있는가 하면, 아무리 노력해도 원하는 것을 얻지 못해 괴로워하는 사람이 많다. 왜 누구는 쉽게 원하는 것을 얻는데, 누구는 아무리 노력을 해도 원하는 것을 쉽게 얻을 수 없는 것일까?

가장 큰 영향을 끼치는 게 성격이다. 어렸을 때 형성된 성격으로 자신도 모르게 반복되는 잘못을 되풀이하면서 자신의 뜻대로 살아지지 않는다고 괴로워하는 경우가 많다. 아무리 자기 식대로 열심히 살아도, 근본 방향이 잘못되었으니 좋은 방향으로 나갈 수가 없다.

말머리를 부산으로 돌려놓고, 서울로 가겠다며 채찍질을 하면 어떻게 되겠는가? 말머리가 잘못 향해졌다는 것을 알고 말머리를 돌리는 일부터 하지 않으면, 아무리 열심히 해도 그 사람은 서울에 도달할 일은 없을 것이다.

그렇다면 성격의 형성은 어떻게 이뤄지는가? 성격은 환경의 영향을 크게 받는다. 마틸드가 사실대로 잃어버렸다고 말하지 못한 것은 가난한 현실을 감추려는 성격에서 나온 것이다.

마틸드가 이런 자신의 성격을 잘 알았다면 어떻게 했을까? 효용론적 관점을 적용하면 바로 여기에서 모파상의 『목걸이』가 주는 핵심 교훈을 찾을 수 있다.

누군가를 가르치는 일을 하면서 가장 많이 발달한 것은 수강생들의 장단점을 금방 찾아내는 눈이다. 가장 확실한 것은 기질검사를 통해 드러나지만, 그게 아니어도 강의 중의 말과 행동으로 드러난 성격에 조금만 관심을 가져도 금방 알 수가 있다.

하지만 당사자는 자신의 장단점을 전혀 모르거나, 전혀 반대로 알고 있거나, 막연히 추상적으로 알고 있어 전혀 반대의 삶을 살고 있다. 지금보다 나은 삶을 살려면 장점을 살려 잘 하는 일을 계속 해나가면 더 좋을 텐데, 그것을 단점으로 알고 더 이상 한 발도 앞으로 나가지 못하는 이들이 많았다. 또한 자신의 단점을 알아차리고 얼른 멈춰야 하는데, 그것을 장점으로 알고 계속 하고 있으니 더욱 더 미움을 받는 길로 들어서는 이들도 많았다.

발표를 할 때 어떤 아이는 지나치게 신중하다. 매사에 완벽을 기하는 성격이다. 먼저 발표부터 하는 노력이 필요한데 스스로 준비가 부족해서 할 말이 없다며 발표할 자신감을 보이지 않는다. 이런 아이에게 아무리 장점을 부각시키며 용기를 갖고 발표부터 해보라고 해도 그것은 선생님이 자신을 꾀기 위해 듣기 좋게 하는 말이라며 듣지를 않는다.

발표를 할 때 어떤 아이는 지나치게 자신감이 넘친다. 그래서 자기 방식대로 말한다. 그것을 고쳤으면 하는 바람으로 그 말과 태도에 대해 조언을 하면 자존심이라도 크게 상한 것처럼 인상부터 찌푸리며 전혀 받아들이지 않는다. 단점을 스스로 부정하니 고칠 날이 없다.

어른들도 마찬가지다.

'저 사람은 저것만 하면 성공할 텐데…'

'이 사람은 이것만 안 하면 성공할 텐데…'

남이 보기엔 장점이 분명한데 당사자는 '그것만 안 하고', 남이 보기엔 단점이 분명한데 당사자는 '그것만 하는' 경우가 많다. 마틸드처럼 고생을 사서 하는 사람들이다.

모파상의 『목걸이』는 이처럼 성격의 장단점을 모르거나, 다르게 쓰면서 고통을 겪은 이에게 그대로 적용할 수 있다. 고생을 사서 하지 않으려면 먼저 스스로 자신의 장단점을 분명히 알아야 한다고.

문학작품의 내외적인 요소를 점검해 보면, 이 작품에서 〈마틸드의 목걸이〉가 의미하는 비유와 상징을 찾을 수 있다. 사람은 누구나 열심히 살려고 한다. 하지만 남에게 묻거나 도움을 청하지 않고 자기 식대로 살기 때문에 나름대로 열심히 살지만, 스스로 생고생을 만들어 사는 경우가 많다. 따라서 마틸드가 괜히 하지 않아도 된 10년 고생을 하게 만든 〈마틸드의 목걸이〉는 '남들은 다 알지만 정작 마틸드 자신은 모르고 있는 잘못'을 의미하는 것을 정리할 수 있다. 즉 이 작품에 담겨 있는 비유와 상징을 이렇게 정리할 수 있을 것이다.

① **마틸드의 목걸이** = 열심히 노력하지만 하지 않아도 될 고생을 하게 만드는 것으로 남들은 다 아는데 자신만 모르는 자신만의 장점이나 단점.
② **마틸드** : 자신만의 장점이나 단점을 보지 못해 사실대로 말하지 못하고 안 해도 될 10년 고생을 한 사람

사람은 누구나 '남들은 다 아는데 본인만 모르는 단점'을 갖고 있다. 즉 〈마틸드의 목걸이〉와 같은 것을 갖고 있다. 단지 그것을 잘 쓰지 못할 뿐이다. 따라서 지금보다 나은 삶을 살고 싶다면 먼저 '나

의 단점을 찾아 그것을 당장 멈추거나 수정'하는 일을 해 나가야 한다. 그러기 위해서는 먼저 스스로 나의 단점이 무엇인지 찾아나가야 한다. 이것은 정말 어려운 일이다. 이 단점을 남들이 지적해줄 때는 감정이 올라와서 잘 들리지도 않을 뿐만 아니라 자칫 그렇게 지적해 주는 사람과 관계가 틀어질 수가 있다. 따라서 이 단점은 '마틸드처럼 생고생'을 하지 않기 위해서라도 본인이 먼저 스스로 찾기 위한 노력을 기울여야 한다.

그 첫걸음이 모파상의 『목걸이』로 함께 한 독서체험을 이미지화해서 '나만 모르는 나의 단점'을 찾는 지혜로 활용하는 것이다. 그러기 위해서 '괜히 하지 않아도 될 10년 고생'을 한 마틸드의 삶을 이미지화해서, 그와 같은 고생을 하지 않겠다는 의지를 세워 수시로 이렇게 마법의 주문을 되새겨 보는 것이다.

'나의 마틸드 목걸이는 무엇인가?'

그동안 『이미지 독서코칭』을 통해 그 효과를 증명했다. 강의가 끝날 무렵이면 수강생들이 '나의 마틸드 목걸이는 무엇인가?'라는 말을 '나를 찾는 주문'처럼 일상에 활용한 실천후기로 많은 경험담을 들려주었다. 그 경험담을 공유하면서 더 많은 이들이 『이미지 독서코칭』의 지혜로 활용했으면 하는 바람을 담아 본다.

마틸드 목걸이, 왜 부모가 먼저인가?

아이들은 이성적인 판단보다 감정적인 판단이 앞선다. 따라서 부모가 아무리 옳은 소리를 해도 감정에서 벗어나면 잔소리로만 들릴 뿐이다. 이것을 보지 못하고 계속 가르치려 들면 관계는 더욱 틀어질 수밖에 없다.

지금 내 아이가 내 뜻대로 잘 커주고 있다면 하던 대로만 해도 좋다. 하지만 내 아이가 지금보다 조금이라도 더 좋은 방향으로 바뀌었으면 하는 바람이 있다면, 지금과 같은 방식으로 해서는 안 된다. 먼저 부모가 아이를 위해서 과감히 바뀌어야 한다. 적어도 지금까지 했던 방법이 아닌 새로운 방법을 택해야 한다. 그동안 자신도 모르게 옳다고 생각했던 〈마틸드의 목걸이〉가 무엇인지 찾아내서, 그것부터 벗어내려고 해야 한다.

저녁 식사 시간에 나는 열심히 남편이랑 대화를 하고 있었다. 물론 나의 이야기로 주도된 시간이었다. 아이가 부르는 소리도 무시한 채 내 얘기하느라 바빴다. 그랬더니 아이는 울음을 터트리며, 화를 내기 시작했다.

"엄마는 아빠만 중요해? 내가 아까부터 말하고 있잖아, 내가 물어본 거 들었어? 아빠가 얘기하는 것만 듣고. 왜 그래? 나 좀 보라고!"

어이가 없었다. 내 눈에는 아이가 어른이 말하는데 버릇없게 끼어들어 놓고, 엄마가 자기 말을 무시했다고 탓하고 있는 어이없는 상황이었다. 그래서 아이를 불러놓고 혼 내고 훈계해서 떼어놓았다.

그리고 다시 남편과 말하던 것을 마치고, 아이를 보았는데 갑자기 마틸드의 목걸이가 생각났다. 지금 내가 뭐하고 있는 거지? 만약에 남편이랑 아이랑 반대 되는 상황이었더라도 그렇게 했을까?

아이는 아빠하고 자기를 대하는 엄마의 목소리가 다르다고 했다. 아빠한테는 조용히 말하고 자기한테는 목소리를 높이고 찡그린다고. 그러자 낮에 있었던 일이 생각나면서 괜히 아이를 혼냈던 일이 부끄러워지기 시작했다.

- 춘천시 김○○ 님

이 분은 모파상의 『목걸이』를 배우면서 문제의 원인을 아이가 아니라 자신에서 찾으려고 노력했다. 물론 이것이 이 분의 〈마틸드의 목걸이〉일 수도 있고 아닐 수도 있다. 하지만 중요한 것은 이렇게 했더니 아이를 대하는 태도가 달라지고, 그러다 보니 엄마를 대하는 아이의 태도가 달라졌다는 것이다.

『이미지 독서코칭』이 성공하려면 제일 먼저 챙겨야 할 것이다. 아이도 남의 잘못을 보는 눈이 있어서 부모가 반복하는 잘못은 잘 보고 있다. 부모가 완벽한 것처럼 해서는 절대로 안 통한다. 부모가 먼저 이렇게 함께 자신의 문제점을 찾으려는 자세를 보이는 것만으로도 아이가 부모를 대하는 태도가 긍정적으로 확 변하는 모습을 확인할 수 있다.

새로운 것을 얻고 싶으면
죽어도 못할 것 같은 일을 하라

〈마틸드 목걸이〉를 찾기 위해서는 무엇보다 먼저 자기계발에 대한 열망이 간절해야 한다. 새로운 것을 얻기 위해, 자신이 모르는 것을 알기 위해 적극적으로 질문을 할 줄 알아야 하고, 자신의 잘못이 드러났을 때는 얼른 그것을 인정해서 개선하려는 노력을 기울여야 한다. 이것은 말처럼 그렇게 쉬운 일이 아니다. 실제로 우리 주변에는 그것이 〈마틸드 목걸이〉인 줄도 모르고 자랑처럼 떠벌리는 사람들이 많다.

"저는 죽어도 발표를 못해요. 그러니까 제발 발표만은 시키지 말아주세요."

"저는 죽어도 칭찬을 못하겠어요. 그러니까 저한테 좋은 말 들을 생각하지 마세요."

"저는 죽어도 노래방에 못 가겠어요. 그러니까 노래방에 가자는 말 하지 마세요."

"저는 죽어도 거짓말하는 꼴을 못 봐줘요. 그러니까~"

"저는 죽어도 공짜는 못 받아요. 그러니까~"

이런 사람과 관계를 맺을 때 어떤 생각이 드는가? 이런 사람들은 다른 능력이 아무리 뛰어나더라도 바로 이런 태도 때문에 자신의 능력만큼 인정을 받지 못하는 경우가 많다. 이런 사람들은 이런 말을 하는 마음보 때문에 자신의 능력과 소질에 맞는 결과를 얻지 못하는 경우가 많다. 마치 마틸드가 '목걸이를 잃어버렸다는 말을 죽어도 못해!'라고 생각해서 10년 간 자신이 원했던 인생을 살지 못했던 것처럼.

〈마틸드 목걸이〉는 바로 이런 모습으로 우리들 마음속에 도사리고 있다. 따라서 지금 내가 살고 있는 삶이 완벽하게 만족스럽다면 몰라도, 지금보다 뭔가 새로운 삶을 살고 싶다면 먼저 내 마음 속에서 "죽어도 못해"라는 것을 바깥으로 끄집어 낼 수 있어야 한다.

"항상 하는 것만 하면 항상 얻는 것만 얻는다."

"새로운 것을 얻고 싶으면 새로운 일을 하라."

지금 항상 얻고 있는 것은 항상 하는 것만 한 결과물이다. 따라서 지금 나의 삶이 완벽하고 이대로만 유지되기를 바란다면 몰라도, 새로운 것을 얻고자 한다면 반드시 새로운 일을 해야 한다.

여기서 중요한 것은 그 새로운 일이 무엇이냐는 것이다. 사람마다 처한 상황에 따라 구체적인 것은 다른 모습을 취할 수 있다.

"죽어도 발표를 못하겠어요."

이런 사람은 무엇보다 먼저 발표를 해봐야 한다.

"저는 아부 같아서 죽어도 칭찬을 못하겠어요."

이런 사람은 먼저 아부하는 마음으로 칭찬을 해봐야 한다.

"죽어도 노래방에 가지 못하겠어요."

이런 사람은 반드시 노래방엘 가봐야 한다. 남들이 다 하는 것, 성공한 사람들이 다 하는 것은 아무리 죽어도 못할 것 같아도 다 해봐야 한다.

새로운 일을 하는 것은 쉽지 않다. 새로운 일을 하려고 하는 나 자신을 가로 막고 있는 "죽어도 못해"라는 놈이 가슴 속에 또아리를 틀고 있기 때문이다. 따라서 새로운 일을 하려면 무엇보다 먼저 "죽어도 못해"라고 하는 것이 바로 내 마음속의 독사처럼 또아리를 틀고 있는 〈마틸드의 목걸이〉라는 것을 인식해야 한다.

"새로운 것을 얻고 싶으면 죽어도 못할 것 같은 일을 해보자."

이렇게 해야 한다고 했더니 삐딱선을 탄 아이가 있다. 번쩍 손을 들더니 이렇게 질문을 한다.

"선생님, 도둑질을 죽어도 못하겠는데, 최신 핸드폰이 갖고 싶거든요. 그러면 저는 도둑질을 꼭 해봐야 할까요?"

어디 이런 경우가 한두 번인가? 이런 아이들에겐 잘 놀아주며 스스로 생각해 보게 만드는 것이 최선이다. 얼른 시치미를 떼고 물었다.

"도둑질을 하면 어떻게 될 것 같은데?"

"잡히면 감옥에 가겠죠?"

"감옥에 가 본 적 있어?"

"아뇨."

"그럼에 감옥에 가고 싶으면 꼭 해봐야겠네?"

"에이, 선생님도. 저 책임질 수 있어요?"

"네 인생을 내가 왜 책임져야 하는데? 너처럼 똑똑한 머리면 지금 내가 그런 뜻으로 한 말이 아니라는 걸 알 텐데, 왜 꼭 이렇게 삐딱선을 타야 하나? 어쩌면 이렇게 삐딱선 타는 게 '너의 마틸드 목걸이' 같은데 너는 어떻게 생각해?"

극소수지만 이런 아이들을 위해 '죽어도 못할 것'을 찾아보게 하는 연습이 필요하다. 혹시라도 삐딱선을 탈 아이들을 바로 잡기 위해 '죽어도 못할 것'을 구체적으로 찾아보게 하는 것이 좋다.

나의 마틸드 목걸이는 무엇인가?		
꼭 해야 할 일	죽어도 못할 일	이유는?
사실대로 말하기		
발표하기		
집중하기		
칭찬해주기		
노래하기		
그림그리기		
웃어주기		
고운 말 하기		
심부름하기		
숙제하기		
감사하기		
일기쓰기		
편지쓰기		
장래희망 쓰기		
도움요청하기		
화 참기		
욕 안 하기		

이렇게 시작하면 아이가 현재 고민하고 있는 것이 무엇인지도 알 수 있고, 아이의 속내를 솔직히 들여다 볼 수도 있다. 그리고 무엇보다 꼭 해야 하는데 죽어도 못할 것 같은 생각이 들 때 자연스레 '이

게 나의 마틸드 목걸이가 아닌가?'라고 생각해 보는 힘을 키워줄 수 있다.

『이미지 독서코칭』에서는 부모가 먼저 자신도 모르게 아이에게 심어준 '나만의 마틸드의 목걸이'를 찾기 위해서 점검해 봐야 한다. 그리고 수시로 이렇게 되뇌어 보아야 한다.

"나의 마틸드 목걸이는 무엇인가?"

그러다 보면 무슨 일을 할 때 자신도 모르게 "설마 죽기야 하겠어?" 하는 심정으로 죽어도 못할 것 같은 일을 해내는 자신의 모습을 발견하게 될 것이다. 『이미지 독서코칭』의 효과를 실감하는 날들이 올 것이다.

마틸드의 목걸이, 트라우마와 무심함을 잡다

'마틸드 목걸이'는 기질과 트라우마의 열매

'난 마틸드의 목걸이가 없는데?'

이렇게 생각하는 사람이 있다면 정말 큰 오산이다. 사람은 누구나 '남들은 다 아는데 나만 모르는 문제점'을 안고 있다. 세상의 모든 괴로움을 초탈한 성인군자가 아니라면, 아무리 만인의 부러움을 받는 이라도 자신만이 안고 있는 괴로움이 있다. 그 괴로움의 원인이 바로 '마틸드의 목걸이'다.

그렇다면 사람들은 왜 저마다의 '마틸드의 목걸이'를 가질 수밖에 없는가? 그 원인은 크게 세 가지로 살펴볼 수 있다.

첫째는 기질과 성향이다. 사람은 태어날 때 각자 다른 기질을 갖고 태어난다. 크게는 내성적 성격과 외향적 성격으로 나눌 수 있고, 세부적으로는 관점에 따라 종류도 다양하다. 심리학자들의 다양한 연구가 이뤄지고 있다. 『이미지 독서코칭』을 위해서는 기본적인 인간 유형 분석이론에 대해 알아둘 필요가 있다.

먼저 사상체질과 메릭 로젠버그(Rosenberg)의 DISC이론이 있다. 인간의 기질을 크게 네 가지 유형으로 나누고, 그 기질에 따른 장단점을 분석해 준다. 마이어스(Myers)와 브릭스(Briggs)가 융(Jung)의 심리 유형론을 토대로 고안했다는 MBTI에서는 인간의 기질유형을 크게 16가지로 나누고 있다. 에니어그램에서는 9가지와 그에 따른 좌우 날개형까지 총 27가지로 인간의 기질유형을 나누고 있다.

모두 다 배워 익힌다면 바랄 게 없겠지만, 막상 이것을 배우려 들면 한도 끝도 없어진다. 이쪽 방면의 전문가로 나설 것이 아니라면 살짝 맛보기라도 한 다음에, 인간은 기질에 따라 〈나만의 마틸드의 목걸이〉가 있다는 것을 인정하고 수시로 자신의 '마틸드의 목걸이'를 찾지 않으면 자신이 원하는 삶을 살지 못하게 된다는 것을 이해할 수 있어야 한다.

둘째는 트라우마(trauma), 즉 정신적 외상이다. 예전에는 어렸을 때 시장통을 지나다 살아 있는 닭의 목을 식칼로 내리치는 모습을 본 사람 중에 닭고기를 죽어도 못 먹겠다는 사람이 많았다. 닭고기를 보면 무의식 중에 그 장면이 떠올라 차마 입에 넣을 수가 없는 것이다. 교통사고로 심한 상처를 안고 있는 사람이 운전대를 잡지 못하는 것도 마찬가지다. 발표를 하다 크게 실수를 했던 사람 중에는 발표만 하려고 하면 심장이 벌렁대는 경우가 많다. 심한 트라우마의 작용이다. 어디 그뿐인가? 아버지한테 억눌려 살아온 트라우마가 있는 사람 중에는 상사의 지시를 절대로 받아들이지 못해 사사건건 마찰을 일으키는 경우가 많다. 어머니의 사랑을 받지 못했거나 어머니한테 억눌려 살아온 사람 중에는 자존감이 낮아 자기주도적인 인생을 꾸리지 못하는 경우도 많다.

트라우마가 무의식으로 작용해서 꼭 해야 할 일인데도 '죽어도 못할 것 같은 나만의 마틸드 목걸이'로 드러나는 것이다.

셋째는 한 쪽 정보만을 받아들이는 고정관념, 즉 무심함(mindless)에 의한 것이다. 일방적인 주입식 교육에 의해 한 쪽 정보만을 받아들이게 만드는 잘못된 학습풍토에 의해 형성된 고정관념, 무심함은 우리 자신을 객관적으로 바라보는 힘을 잃어버리게 만든다.

"~은 절대로 안 돼."

"~은 죽어도 해야 돼."

이런 말을 입에 달고 사는 사람들은 대개 자기 고집이 강한 사람이다. 배우지 못한 사람이라면 그나마 자신의 인생만 걸린 문제니까 다행이다. 그런데 이런 사람은 의외로 배운 사람들이 더 많다. 이런 사람들은 자신뿐만 아니라 다른 사람에게 큰 영향을 끼치기 때문에 본인만 피곤한 것이 아니라 주변 사람을 더욱 피곤하게 만든다.

이런 사람들은 융통성이 부족하다는 말을 많이 듣는다. 단지 자신만 모를 뿐이다. 융통성이 부족하다는 말을 듣는 사람일수록 더더욱 〈나의 마틸드 목걸이〉를 챙겨야 한다. 그렇지 않으면 아무리 노력해도 자신이 스스로 만든 괴로움의 굴레를 벗어날 수가 없다. 마치 마틸드가 친구에게 목걸이를 잃어버렸다는 말 한마디 못하고, 자기 방식대로 문제를 해결하려다가 평생 하지 않아도 될 고생을 한 것처럼!

〈마틸드의 목걸이〉의 원인 중에 첫째인 '기질과 성향'은 독서코칭보다는 심리상담 분야로 보아야 한다. 이것은 심리상담 전문가들이 맡아야 할 일이다.

여기에서는 『이미지 독서코칭』으로 잡을 수 있는 '트라우마'와 '무심함'을 다뤄보기로 한다. 그 방법 중에 하나가 모파상의 『목걸이』를 통해 얻은 독서체험을 이미지화해서 '트라우마'와 '무심함'이 작용하는 〈나만의 마틸드 목걸이〉에서 벗어나기 위해 스스로 챙겨야 하는 마법의 주문을 되뇌는 것이다.

'나의 마틸드 목걸이는 무엇인가?'

『이미지 독서코칭』, 트라우마를 경계하자

트라우마는 일종의 질병이다. 트라우마로 형성된 '죽어도 하기 싫은 일'은 당연한 것이 아니라, 어떻게든 치료해야 하는 질병이다. 병원에 누워 있는 환자들은 병을 치료하지 않는 이상 사회생활에서 일반인에게 뒤처질 수밖에 없다. 마찬가지로 '트라우마'를 치유하지 못하면 사회생활에서 뒤처질 수밖에 없다.

'죽어도 하기 싫은 일'을 만날 때 '이게 나의 마틸드 목걸이가 아니까?'라고 챙기는 것만으로도 이것이 질병이라는 생각이 들어 그 질병의 원인인 '트라우마'를 극복하고 치료하려는 의지가 생기는 것을 느낄 수 있다.

'트라우마'를 치유하기 위해서는 비슷한 처지의 사람들이 서로 만나 교류하는 활동이 효과적이다. 종교활동도 좋고, 고민을 나누는 동호회 활동도 좋다. 아이에게는 『이미지 독서코칭』이 큰 역할을 할 수 있다.

책읽기를 즐기는 아이들이 책과 점점 멀어지는 시기는 초등학교 5~6학년 무렵이다. 물론 학과 공부가 어려워지고, 배워야 할 것이 더 많아져서 그런 경우도 있다. 하지만 많은 아이들이 독서에 대한 안 좋은 경험, 즉 트라우마가 생기는 시기가 거의 이 무렵이라고 한다. 문제는 그 트라우마의 원인 제공자가 주로 부모라는데 있다. 어렸을 때 독서의 즐거움을 느끼도록 이끌어 주는 게 아니라, 남들이 좋다니까 무조건 독서를 강요하다 스트레스를 주다 보니 그것이 책읽기에 대한 트라우마가 된다는 것을 모르고 있는 것이다.

"이 책 다 읽으면 선물 줄게."
"이 책 읽고 난 소감이 뭐야?"
"책을 읽었으면 느낌이나 소감이 있어야 할 거 아냐. 너 진짜로 이 책을 읽기는 읽은 거야?"

어려서부터 이런 말을 많이 들은 아이는 독서 때문에 스트레스를 많이 받게 되고, 그 경험이 축적되면서 '독서는 곧 부모의 잔소리'를 불러온다는, 즉 독서에 대한 트라우마를 형성시켜 점점 독서와 담을 쌓게 되는 것이다.

『이미지 독서코칭』은 어떤 경우에도 아이에게 스트레스를 주는 쪽으로 흘러서는 안 된다. 부모로서 아무리 아이를 위해 열심히 한다고 해도, 아이가 재미있게 받아들이지 못하면 이것이 곧 '이미지 독처코칭을 한다면서 독서로 스트레스를 주는 부모'라는 트라우마를 만들어 아이가 책과 더욱 멀어질 수 있다는 것을 항상 경계해야 한다.

『이미지 독서코칭』, 무심함을 경계하자

무심함은 주입식 교육의 가장 큰 병폐다. 무심함은 '한쪽 정보만을 받아들여 어떤 상황에 처했을 때 융통성을 발휘하지 못하게 하는 고정관념'의 다른 이름이다. 트라우마 못지않게 부모가 심어주는 '마틸드 목걸이'의 주요원인이다.

무심함에서 벗어나려면 가치중립성을 이해해야 한다. 가치중립성이란 '세상에 그 어떤 것도 절대적으로 옳고 그른 것이 없다'는 것이다. 세상의 모든 것은 가치중립성을 지닌다. 단지 인간이 상황에 따라 그것의 가치를 좋게 만들기도 하고, 나쁘게 만들기도 할 뿐인 것이다.

"식칼이 좋은 건가요? 나쁜 건가요?"
"핵폭탄이 좋은 건가요? 나쁜 건가요?"

식칼은 부엌에서 요리를 하는데 쓰면 좋은 것이지만, 사람을 죽이는데 쓰면 나쁜 것이다. 핵폭탄은 전쟁을 예방하거나 행성으로부터 지구를 지키기 위해 쓴다면 좋은 것이지만, 테러나 전쟁을 위해 쓴다면 나쁜 것이다. 이처럼 식칼이나 핵폭탄은 그 자체가 좋고 나쁜 것이 아니라 '가치중립성'을 지니고 있을 뿐이다. 단지 그것을 쓰는 사람에 따라 좋은 사람이 좋게 쓰면 문명의 이기(利器), 나쁜 사람이 나쁘게 쓰면 문명의 재앙이 되는 것이다. 이때 식칼과 핵폭탄은 그 자체가 좋고 나쁜 것이 아니라 가치중립성을 갖고 있는 것이다.

노벨은 산업발전의 유용한 도구로 사용하기 위해 다이너마이트를 발명했다. 하지만 사람들은 그가 보지 못한 '다이너마이트의 가치중립성'을 비웃듯이 대량 살상 무기로 사용했다. 노벨로서는 가장 가슴 아픈 일이었다. 오죽했으면 양심의 가책에서 벗어나기 위해 유산을 세계의 발전에 공헌한 사람들에게 쓰라며 '노벨상'을 만들었겠는가?

과학발명품에 대한 '가치중립성'은 어느 정도 확산이 되어 있다. 그래서 과학자 중에는 발명품을 만들 때 자신이 만든 발명품이 나쁜 사람들에 의해 나쁘게 이용될 수 있다는 것까지 염두에 두고 일하는 경우가 많다. 양심적인 과학자 중에는 지금 바로 발명하면 큰 명성을 얻을 수 있지만, 장기적으로 그것을 나쁘게 이용하는 사람이 생겼을 때 부작용이 클까 봐 발명에 신중을 기하는 이들도 많다. 인류의 양심을 지키는 것이다.

과학발명품에 대해서는 '가치중립성'을 이해하면서도 인간이 관념으로 만들어낸 것에 '가치중립성'이 있다는 것은 이해하지 못하는 이들이 많다. 무심함이 빚어낸 산물이다.

예를 들면 이런 식이다.

"다른 것은 몰라도 거짓말은 절대로 용납 못해."

"나는 아부하는 꼴은 절대로 못 봐줘."

이런 사람들은 '거짓말'과 '아부'가 '가치중립성'을 지녔다는 것을 이해하지 못한다. 무심함에 빠진 것이다. 이런 사람들은 '거짓말'과 '아부'가 나쁘다고만 인식하고 있다.

사전적 의미로 거짓말은 '사실이 아닌 것을 사실인 것처럼 꾸며 대는 말'을 의미하고, 아부는 '남의 비위를 맞추기 위해 알랑거리는 행위'를 의미한다. 사전적 의미로만 본다면 이 말은 그 자체가 나쁜 것이 아니라 누가 어떻게 쓰느냐에 따라 좋기도 하고, 나쁘기도 한 '가치중립성'을 지니고 있다는 것을 알 수 있다.

"거짓말을 하지 마라."

"아부는 간사한 사람이 하는 말이다."

이렇게 '거짓말'과 '아부' 자체를 나쁜 것으로만 보면, 즉 무심함에 빠져 있으면 일상에서 실제로 어리석은 행동으로 이어질 일에는 무엇이 있을까?

"엄마가 거짓말 하지 말랬잖아요. 저는 지금 성질이 나서 성질을 부리는 건데 뭐가 잘못이에요?"

"아부하지 말랬잖아요. 저는 싫은데 어떻게 좋다고 해요?"

거짓말이나 아부를 못하겠다며 아이가 이렇게 자기 생각대로 직설적인 말을 내뱉는다면 어떻게 되겠는가? 이것은 솔직한 것이 아니라 어리석은 것이다. 부모가 무심함으로 강조한 '거짓말'과 '아부'에 대한 고정관념이 내 아이를 눈치도 없는 어리석은 아이로 만든 것이다.
'거짓말'과 '아부'가 나쁜 것이 아니라 그것을 나쁘게 쓰는 사람이 나쁜 것이 되고, '거짓말'과 '아부'를 적당히 상황에 맞춰 활용하면 '선의의 거짓말'로, 또는 '칭찬'과 '감사'의 말로 된다는 것을 분명히 인식해야 한다.

독서도 '가치중립성'이다. 독서를 좋은 쪽에 쓰는 게 아니라 자신의 인생을 괴로움으로 빠트리는데 쓰는 이들도 많다.

"내가 읽은 책에서는~
"책에서 내가 봤는데~

입만 열면 이런 식으로 독서량을 자랑하는 사람을 보면 안쓰러울 때도 있다. 독서를 생활에 활용하는 지혜로 써야 하는데, 남들에게 미움을 받는 쪽으로 쓰고 있기 때문이다.

『이미지 독서코칭』에서는 주입식 교육이 무심함을 만들어 상황판단도 할 수 없는 아이로 키울 수 있다는 것을 항상 경계해야 한다. 모파상의 『목걸이』도 '허영심을 버리자'는 식의 주입식 교육으로 끝낼 것이 아니라, 문학작품 속에 담겨 있는 비유와 상징을 찾아, 현실에서 자신이 마틸드처럼 잘못하고 있는 것이 무엇인지 스스로 찾아볼 수 있도록 이끌어야 하는 이유가 여기에 있다.

실생활의 마틸드 목걸이를 어떻게 할 것인가?

〈남의 마틸드 목걸이〉는 함부로 건들지 말자

오늘 수업을 듣고 와서 고민이 많았다. ① '나의 마틸드 목걸이를 어디서 찾지? 아하! 나의 5년지기 동반자에게 답을 구하자' 생각하고 저녁을 먹고 동반자에게 말했다.

"자기야!(약간의 콧소리이다) 우리 오늘 진지한 대화 좀 해 볼까?"

"진지한 대화라고 하면 무서운데…. 나 잘못 한 거 없어."

신랑은 겁부터 냈다. 원래 난 신랑에게만은 진지함을 떠나 명랑과 밝음이 지나친 개구쟁이 와이프였다. 어쨌든 신랑이 얘기를 들을 준비를 하자 수업에서 들은 〈마틸드 목걸이〉를 구체적으로 설명을 해줬다. 그리고 물어 보았다.

② "당신의 동반자인 나의 〈마틸드 목걸이〉는 뭐라고 생각

해?"

순간 남편의 눈동자를 보니 이리로 왔다 저리로 왔다 당황하는 것이었다.

③ "당신 그런 거 없어."

이러면서 대답을 회피했다.

"그럼 대답하기 전에 장점을 말하면 되잖아. 나 상처 하나도 안 받아."

그러자 주저하던 남편이 얘기한다.

"당신은 생활력이 강하고, 쌍둥이들 키우기도 힘들 텐데 잘하고…."

그러면서 마침내 나의 〈마틸드 목걸이〉를 얘기했다.

"음, 당신은 말이야. 남의 얘기를 잘 들은 것처럼 보이지만, 결국은 자기의 사고방식, 즉 자기만의 틀에 박혀 결국 귀를 막고 사는 것 같아."

신선한 충격이 머리를 때리는 느낌이었다. 그래도 심호흡하며 (얼굴은 붉어졌을 것이다.) 요즘 수업시간에 배운 구체적인 사례를 요구했다. 구체적 사례를 요구하니 남편은 당황한 듯 더 이상 말을 잇지 못했다.

④ 순간적으로 가슴에서 욱하는 게 올라왔지만 그래도 나의 〈마틸드의 목걸이〉를 사실적으로 건드려준 신랑에게 더 많은 사랑과 애정이 간다.

'낼 아침밥 꼭 챙겨줘야지.' 하는 생각이 들면서.

⑤ 앞으로 아내로서 쌍둥이들 엄마로서, 그리고 독서코칭을 배우면서 나의 〈마틸드의 목걸이〉를 과감히 벗어던지고 더 나은 내가 되려고 노력해야지.

- 춘천시 이○○ 님

위의 글은 우리가 새로운 것을 얻기 위해 〈마틸드의 목걸이〉를 찾아 가는 과정에서 우리가 배워야 할 것들을 다 보여주고 있다.

첫째는 배운 것을 그대로 실천하려는 자세다. 그런 점에서 ①처럼 배운 것을 바로 나로부터 실천하려는 자세는 우리가 꼭 배워야 할 부분이다. 아무리 배워서 안다고 한들 실천하지 않으면 무슨 소용이 있겠는가?

둘째는 묻는 자세다. ②처럼 가까운 사람에게 묻는 자세가 필요하다. 예부터 훌륭한 스승은 묻지 않는 제자는 가르치지도 않았다. 따라서 무엇인가 새로운 것을 배우려면 적극적으로 질문을 할 줄 알아야 한다. 그래야 훌륭한 스승도 만날 수 있다.

셋째는 남의 허물을 함부로 말하지 않는 것이다. 남의 허물을 함부로 말하다 보면 오히려 미움만 돌아올 수 있다. ③에서 보이는 남편의 자세를 배울 필요가 있다. 그는 처음부터 아내의 허물을 말하지 않았다. 상대가 마음의 자세가 안 됐을 때 잘못을 이야기해봤자 감정만 상하게 되고, 실질적으로 상대의 변화를 기대할 수 없다는 것을 알았기 때문이다. 상대가 묻기 전까지 기다려야 하고, 설사 상대의 질문을 받았다고 하더라도 먼저 상대방이 어떻게 받아들일지 상황을 살펴가며 조심스럽게 말할 수 있어야 한다. 남편은 그것을 잘 활용했다.

넷째는 감정이 올라와도 속지 않는 것이다. ⑤처럼 남편의 쓴소리에 감정이 올라왔어도 거기에 속지 않고 얼른 무엇이 중요한지 챙겨야 한다. 누군가 내게 하는 쓴소리를 나쁘게 들으면 감정이 올라오지만, 좋게 들으면 애정 어린 충고로 들릴 수 있다. 그래서 일단 감정이 올라오면 이미 내가 그 말을 나쁘게 들었다고 생각하고, 얼른 긍정적인 마음으로 받아 들이려는 노력을 해야 한다. 이 글을 쓴 분처럼 심호흡을 해서라도.

다섯째는 언제나 자신을 성찰하는 자세다. ⑤처럼 항상 자기성찰을 하기 위해 노력하는 것이다. 항상 부족하다는 것을 인정하고 끊임없이 배우기 위해 노력하는 자세를 갖춰야 한다.

이 중에서 특히 명심해야 할 것이 셋째 '남의 허물을 함무로 말하지 말라'는 것이다. 이것은 듣고자 하는 이도 들으면 감정이 올라오는 일이다. 그러니 듣고자 하는 마음도 없는 이에게 한다면 어떻게 되겠는가?

우리는 세상을 살면서 수없이 '마틸드 목걸이'와 직면하는 경우가 많다. 문제는 내가 순간적인 감정을 부리는 것으로 눈 감고, 귀 막은 채 그냥 흘려보내는 경우가 많다는 것이다. 그것이 끊임없이 내 인생의 발목을 잡아당기는 걸림돌인 줄 모른 채, 걸림돌을 빼낼 생각은 아예 하지도 못하는 것이다.

그런데 내가 찾아야 하는 〈마틸드의 목걸이〉는 평소에 가까운 이들로부터 자주 듣는 말 중에 하나다. 하지만 일상에서 가장 부정하고 싶은 말이기도 하다.

"누가 그걸 몰라요. 뜻대로 안 되니까 그렇지 ~"
"아는 데도 안 되는 걸 어떻게 ~"
아이들을 가르치다 보면 이런 말을 많이 듣는다. 이럴 때는 얼른 아이들의 말뜻을 들을 수 있어야 한다. 이 말 속에는 아이가 자신의 체면을 지키거나 자존심을 살리려는 의도가 담겨 있다. 즉 나도 아는 것이니까 더 이상 나를 건드리지 말고 네 일이나 잘 하라는 말일 수 있다.

이때는 얼른 내려놓고 기다릴 줄도 알아야 한다. 스스로 자신의 잘못을 알아차릴 수 있도록 기회를 제공해주고, 또 스스로 그것을 극복해나가는 방법을 찾을 수 있도록 세심한 배려를 해줘야 한다.

"청하지 않은 충고는 원하지 않는 우편물이 우편함에 쌓이는 것과
같다."

러시아 속담은 누가 묻기 전에는 함부로 충고하지 말라고 한다. 실
제로 현명한 사람은 상대가 청하기 전에는 절대로 충고를 하지 않는
다. 어차피 청하지 않은 충고를 해봤자 당사자가 듣지도 않을 뿐만
아니라, 자칫 그것 때문에 그 사람한테 미움을 살 수 있다는 것을 잘
알고 있기 때문이다.

『이미지 독서코칭』을 하면서 아이의 반복되는 잘못을 짚어만 주어
서는 안 된다. 아이가 반복하는 잘못일수록 그것이 곧 〈아이의 마틸
드 목걸이〉일 수 있다는 것을 인식하고, 아이가 스스로 그것을 알아
차릴 수 있도록 이끌어야 한다.

"엄마하고 마틸드 목걸이 찾기 해볼까? 네가 보기에 엄마의 마틸드
목걸이는 무엇이라고 생각해?"

이러면 아이 입에서 엄마의 감정을 상하게 하는 말이 나올 수 있
다. 진정으로 아이의 『이미지 독서코칭』을 이어갈 뜻이 분명하다면

이런 수모(?)쯤은 감수해야 한다. 아이 말을 잘 들으면 진짜 〈나의 마틸드 목걸이〉를 찾아 더 좋은 방향을 갈 수 있고, 아이의 말을 들어준 만큼 아이도 부모의 말을 들어주기 시작한다. 그때 이런 식으로 접근하면 좋다.

"엄마의 마틸드 목걸이가 답을 정해놓고 묻는 거라고 했잖아? 이건 엄마가 고쳐나갈게. 그런데 엄마는 너도 엄마를 닮아서 혹시 너의 마틸드 목걸이가 남의 말을 듣지 않는 것이 아닐까 생각하는데, 너는 어떻게 생각해?"

물론 아이가 아니라고 하면 얼른 인정해 주고 그만 두어야 한다. 아이가 강하게 부정할수록 그것이 곧 아이의 〈마틸드 목걸이〉일 확률이 높다. 아이가 아니라고 하는데 계속 이야기했다가는 강한 저항에 부딪힐 수 있다. 이럴 때일수록 얼른 꼬리를 내리고, 아이가 언젠가 스스로 알아차릴 날이 있을 것이라는 믿음을 가져야 한다.

〈마틸드 목걸이〉, 일단 "예!" 해놓고 보자

차를 몰고 가다가 마침 길거리에서 큼지막한 돌을 발견했다. 전원주택 입구에 세워두면 좋을 것 같아서 누님과 아내, 나 이렇게 셋이서 낑낑거리며 돌을 들어 차에 실었다. 그 장소에는 마침 건장한 남자 후배 두 명이 있었다. 나는 그들에게 돌 좀 옮겨놓자고 부탁을 했다.

"이 돌을 셋이서 어떻게 들어요. 허리 다칠 텐데."

"돌이 미끄러워서 위험해요."

마치 둘이 약속이나 한 듯이 부정적으로 말했다. 나는 아내와 누님과 함께 갖고 온 돌이라며, 우리 셋이면 충분히 들 수 있다고 했다. 그러자 두 후배가 마지못해 장갑을 챙기고 다가섰다. 순간적으로 돌을 들어 올렸으면 했는데, 돌은 꿈쩍도 하지 않았다.

"거 봐요. 무거워서 안 된다고 했잖아요."

"미끄러워서 힘을 쓸 수가 없어요."

그때 그 돌은 셋이서 도저히 들 수가 없었다. 결국 두 사람을 빼고 그보다 힘이 약한 아내와 누님이 힘을 보태서야 원하는 곳에 돌을 세울 수 있었다.

분명히 여자 두 명과 함께 들었던 돌인데, 왜 그보다 더 건장한 남자 두 명이 들어 올릴 수 없었던 것일까? 사람은 누구나 자신이 한 말이 맞다는 것을 증명해보이고 싶어 한다. 따라서 부정적인 말을 한 사람에게는 어떻게든지 자신의 말이 맞다는 것을 증명해보이려는 의식이 작용할 수밖에 없다. 금방 자신이 한 말이 있는데, 돌이 번쩍 들리기라도 한다면 얼마나 무안하겠는가?

그러니 아무리 인상을 쓰고, 아무리 최선을 다하는 것처럼 보여도

돌이 들릴 리 만무했던 것이다.

강의를 하다 보면 이런 경험을 많이 한다. 충분한 능력을 갖췄다고 보이는 사람이 뭔가 부탁을 하면 "전 못하겠어요"라고 해서 아예 능력을 발휘해볼 기회조차 없애는 경우가 있고, 긴가민가 하던 사람은 "예. 대신 잘못해도 봐주세요"라고 하더니 정말 완벽하게 잘 해오는 경우도 많다.

일단 "예" 하는 마인드는 내가 전혀 발견하지 못했던 능력을 일깨우는 힘이 된다. 따라서 새로운 것을 얻고 싶다면 무엇보다 먼저 "예" 해놓고 보는 연습을 해야 한다. 일단 "예" 해놓았는데 정말 못할 것 같다면 좀 더 시간이 흐른 다음에 진지하게 물어 보면 해결책이 보일 때가 있다. 설사 능력을 발휘하지 못한다 하더라도 시도를 해 봤다는 값진 경험이라도 얻을 수 있다.

"아니, 그게 아니고요."
"아뇨, 저는 아직 실력이 안 돼서~"

무엇인가 부탁을 하거나 대화를 하다 보면 이런 말을 입버릇처럼 붙이는 사람들이 있다. 아이가 이런 말을 쓰는 걸 보면 십중팔구 부모도 이와 똑같은 말투를 쓰고 있다. 이럴 때 한번쯤 역지사지해볼 필요가 있다. 나라면 이렇게 말하는 사람에게 더 이상 무슨 말을 하고 싶은 생각이 들겠는가?

『이미지 독서코칭』에서 부모로서 챙겨야 할 요소다. 내 아이가 지나치게 부정적인 말을 많이 쓰고 있다면 부모가 '혹시 이것이 나의 마틸드 목걸이는 아닌가?'라고 살펴 볼 수 있어야 한다. 평소에 강압적이거나 아이의 의견을 무시하며 일방적으로 가르치려 드는 부모의 아이 중에 이런 경우가 많기 때문이다.

무의식의 잘못을 찾는 주문을 되뇌자

인문학이 강조되면서 예전에는 어렵게 느껴졌던 책들이 쉽게 풀이되어 나온 것들이 많다. 각종 심리상담 관련 책들도 많이 나오고 있다. 성격이나 기질 분석, 가족 관계 문제를 다룬 책들을 선택하면 〈나의 마틸드 목걸이〉도 좀더 쉽게 찾아나갈 수 있다.

프로이트의 『정신분석에로의 초대』는 꼭 권하는 책이다. 사람의 일생을 좌지우지하는 것은 그 사람의 의지가 아니라, 자신도 모르게 형성된 무의식이라는 것을 처음으로 발견한 정신분석학자 프로이트를 만날 수 있다. 프로이트가 우리에게 주는 선물은 살아가면서 끊임없이 무의식의 세계가 내 인생을 좌우하는 힘이 얼마나 큰지를 인식하게 만드는 힘이다. 무의식의 세계가 벌이는 일을 알아가기 위한 첫 관문이 바로 무의식의 존재 자체를 인식하는 것이다. 세상에는 내가 의식하는 세계보다 그렇지 못한 세계가 90% 이상이나 된다는 것을 인식하는 것은 끊임없는 자아성찰의 자리가 왜 절실하게 필요한지 느끼게 만든다.

모파상의 『목걸이』에서 〈마틸드의 목걸이〉의 비유와 상징이 무엇인지 생각하게 만든 것이 프로이트의 정신분석학이다. 〈나의 마틸드 목걸이〉찾기를 하면서 자신의 상처를 발견하고 눈물을 흘렸던 분들이 삶의 활기를 찾는 모습을 보면서, 자신의 삶을 구체적으로 표현해 보는 것이 얼마나 중요한가를 느끼게 해준 것도 프로이트의 정신분석학이다.

사람은 아는 만큼 세상을 보기 마련이다. 무의식이 갖는 힘을 인식하지 못하는 사람은 자신이 아는 세상만이 전부인양 살 수밖에 없다. 그러다 보면 사는 대로 생각하게 되고, 현재의 삶에서 더 좋은 방향으로 나갈 수 있는 방법을 찾기 힘들다.

하지만 무의식의 세계를 확실하게 인식하는 사람은, 자신이 아는 것만이 전부가 아니라는 것을 분명히 알기에, 배워가면서 생각하는 대로 사는 법을 찾는다.

지금 사는 삶이 만족스럽다면 사는 대로 생각하며 살아가도 문제가 없다. 하지만 지금보다 나은 삶을 살고 싶어한다면 '나의 마틸드 목걸이는 무엇인가?'를 스스로에게 물어가며 생각하는 대로 살기 위한 노력을 기울여야 한다.

'나의 마틸드 목걸이는 무엇인가?'

이 말은 끊임없이 자신의 삶을 자신도 모르는 방향으로 이끄는 무의식을 찾는 주문임을 알아야 한다.

〈마틸드 목걸이〉로 행복을 추구하는 사람들

죽어도 못할 것 같았던 장거리 운전을 해내다

그동안 내게 장거리 운전은 죽어도 못할 일이었다. 그래서 춘천에 살면서 부산에 있는 친정에 다녀오는 것은 꿈도 꾸지 못할 일이었다. 그런데 모파상의 『목걸이』를 배우면서 마음을 바꿔 보기로 했다. …… 그래서 용기를 내서 죽어도 못할 것 같았던 장거리 운전을 해내고야 말았다. 그것도 남편이 출근한 주말에 혼자서 아이 둘을 데리고 고속도로를 장장 5시간 넘게 달려 친정에 다녀온 것이다. 돌아오는 길에는 여유를 부려 아이들을 데리고 경주 불국사에도 다녀왔다. 그러고 보니 거의 7시간 가까이 운전을 해낸 것이다. 남들은 그게 뭐 대수로운 일이냐고 할 수 있을 것이다. 그러나 나에게는 정말 내 인생의 큰 상처를 털어내는 일이기도 했기에 정말 값지고 뜻 깊은 일이었다.

내 내면에는 어렸을 때 교통사고로 돌아가신 아버지에 대한 상처가 자리 잡고 있었다. 어쩌면 이것이 심리학에서 말하는 트라우마로 자리 잡아 고속도로 운행은 꿈도 꾸지 못하게 만들었던 것인지도 모른다. 물론 지금도 그 두려움을 완전히 털어 냈다고는 확신하지 못한다. 하지만 중요한 것은 한 번도 마음조차 내지 못했던 일을 지금 이렇게 해냈다는 것이다.

'남들이라고 다 하는 일을 나라고 못할 일이 없잖아.'

생각해보면 나는 지금껏 열심히 일은 해 왔지만, 정말 꼭 해야 할 일을 위해 죽도록 열심히 했던 일은 없었던 것 같다. 세상 경험도 많이 부족하고, 사람을 대하는 것도 서툴고 어려워하는 것이 내 성격이라고 생각했다. 그런데 정작 이것이 내가 원하는 것을 쉽게 얻지 못하게 하고, 마틸드처럼 하지 않아도 될 10년 고생을 하게 만드는 것일 수 있다는 생각에 미치니 괜히 오기가 생기기 시작했다.

'혹시 이게 나의 마틸드의 목걸이는 아닐까?'

꼭 해야 할 일이 있는데 나도 모르게 움츠려 드는 마음이 생길 때마다 어느 새 이렇게 생각해보는 버릇이 생겼다. 그러다 보니 나도 모르게 꼭 해봐야겠다는 용기가 생기는 것을 느끼곤 한다.

"덕분에 친정에 잘 다녀왔습니다."

지금도 이렇게 말하며 고속도로 휴게소에서 사온 호두과자를 수줍게 내밀던 모습이 선하다. 사실 이 분이 한번 용기를 내서 친정에 다녀오려고 한다는 말씀을 듣고 내심 걱정이 되기도 했다. 사람이 마음에 걸리는 일을 하다 보면 무의식이 작동해서 일을 그르치게 하는 경우가 있기 때문이다. 그래서 이렇게 말씀드렸다.

"마음에 걸리는 것이 있으면 말씀해보세요. 괜히 그것 때문에 사고가 날 수도 있잖아요?"

그러자 교통사고에 대한 트라우마를 털어 놓았다. 그럼에도 불구하고 용기를 내보기로 했다는 것이다. 단순히 친정을 다녀오기 위해서만이 아니라 이것을 극복하지 못하면 생활 속에서 '죽어도 하지 못할 일' 때문에 그 어떤 일도 제대로 해내지 못할 것 같은 생각이 들어서 어떻게든 극복해보고 싶었다는 것이다. 그리고 마침내 해냈고, 그것을 해내는데 〈마틸드의 목걸이〉를 찾는 일이 큰 힘이 되었다고 했다.

벌컥 올라오는 화를 이제는 삶의 활력소로!

나는 직장인으로서 엄마로서 아내로서 또 딸로서 많은 역할을 담당하며 책임감을 인생 최대의 좌우명으로 지키며 살아왔다. 회사의 수익을 창출하고 좋은 성과를 거두기 위한 업무적인 스타일로 살아오다 보니, 평가위주의 삶이 몸에 배어 있다. 겉으로는 무척 겸손하고 배려하는 척하지만, 실상 나의 내면은 사물을 주관적으로 바라보거나 평가하기를 즐기고 있다는 것을 스스로 느끼고 있다.

① 그런데 '나의 마틸드 목걸이는 무엇인가?' 라는 의문을 갖기 시작하니 친동생이 했던 말이 문득 떠올랐다.

② "언니는 결론이 없는 것은 중요하지 않아? 너무 자기생각으로만 결론 지으려고 해. 결론이 없어도 과정이 중요하고 과정을 중요하게 생각하면서 행동하면 결론이 보여지는 경우도 있어. 물론 결론이 안 나도 상관없어. 과정 자체도 의미 있으니까. 그런데 언니는 너무 언니 생각으로 모든 상황을 끼워 맞추려고 해."

③ 그때 나는 버럭 화를 냈다.

④ "결론 없는 일에 왜 무의미하게 시간을 낭비해? 모든 것은 결론으로 평가되는 세상이야."

수박 겉껍질에 감추어진 나의 빠알간 속살을 여지없이 들켜버린 것이 속상해서 그 여파가 한참 동안이나 갔었다. 그렇다. 나의 성격은 사람들과의 관계에서 잘 드러난다. 만나서 성과, 또는 결과가 보여지는 사람과는 친분을 쌓고, 일상의 소소한 대화의 자리나 가깝게 보여지는 결과가 없이는 인간 관계를 소홀히 하고 있었다. 그래서인지 요사이 얄팍한 인간 관계 속에서 허덕이는 나를 발견하곤 한다.

⑤ 이 글을 쓰는 동안 내가 범한 '나의 마틸드 목걸이' 가 무엇인지, 찾을 방법이 어떤 것인지 막연하게나마 떠오르는 것 같다.

그동안 결과를 중요시 여기는 성격으로 주변 사람들을 불편하게 만들었다. 이제부터 한번쯤 과정을 즐길 줄 아는 여유를 가져봐야겠다. 조금은 느긋하게 한 템포 늦춰가며, 조금 더디 가면 어떻겠는가, 주변을 돌아보며, 먼저 다가가며, 좋은 에너지를 줄 수 있는 사람이 될 수 있도록 노력해야겠다.

'마틸드의 목걸이'를 찾는 작업은 나의 중년을 황금색 단풍으로 물들게 할 것이다. 올 가을엔 좋은 사람들과 단풍구경을 가야겠다.

〈마틸드의 목걸이〉는 남의 쓴소리에 귀를 기울일 때 드러난다. 하지만 정작 우리는 쓴소리를 들을 때 감정을 먼저 일으켜서 그것이 나에게 도움을 주는 소리라는 것을 전혀 인식하지 못한다. 정말 나를 해치고자 하는 사람이 뭐라고 했을 때 감정이 올라왔다면 물론 감정적인 대응을 해서라도 방어를 하는 것이 옳은 선택일 수가 있다. 하지만 나를 위하는 사람이 한 쓴소리에 감정이 올라왔다면 그

것이 바로 〈나의 마틸드 목걸이〉일 수 있다는 것을 염두에 두어야 한다.

이전에는 감정부터 불러 일으키던 ②와 같은 소리가 비로소 이성을 일깨우는 소리로 들리게 만드는 것은 ①의 노력이 뒤따랐기 때문이다. 끝까지 ④의 선택이 옳다는 신념을 갖고 있다면, 그것 때문에 상대와 나의 차이점을 인정하지 못하고 사소한 일에도 마찰을 불러 일으키는 잘못을 범하고 있다는 것을 알아차리기 힘들었을 것이다. 그런데 그 순간에 '마틸드의 목걸이'를 찾으려는 노력을 하다 보니 '상대 입장에서는 그럴 수도 있겠구나.'라는 모습이 보이게 되고, 그것에 대해 글쓰기를 하다 보니 자연스럽게 ⑤와 같이 자기성찰을 해가는 여유를 누릴 수 있는 것이다.

친정아버지만 보면 올라오는 화를 발견하다

① 나는 화내는 방법에 문제가 있다. 분노의 감정을 지혜롭게 표현하지 못해서 내가 원하는 것을 얻지 못하고 도리어 원치 않는 화를 자초하곤 한다. 특히 친정 식구들 앞에서는 이성이 작동을 멈춘 것처럼 크고 격한 목소리와 감정으로 화를 낼 때가 있다. 이 못나고 못된 성품은 어디서 왔을까? 이것이 '나의 마틸드 목걸이는 아닐까?' 하는 생각으로 나를 찾아보았다.

아버지는 분노를 잘못 다스린 인생을 사신 것 같다. 방탕한 생활로 가장의 역할을 하지 못했다. 인사불성이 되도록 술을 마시곤 했는데, 희미하게 남아있는 잔상은 엄마에게 폭력과 언어폭력을 행하던 모습이다. 밤이 새도록 한 말을 또 하고, 또 하던 소음의 기억이다. ② 나는 그런 아버지에 대해서 분노의 벽을 쌓고, 쌓고 또 쌓았던 것 같다.

'나의 마틸드 목걸이'를 찾는 작업 속에서 아버지로 인해 새겨진 분노의 감정을 지혜롭게 표현하지 못하는 무의식의 세계를 만난 것은 정말 뜻 깊은 일이다. ③ 적어도 화를 제대로 표현하지 못하는 내 단점의 원인을 찾을 수 있었고, 그것을 극복하기 위해 앞으로 뭔가 해나갈 방법을 찾아 볼 수 있기 때문이다.

이 글을 쓰신 분은 키도 크고, 예쁜 얼굴과 얌전한 표정을 짓고 있어서 묘한 매력을 지니시는 분이다. 겉으로 봐서는 귀한 집안에서 곱게 자라신 분 같은데, 〈나의 마틸드 목걸이〉를 찾는 과정에서 자신의 내면에 있는 폭력성을 보았다고 했다. 남들 앞에서는 웬만하면 화도 안 내고 잘 참고 있는데, 유독 친정 식구들 앞에만 가면 자신도 모르게 표출하는 화를 보면서 스스로 놀라곤 했다는 것이다.

화를 잘 내는 사람이나, 화를 낼 줄 몰라 꾹꾹 눌러가며 참는 사람이나, 자신을 해치는 에너지는 비슷하다고 한다. 특히 암 같은 질병에 걸린 사람들 중에는 의외로 한없이 착한 사람들이 많다고 한다. 그래서 화를 내는 것도 문제지만, 화를 눌러 참는 것도 병을 불러오기 때문에 요즘은 화를 잘 푸는 방법을 가르쳐주는 프로그램들이 많다.

문제는 스스로 자신의 문제점을 찾지 못하는 사람은 자신이 화를 참고 있으면서도 스스로는 잘 풀고 있다고 착각을 하는 경우가 많다는 것이다. 나중에 몸에 병이 나거나, 문제가 터졌을 때 알아차리는 경우가 많은데, 이때는 이미 늦어서 안타까운 일을 자초하는 경우가 많다.

이 분은 〈나의 마틸드 목걸이〉를 찾아가는 중에서 ①과 같이 자신의 문제점을 찾기 시작했고, 그 ②처럼 내면에 아버지로 인한 상처를 안고 있는 모습을 보게 되었다. 이제 원인을 찾았으면 ③처럼 그것을 극복하는 길로 들어설 수 있다.

적어도 이 분은 친정에만 가면 화를 내는 이유가 어디에 있는지 알아차렸다는 것만으로도, 더 이상 괴로운 일을 자초하지 않을 수 있는 길에 들어서게 되는 것이다.

마틸드의 목걸이가 찾아준 평가에 대한 용기

생각해보니 부끄럽게도 난 나 자신의 〈마틸드 목걸이〉를 알고 있으며, 그걸 드러내는 걸 두려워하고 있었다. 바로 '나 자신'이다. 두려움 많고, 평가받는 걸 부끄러워하고, 쉽게 내 존재를 드러내지 못하는 나. ① 혹시 내가 말하면 내 무식함이 드러날까 두려워 내가 아는 것조차도 말하길 꺼려하는 나 자신.

자기소개를 하는 시간에 나는 일주일 동안 열심히 준비했지만, 사실 발표를 안 할 수만 있다면 정말 하기 싫었다. 하지만 반드시 다들 해야만 하는 걸로 알고 있었던 나는 정말 떨리는 심장을 진정시켜가며 발표를 했다.

하지만 여전히 나는 주눅이 들어 있고, 수업 참여도도 낮은 편이다. 어렸을 때 삼남매 중 장녀였던 나는 항상 조용한 아이였고, 동생들에 비해 존재감이 없었다. 그래서인지 어른이 되어서도 항상 내 얘기를 하기보단 남의 얘기를 들어주고, 적극적으로 나서기보단 뒤에서 조용히 지켜보는 걸 좋아하고, 말보단 글로 표현하는 게 더 편하게 된 것 같다. ② 좀 손해 보더라도 나만 참으면 모든 일이 조용히 지나갈 거라고 생각했고 항상 그래왔다.

이것이 〈나의 마틸드 목걸이〉가 아닐까? 알고는 있지만, 아직도 못하고, 어쩌면 오래도록 하기 힘든 것, 항상 무엇엔가 주눅 들어 있는 내 삶의 방식을 개선하기 노력할 것이다. ③ <u>소극적인 내 성격으로 혹시라도 아이들도 힘들게 살지 않도록 지금부터라도 인생을 좀 더 적극적으로 살아갈 것이다. 책 속에서 마틸드가 한 말 중 기억에 남는 한 구절을 적어본다.</u>

"인생이란 무척 기이하고 허망한 거야! 대수롭지 않은 일이 파멸을 가져오기도 하고 구원을 해주기도 하고!"

항상 앞자리에 앉아서 누구보다 열심히 공부에 임하던 표정이 새삼스럽다. 5남매의 어머니로 과제물도 잘해오셨고, 글도 잘 쓰셨지만, 발표할 때만 되면 괜히 긴장해서 떨곤 했던 모습도 생생하다.

①을 보면 내재된 능력은 뛰어났지만 항상 남 앞에서 안 좋은 소리를 들을까 봐 발표도 제대로 못해서 속상해 했던 마음이 그대로 전해지는 것만 같다. 어쩌면 어렸을 때 삼남매의 장녀로 자라면서 부모님으로부터 ②처럼 행동해야 한다는 것을 강요받았거나, 아니면 천성이 착해서 스스로 환경에 자신을 맞춰 장녀로서 집안에 대한 책임의식을 가졌는지도 모른다. 이 글에 나타난 것만으로는 발표를 두려워하는 근본적인 원인을 찾기는 어렵다. 어쩌면 이것조차도 평가를 두려워하는 트라우마 때문에 깊이 감추어져 있는 것인지 모른다.

그런데 엄마가 되고 보니 ③을 신경 써야 할 처지다. 그래서 더더욱 용기를 내고, 죽어도 하기 힘들었던 발표도 해보았다. 그러다 보니 이렇게 적극적으로 글을 써서 발표를 하는 것들이 얼마나 큰 용기를 내서 하는 일인지 그대로 느껴진다.

자아성찰 역량을 키워주려면?

1. 무의식의 잘못을 찾는 마법의 주문을 되뇌자

   "나의 마틸드 목걸이는 무엇인가?"

2. 〈마틸드의 목걸이〉의 비유와 상징이 '남들은 다 아는데 자신만 몰라서 자신을 고생하게 만드는 자신만의 잘못이나 버릇' 이라는 것을 인식하고 스스로 '나의 마틸드의 목걸이' 를 찾기 위해 노력한다.

3. 무슨 일을 하기 전에 '나는 절대로 안 돼.', '나는 해보지 않았는데 어떻게 해?' , '나는 죽어도 못해' 라는 마음을 올라오게 만드는 것이 바로 '나의 마틸드의 목걸이' 라는 것을 인식하고, 남들이 하는 것이라면 눈을 딱 감고라도 해보는 노력을 기울인다.

4. 하던 일만 하면 얻는 것만 얻는다. 새로운 것을 얻고 싶으면 새로운 일을 하라. 바로 죽어도 못할 것 같은 지금까지 해보지 않은 일을 해봐야 새로운 것을 얻을 수 있다는 것을 명심한다.

5. '마틸드의 목걸이' 를 찾기 위해 다음과 같은 일은 꼭 해보자.
   1) 질문과 대답을 잘하며 평가를 두려워하지 않는다
   2) 〈남의 마틸드 목걸이〉는 함부로 건들지 않는다
   3) 일단 "예!" 해놓고 보는 긍정적인 마인드를 갖는다
   4) 남에게 반복적으로 듣는 충고나 조언이 얼른 받아 들인다

Part
6

공동체 역량

〈세계명작〉
창의적으로 읽기

독서체험
이미지화 하기

『삼국지』, 교과서 속 유비 이야기

잘 해줬는데 또 해달라고 하면?

　유비의 젊은 시절 이야기다. 어느 날 강을 건너기 위해 무릎을 걷어 올리고 있는데 한 노인이 자신은 힘이 없으니 업어서 건너 달라고 말했다. 유비는 좋은 마음으로 노인의 청을 들어주었다. 그런데 강을 다 건너서 노인을 내려놓고 갈 길을 가려고 하는데, 노인이 강 건너에 짐을 두고 왔다고 말한다. 유비가 얼른 짐을 가져 오려고 다시 강을 건너려고 하자, 노인은 "네가 그냥 강을 건너서 짐을 가져가면 어떻게 하냐?"며 다시 자신을 업고 갔다 와야 한다고 말한다. 유비는 말없이 노인을 업고 강을 건넜다가 짐을 챙겨서 다시 건너온다. 그때 노인이 "네가 처음에 한 일은 누구나 할 수 있는 일이다. 그런데 두 번째 일은 아무나 할 수 없는 일인데, 너는 무슨 마음으로 그 일을 했느냐?'고 묻는다. 그러자 유비는 아무렇지도 않다는 듯이 말한다.

"제가 처음에 노인을 업고 강을 건넌 것은 잘한 일입니다. 그런데 만약에 두 번째 요구를 거절하고 그냥 가버린다면 저는 처음에 한 수고를 수포로 만들어 버리는 것입니다. 하지만 제가 노인의 말씀을 계속 들어 드리면 처음에 잘한 일에 계속 잘한 일을 보태는 것인데 어찌 제가 마다할 일이 있겠습니까?'

그 말을 들은 노인은 유비에게 다음과 같은 말을 한다.

"그 말이 너의 머리에서 나온 것이라면 너는 한 나라를 다스릴 만한 덕이 있는 것이고, 그 말이 너의 마음에서 우러러 나온 것이라면 너는 세상의 모든 땅을 다스릴 만한 덕이 있는 것이다. 부디 그 마음을 잊지 말아라."

- 이문열의 『삼국지』 중에서

중학교 1학년 국어 교과서에 이 부분만 요약으로 실렸던 적이 있었다. 문제집에 이 이야기의 주제가 무엇이냐는 오지선다형 문제가 있었다. 이 문제의 답은 무엇일까?

문제 : 다음 중 이 이야기의 주제는 무엇인가?
① 스승을 공경해야 한다.

② 현명한 선택을 해야 한다.

③ 선행을 많이 베풀어야 한다.

④ 노인을 공경해야 한다.

⑤ 어려움을 참고 끝까지 노력해야 한다.

　우리나라 국어 교육의 문제점을 한 눈에 보여주고 있다. 이 문제의 답은 ⑤번이었다. ⑤번을 선택하면 공부 잘 하는 학생이 되는 것이고, 나머지 문항을 선택한다면 공부를 못하는 학생이 되는 것이다. 정말 안타까운 현실이다. 어떻게 답이 ⑤번이어야만 하는가?

　독서의 중요성이 강조되면서 독서량을 평가하기 위한 문제들이 난무하고 있다. 독서를 학업평가에 반영한다고 하니 줄거리 요약과 핵심 문제를 뽑아 평가에 대비하는 학생들의 모습도 많이 눈에 띈다. 독서는 결코 오지선다형이나 단답형으로 평가할 수 있는 영역이 아닌데, 평가를 통해 서열을 정해야 하니 어쩔 수 없이 벌어지는 촌극이다.

　생각해 보자. 한 권의 책을 읽고, 주인공의 이름을 외우고, 줄거리를 꿰고, 핵심 내용을 요약 정리하는 것이 무슨 의미가 있겠는가? 물론 책을 아예 안 읽은 것보다는 낫겠지만, 어려서부터 이런 식으로 독서 평가를 받아 온 아이들의 사고는 바로 그 시점에서 멈추어 버린다. 독서의 재미를 느끼기도 힘들게 한다.

창의적인 독서지도의 출발점은 책 속에 담겨 있는 내용이나 사건을 단순히 요약하거나 암기하는 것이 아니라 그것을 우리가 처한 구체적인 현실에 적용시켜 보는 것이다. 한 편의 글을 읽고 나면 다음과 같은 사고 과정을 통해 생활 속에 활용할 수 있는 지혜를 찾을 수 있도록 이끌어줘야 한다.

사실적인 이해

① 이 이야기가 우리에게 주는 교훈은 무엇일까?

② 내가 주인공이라면 어떻게 했을까?

현실에 이미지화하는 지혜

① 생활 속에서 이와 비슷한 사례는 무엇이 있을까?

② 이때 주인공이 나였다면 어떻게 했을까?

"이 이야기가 우리에게 주는 교훈은 무엇일까?"

"……?"

이런 질문에 자신 있게 대답을 하는 경우는 거의 없다. 이것은 어른들을 상대로 강의를 했을 때도 마찬가지다. 사실 유비 이야기가 주는 교훈을 단답형으로 말하기란 결코 쉽지 않다. 그래서 가급적 다음과 같은 질문을 바로 던지는 것이 좋다.

"내가 유비라면 이 상황에서 어떻게 했을까?"

어른들은 뻔히 보이는 답이라 쉽게 대답하지 않지만, 학생들은 솔직하게 자신의 생각을 표현한다. 수업은 그때부터 생기를 띠기 시작한다.

"노인이 잘못한 거잖아요. 저 같으면 그냥 가 버릴 거예요."

"노인에게 나를 믿지 못하면 알아서 하라고 할 거예요. 아무리 생각해도 보따리를 가지러 노인을 다시 업고 건너는 건 할 수 없을 것 같아요."

심지어 어떤 학생은 이렇게 되묻는 경우도 있었다.

"정말 유비 같은 사람이 있을까요? 소설이니까 가능하지."

이것이 학생들의 본래 모습이고, 솔직한 마음의 표현이다. 그런데 이런 학생들에게 유비 이야기를 통해서 "어려움을 참고 끝까지 노력해야 한다."는 답만이 정답이라고 하는 것은 아무리 생각해도 문제가 있다.

이 이야기를 답만 외우는 공부가 아니라 생활 속에 구체적으로 적용하는 지혜로 활용하는 지혜를 찾아 주는 독서로 이끌기 위해서는 『이미지 독서코칭』의 핵심인 비유와 상징을 찾아야 한다. 이 이야기는 강이라는 배경과 유비가 노인을 업고 건넌 사건, 유비와 노인이라는 등장인물로 이뤄지고 있다.

① **강** = 선행을 반복적으로 행한 공간

② **노인을 업고 건너는 일** = 젊은이로서 해야 할 선행

③ **유비** = 선행을 위해 어떤 사람이 반복되는 요구를 해도 다 들어주는 인물

④ **노인** = 상대의 입장은 생각하지 않고 계속 무리한 요구를 하는 인물

먼저 이야기 속에 비유와 상징을 정리하고, 이를 구체적으로 적용하기 위해 현실에서 이와 비슷한 이야기를 찾아야 한다. 『이미지 독서코칭』은 여기서부터 시작이다.

"현실에서 이와 비슷한 일로 어떤 것이 있을까? 유비처럼 누군가에게 잘해 줬는데 상대가 또 다른 것을 요구하는 것은 흔히 겪는 일이잖아. 이와 비슷한 경험에는 어떤 것이 있을까?"

『이미지 독서코칭』을 구체화하기 위해 아이들에게 이렇게 질문을 했다. 그러자 눈치가 빠른 한 학생이 말뜻을 알아듣고 얼른 손을 들었다.

"선생님, 그러면 친구가 지우개를 빌려 달라고 해서 빌려 줬더니 고맙다는 말도 하지 않고, 다시 볼펜까지 빌려 달라고 하는 것도 이와 비슷한 경우가 되는 거겠네요?"

"맞아. 바로 그렇지. 그때 유비라면 어떻게 했을까?"

"……?"

이렇게 물꼬를 트자 다른 학생들도 자신의 이야기를 꺼내기 시작했다.

"동생한테 옷을 빌려줬더니, 신발까지 빌려 달라고 했어요."

"엄마의 심부름을 하고 왔더니 동생과 놀아 주라고 했어요."

이렇게 말꼬가 트이자 본격적으로 독서체험을 현실에 구체적인 지혜로 활용할 수 있도록 유도하기 위해 얼른 준비해 간 체험지를 돌렸다.

유비 이야기 현실에 적용하기	
유비와 비슷한 경험 쓰기	유비라면 어떻게 했을까?

"지금부터 그 이야기를 여기 빈 칸에 써보고, 유비라면 어떻게 했을지를 써보도록 하자."

어른들을 상대로 하는 강의에서도 이와 똑같은 질문을 해 보았다. 처음에는 아이들처럼 아무 말도 못하던 분들이 구체적인 사례로 들어가자 봇물 터지듯이 자신의 사례를 이야기하기 시작했다.

"아침에 아이를 위해 밥을 해 놓았는데 아이가 귀찮다며 밥은 거들 떠 보지도 않고 학교에 간다고 투덜거리며 나서더라."

"남편을 위해 좋은 옷을 선물했는데 마음에 들지 않는다고 바꿔 오라고 하더라."

"좋은 며느리가 되기 위해 시댁에 한 달에 한 번씩 찾아 갔는데 더 자주 오라고 하더라."

똑같이 체험지를 작성하면서 독서체험을 현실에 구체적으로 이미지화하는 과정을 거쳤다. 이렇게 이미지화한 경험은 현실에서 실제로 그와 같은 상황에 접했을 때, 유비처럼 슬기롭게 행동하는 힘을 실어주기 마련이다.

"이럴 때 유비라면 어떻게 했을까?"

독서체험을 이미지화해서 이렇게 일상에 활용하기 시작하면 반드시 생활의 변화를 얻을 수 있다. 한 권의 책을 읽고 줄거리를 정리하는 것으로 그치지 않고, 그것을 내 삶의 구체적인 현실에 결부시키는 연상작용이 저절로 이뤄지기 시작한다. 『이미지 독서코칭』의 큰 효과를 일상에서 체험하게 되는 것이다.

『공주는 등이 가려워』, 마음을 얻는 기술

왜 해달라는 대로 못해주나?

책 읽기를 좋아하는 공주가 있었다. 공주는 어느 날 모기에
물린 등이 가려워 견딜 수가 없었다. 공주는 괴로워하다가 마
침내 자신의 가려운 등을 시원하게 긁어주는 왕자와 결혼을
하겠다고 결심을 한다.

공주는 멋진 왕자, 소심한 왕자, 지적인 왕자, 시인 왕자, 공
학 박사 왕자, 흥정꾼 왕자 등을 만나 가려운 등을 긁어 달라고
한다. 그들은 공주의 가려운 등을 긁어주기 위해 자기 방식대
로 여러 가지 시도를 한다.

어떤 왕자는 공주의 가려운 곳을 찾겠다고 지도책을 펼쳐들
기도 한다. 먼저 장소와 원인을 찾아야 문제를 해결할 수 있다
는 사고방식을 가진 왕자의 선택이다.

또 다른 왕자는 공주에게 시를 읽어주기도 한다. 공주가 시에 관심을 가지면 등이 가려운 곳에 신경을 쓰지 않으니까 해결될 수 있다는 판단을 한 것이다.

어떤 왕자는 공주에게 기계를 들이대기도 한다. 기계가 모든 일을 다 잘해줄 것이라고 판단한 것이다.

어떤 왕자는 소심해서 차마 공주의 등에 손을 대지 못하고 간접적으로 긁어 주려고 시도를 한다. 공주에게 손을 대는 것은 무례라는 생각으로 선택한 방법이다.

그런데 수많은 왕자들은 공주의 가려운 등을 해결해주지 못한다. 결국 공주는 자신의 등을 시원하게 긁어줄 왕자를 쉽게 만나지 못하고 괴로워한다.

그러던 어느 날 공주는 서점에서 자신처럼 책을 좋아하는 왕자를 만난다. 그 왕자는 공주가 원하는 대로 등을 시원하게 긁어준다. 공주가 긁어 달라는 곳을 찾아 공주의 요구대로 박박 긁어준 것이다.

공주는 그동안 자신을 괴롭혔던 가려운 등을 시원하게 긁어주는 왕자를 만나 결혼을 해서 행복한 시간을 보낸다.

— 수지 모건스턴, 『공주는 등이 가려워』 줄거리

학부모로부터 이 글의 주제가 무엇이냐는 질문을 받았다. 얼마 전에 초등학교 1학년 아이가 이 책을 읽고 나서 "엄마, 이 책의 주제가

뭐야?"라고 물어 왔는데, 어떻게 대답을 해줘야 할지 몰라 당혹스러
웠다는 것이다. 한번 깊이 생각해볼 문제다. 이 책을 읽은 내 아이가
이런 식으로 질문해 온다면, 나는 뭐라고 대답해 줄 것인가?

　바로 『이미지 독서코칭』의 핵심인 비유와 상징에 대해 설명하고,
먼저 중요사건과 등장인물에 담겨 있는 비유와 상징을 찾는 시간을
가졌다. 사건은 등이 가려운 공주를 시원하게 긁어주는 것이고, 등장
인물은 공주와 결혼에 성공한 왕자와 그렇지 못한 왕자들로 나누어
서 비유와 상징을 정리해 보았다.

　① **공주의 등이 가려움** = 해결할 문제

　② **공주** = 문제해결을 바라는 사람

　③ **결혼에 성공한 왕자** = 상대가 원하는 것을 그대로 들어줌

　④ **결혼에 실패한 왕자들** = 상대는 생각하지 않고 자기가 배운 방법대
　로 문제를 해결하려 함

　그리고 주제의식을 현실에 더 구체적으로 적용하기 위해 이와 비
슷한 우스갯소리 하나를 더 들려주었다. 주제를 각인하기 위한 방법
으로 우스갯소리를 적용하면 그 효과가 더욱 크기 때문이다.

삼촌과 조카들에게 짜장면의 의미는?

시골에 사는 조카 둘이 방학을 맞아 서울에 사는 삼촌집에
들렀다. 삼촌은 일주일 동안 조카들을 위해 여기저기 데리고
다니며 맛있는 음식을 많이 사주었다. 조카들은 매번 "삼촌,
짜장면 사줘."라고 했지만, 삼촌은 그때마다 "알았어, 맛있는
거 사줄게."라고 말하고는 값비싼 음식점으로 데리고 다녔다.

어느덧 일주일이 지나 조카들이 시골로 돌아갈 때가 되었
다. 집을 나서는 조카들은 삼촌에게 불만이 가득 섞인 표정을
짓고 있었다. 삼촌은 조카들의 삐쭉 나온 입을 보고 물었다.

"너희들, 왜 그러고 있어?"

그러자 조카들이 이구동성으로 말했다.

"삼촌, 참 치사해. 우리가 해 달라는 것 하나도 안 해주
고…."

"삼촌이 뭘 안 해줬는데?"

그러자 조카들은 볼멘소리로 이런 말을 했다.

"삼촌은 일주일 동안 우리가 사 달라는 짜장면 하나 안 사
줬잖아! 그러니까 치사하지."

이 이야기와 『공주는 등이 가려워』의 공통점은 무엇일까?

"둘 다 상대가 원하는 것을 해줘야 한다는 것이죠?"

아마 이 글을 읽는 독자 중 상당수도 이렇게 생각했을 것이다. 물론 두 이야기의 주제는 '상대가 원하는 것을 해 줘야 한다'가 될 수도 있다. 그러나 그것은 어디까지나 이 두 이야기의 주제를 단답형으로 물었을 경우에만 나올 수 있는 대답이다.

아이들에게 이런 식으로 단순하고 한정된 주제를 찾도록 가르치는 것만으로는 부족하다. 우리가 추구하는 지혜를 일깨우는 『이미지 독서코칭』은 아이들의 상상력과 창의력을 향상시킴으로써 세상을 사는 지혜를 깨닫게 하는 것이기에, 단순히 정답만을 요약해서 가르치는 방식으로는 다소 문제가 있다.

그래서 우스갯소리인 이 이야기에 담겨 있는 비유와 상징을 찾을 필요가 있다. 이 이야기에는 삼촌과 두 조카라는 등장인물과 좋은 음식을 사준 것과 얻어 먹고 짜장면 사주지 않았다고 불만을 터트린 사건이 담겨 있다. 이들이 의미하는 비유와 상징은 무엇일까?

① **좋은 음식 사준 것** = 상대의 요구를 듣지 않고 자기 방식대로 잘해 주는 것

② **짜장면 안 사줬다고 불만 터트리는 것** = 상대가 아무리 잘해줘도 자신이 원하는 것을 해주지 않았다고 불만을 터트리는 것

③ **삼촌** = 자기 방식대로 잘 해주는 사람

④ **두 조카** = 자기가 원하는 것이 아니면 좋은 것을 받고도 불만을 터트리는 사람

이런 식으로 비유와 상징을 정리하면 현실 속에서 이와 비슷한 사례를 얼마든지 찾을 수 있다. 단순히 '상대가 원하는 것을 해줘야 한다'는 식의 요약형 주제를 찾는 것이 아니라, 현실 속에서 이와 비슷한 사례를 찾아 문제를 해결하는 지혜로 활용할 수 있는 것이다. 이와 비슷한 상황에 처했을 때 얼른 '짜장면'만 떠올려도 삼촌과 두 조카의 이야기가 떠올라 그들을 반면교사로 삼아 이와 비슷한 잘못을 저지르지 않는 길에 들어설 수 있는 것이다.

줄 때는 공주와 삼촌의 이미지를 챙기자

『공주는 등이 가려워』에서 왜 많은 왕자들은 공주와 결혼하기를 원하면서 공주의 등을 시원하게 긁어주지 못한 것일까?

〈삼촌과 짜장면 이야기〉에서 삼촌은 조카들에게 많은 돈을 써가며 맛있는 음식을 사줬으면서, 왜 정작 조카들이 원하는 짜장면 하나를 안 사줘서 원망을 듣게 되는 것일까?

이런 잘못은 우리가 일상에서 많이 경험하는 것들이다. 상대에게

잘해줬다고 생각했는데, 정작 상대는 나한테 고마워하기는커녕 오히려 나를 원망하거나 미워하는 경우가 생긴다.

이와 반대로 상대가 나에게 해주는 것은 많은데, 이유 없이 상대가 미워지는 경우가 생긴다. 아무리 생각해 봐도 상대가 해준 것이 많아서 미워해서는 안 될 것 같은데도 그냥 미워지거나 원망스러워지는 경우도 있다.

『공주는 등이 가려워』와 〈삼촌과 조카의 짜장면 이야기〉는 독서체험을 이미지화해서 실생활에 활용하기에 딱 좋은 내용이다.

"엄마, 이 이야기의 주제가 뭐예요?"

아이가 이렇게 물었으니 금상첨화다. 일부러 가르치려 해도 귀 기울이지 않은 아이들이 많은데, 이렇게 질문을 했다면 무슨 말을 해도 들어줄 자세가 되어 있기 때문이다. 얼른 그것을 기회로 삼아 아이와 함께 이야기를 나누는 자리를 마련할 필요가 있다. 그러면서 아이가 스스로 생각할 수 있는 기회를 제공하는 것이 좋다. 앞에서 정리한 두 이야기에 담긴 비유와 상징의 의미를 생각하면서 이런 식으로 얼른 대화의 물꼬를 트는 것이 좋다.

"글쎄, 이 책에서 많은 왕자들이 공주의 등을 시원하게 긁어주지 못한 이유가 뭐라고 생각하니?"

"그거야 공주가 원하는 대로 긁어주지 않아서 그랬죠."

"그렇다면 많은 왕자들은 왜 공주가 원하는 대로 긁어주지 못했을까?"

"……?"

이쯤에서 한번쯤 말을 돌려 〈삼촌과 짜장면 이야기〉를 들려주고, 계속 이야기를 이어갈 필요가 있다.

"왜 삼촌은 조카들에게 짜장면을 사주지 못한 것일까?"

"그거야 조카들 말은 듣지 않고 자기 마음대로 했기 때문이죠."

"그렇다면 삼촌은 왜 조카들 말을 듣지 않고 자기 마음대로 했을까?"

"자기는 그게 더 좋다고 생각했기 때문이죠."

"삼촌은 왜 그게 더 좋다고 생각했을까?"

"……?"

이렇게 이야기를 나누며 아이가 스스로 사람은 누구나 자기 식대로 생각하고, 자기 식대로 행동하는 경우가 많다는 것을 이해하게 하고, 그것이 우리 인간들이 가장 흔하게 범하는 큰 잘못이라는 것을 깨닫게 해주는 것이 좋다. 동화 속 왕자처럼 공주의 등을 시원하게 긁어주지 못하는 왕자들이, 짜장면을 원하는 조카들에게 다른 좋은 음식만 사주고 잘했다고 생각하는 삼촌이 곧 나일 수도 있다는 것을 알아차릴 수 있게 하는 것이다.

이것은 부모도 마찬가지다. 나는 과연 청바지 입고 싶다는 아이한 테 청바지만 사주었던가? 나는 학원에 가기 싫다는 아이의 말을 얼마나 들어 주었던가? 콩밥 먹기 싫다는 아이에게 콩밥을 내밀고, 추운 겨울에 아이스크림 먹고 싶다는 아이에게 따뜻한 음료수를 내밀고, 짧은 옷 입고 싶다는 아이에게 긴 옷을 입히지는 않았던가? 이렇게 스스로 점검해 보며, 등을 제대로 긁어주지 못한 왕자가, 짜장면은 사주지 않고 다른 좋은 음식만 잔뜩 사주고 잘했다고 생각하는 삼촌이, 곧 나일 수도 있다는 것을 알아차리는 독서체험의 시간을 가질 수 있다.

아이나 부모나 공주의 등을 시원하게 긁지 못한 것은 동화 속의 왕자들만이 아니라, 일상에서 내 생각대로 행동하면서 상대가 원하는 대로 해주지 못하는 나 자신일 수도 있다는 것을 점검하는 시간을 가질 수 있다. 짜장면을 하나 못 사줘서 더 많은 돈을 쓰고도 원망을 듣는 것은 우스갯소리의 삼촌만이 아니라, 오로지 아이를 위한다는 생각으로 아이가 원하는 것을 제대로 들어주지 않는 부모 자신일 수도 있다는 것을 알아차릴 수도 있다.

"엄마, 이 이야기의 주제가 뭐예요?"

이런 질문을 받았으면 얼른 정리된 답을 주기보다, 생활 속에서 이와 비슷한 사례를 찾아 구체적인 지혜로 활용할 수 있도록 이끌기 위해 다음처럼 대화를 주고받을 수 있어야 한다.

"공주가 가려운 등을 긁어 달라고 했는데 많은 왕자들은 어떻게 했지?"

"공주의 등을 제대로 긁어주지 못했어요."

"공주는 결국 어떤 왕자와 결혼을 했지?"

"그냥 자신이 긁어 달라고 하는 대로 긁어준 왕자와 결혼을 했어요."

"그렇다면 친구가 지우개 빌려 달라고 하는데 빌려주지 않으면 어떻게 될까?"

"그 친구한테 미움을 받겠죠."

"그렇지? 그렇다면 그럴 때 친구한테 미움 대신 사랑을 받으려면 어떻게 해야 할까?"

"친구가 원하는 대로 바로 지우개를 빌려줘야죠."

이렇게 하면 아이는 저절로 책 속에 담겨 있는 주제의식을 삶에 결부시키는 지혜를 터득하기 시작한다.

『공주는 등이 가려워』와 〈삼촌과 조카의 짜장면 이야기〉를 이미지화하면 일상에서 이와 비슷한 상황에 처했을 때 얼른 문제를 깨닫고 좋은 쪽으로 해결하는 길로 들어설 수 있다. 상대가 무엇인가 줄 때는 한번쯤 공주의 등을 긁어주는 왕자와 짜장면을 사주지 않아 원망을 듣고 있는 삼촌의 모습을 이미지로 챙겨보면 자신도 모르게 상대가 원하는 것을 들어주려고 노력하는 자신의 모습을 발견하게 될 것이다.

받을 때도 공주와 삼촌의 이미지를 챙기자

주는 것과 받는 것은 실과 바늘의 관계다. 앞에서 상대가 원하는 것을 주지 못한 왕자들과 삼촌의 관점에서 '주는 자세'에 대한 지혜를 얻었다면, 이제 공주와 조카들의 관점에서 '받는 자세'에 대한 지혜를 얻어야 한다.

공주는 수많은 왕자들 중에서 자기 등을 시원하게 긁어준 왕자를 택해 결혼을 했다. 조카들은 삼촌이 사 준 수많은 음식들의 맛을 제대로 느끼지도 못하고, 오로지 짜장면 타령만 하는 촌놈의 티를 벗지 못했다.

한번쯤 이들의 미래에 대해 아이와 이야기를 나눌 필요가 있다. 현실적으로 자기 등을 시원하게 긁어주었다는 사실만으로 왕자를 배우자로 선택한 공주의 결혼 생활은 과연 행복하기만 했을까? 짜장면 하나 먹고 싶다는 생각 때문에 남들은 그보다 더 맛있다고 하는 비싼 음식을 먹고도 그 맛을 느끼지 못한 채 삼촌을 원망한 조카들의 미래는 어떻게 됐을까?

먼저 결혼 후 공주는 어떻게 됐을까? 사람의 욕구는 끊임없이 변화한다. 공주도 등이 가려운 것을 벗어나면 또 다른 것으로 괴로워할 수밖에 없다. 하지만 공주는 등을 잘 긁어주는 왕자와 결혼을 했으니, 왕자를 통해서 행복을 느끼려면 계속 등이 가려워야 한다. 공주가 결혼 후에 새로운 것을 원하는데 왕자가 새로운 일을 해줄 능력이 없다면, 그 다음부터 공주는 불행할 수밖에 없다. 그렇다고 또 다른 왕자를 남편으로 구할 수는 없지 않은가?

조카들은 또 어떻게 됐을까? 삼촌은 다음에 조카들이 찾아오면 짜장면만 사줄지 모른다. 조카들은 삼촌이 알고 있는 더 맛있고 좋은 음식을 맛볼 기회가 없어지고, 결국 죽을 때까지 세상에 짜장면보다 더 맛있는 음식이 있다는 것을 알지도 못하고 살아가게 될지 모른다. 그렇게 영영 촌놈 티를 풍기며 살아갈지 모른다. 참으로 답답한 노릇이다.

세상을 살아가는 방법에는 크게 두 가지가 있다. 나를 다른 사람에게 맞춰 나가는 삶과 다른 사람이 나에게 맞춰 주기를 바라는 삶이 그것이다. 나를 다른 사람에게 맞춰 나가는 삶을 살면 세상에 모나지 않게 행동한 만큼 그 결과가 좋은 경우도 많다. 내가 다른 사람에게 맞춰 주려고 노력하는 만큼 나에게 맞춰 주려는 사람을 만날 확률이 높아 그만큼 행복한 삶을 살 확률이 높다.

하지만 다른 사람이 나에게 맞춰 주기를 바라는 삶을 살면 세상에서 자기에게 맞춰 주는 사람을 만나기 전까지는 괴로움이 끊이지 않는다. 내 요구에 맞지 않으면 다른 사람이 아무리 나에게 잘해준다고 해도 내가 그것을 좋게 받아들이지 못하기 때문이다.

공주와 조카들은 다른 사람이 자신에게 맞춰 줄 것만을 생각했지, 자신들이 다른 사람의 호의에 맞춰 줄 생각은 전혀 하지 못했다.

『이미지 독서코칭』에서 이런 점을 짚어 주는 것은 상당히 중요하다. 주고 받는 것은 우리 삶에서 일상으로 일어나는 일이다. 잘 주는 사람이 행복을 얻을 수 있고, 잘 받는 사람이 더 큰 것을 얻을 수 있다. 두 이야기를 통해 일상에서 잘 주고 잘 받는 삶의 지혜를 실천할 수 있도록 이끄는 『이미지 독서코칭』이 되어야 한다.

나에게 짜장면은 무엇을 의미하나?

수업 시간에 〈삼촌과 조카의 짜장면 이야기〉를 들려주면 많은 아이들이 대개 조카들의 어리석은 행동을 비웃는 경우가 많다. 그 맛있는 음식을 먹고도 짜장면이 최고라고 생각하는 조카들의 어리석음에 공감을 하는 부분이 있기 때문이다. 조카들이 범한 잘못과 비슷한 구체적인 사례를 생활 속에서 찾다 보면 작품 속에 소재가 담고 있는 상징을 쉽게 파악할 수 있다.

"조카들이 세상에 짜장면보다 더 맛있는 음식이 있다는 것을 알려면 어떻게 해야 할까?"

"다른 맛있는 음식을 먹어봐야죠."

"실제로 삼촌이 사준 더 맛있는 음식을 먹어 봤는데도 조카들은 그 맛을 몰랐잖아. 왜 그랬을까?"

"조카들에게는 짜장면을 제일 맛있게 먹었던 기억이 있기 때문이 아닐까요?"

"그렇지. 그래서 실제로 조카들에게는 짜장면보다 더 맛있는 음식이 없을 수도 있지. 음식 맛은 혀끝에 있는 것이 아니라 그것을 먹는 사람의 마음속에 있는 거잖아."

"결국 짜장면이 제일 맛있는 음식이라는 마음을 바꾸기 전에는 그것보다 더 맛있는 음식이 있다는 것을 알 수 없다는 말이네요."

"그렇지. 조카들은 짜장면이 가장 맛있는 음식이라는 생각을 버리지 않으면 언제까지나 짜장면이 최고라는 생각을 버리지 못하는 거지."

"그럼, 어떻게 해야 하나요?"

"글쎄, 어떻게 해야 할까?"

이런 식으로 작품에 대한 이야기를 주고받다 보면, 작품을 통해서 또 다른 각도로 세상을 보게 되고, 그러다 보면 자신도 모르게 저절로 책 속에 담겨 있는 주제의식을 효율적으로 받아들일 수 있게 된다.

조카들은 짜장면이 세상에서 가장 맛있는 음식이라는 고정관념을 깨기 전에는 결코 그보다 더 맛있는 음식의 맛을 볼 수 없다. 즉 '짜장면'이라는 '고정관념'을 버려야 더 맛있는 음식이 있다는 것을 알게 된다는 것이다.

"나는 피망은 절대로 못 먹어."

"나는 영어에 재주가 없어."

"나는 원래 이래서 안 돼."

이런 고정관념들이 사실은 조카들의 마음속에 자리잡고 있는 '짜장면'을 의미한다는 것을 이해시킬 수 있다. 아이들은 이런 사고의 확장을 통해서 한번쯤 자신의 고정관념의 문제점을 인식하는 기회를 갖게 되고, 점차 생활 속에서 자신의 고정관념을 깨기 위해 노력하는 길에 들어서게 된다.

〈삼촌과 조카의 짜장면 이야기〉로 자신도 모르게 자신만의 고정관념으로 자신을 좁은 틀에 가둬놓는 어리석음에서 벗어나게 하는 자극을 줄 수 있는 것이다.

공주와 왕자, 삼촌과 조카들의 이미지로 상대의 마음을 얻는 기술을 익히다

사람은 사회적 동물이다. 세상을 살면서 사람과 관계를 맺으며 살아야 한다. 좋은 관계를 맺으려면 상대의 마음을 얻어야 한다. 상대의 마음을 얻기 위해서는 상대가 원하는 것을 해줄 수 있어야 한다.

사람은 혼자서만 모든 것을 얻을 수가 없다. 상대에게 잘 주는 것으로 얻을 수도 있고, 상대가 주는 것을 잘 받는 것으로도 얻을 수 있어야 한다. 그러기 위해서는 잘 주는 것과 받는 것을 통해 좋은 관계를 유지하는 노력을 기울여야 한다.

지금부터 『공주는 등이 가려워』와 〈삼촌과 조카의 짜장면 이야기〉를 이미지로 새겨보자. 독서체험을 일상의 지혜로 활용하는데 많은 힘을 얻게 될 것이다.

주고 받는 관계에 문제를 느낄 때	
줄 때	왕자는 어떻게 공주랑 결혼했나? 삼촌은 왜 조카들에게 원망을 들어야 했나?
받을 때	공주는 과연 행복했을까? 조카들은 과연 촌티를 벗을까?
마음에 안 들 때	혹시 나도 짜장면 때문에 더 좋은 것을 보지 못하는 것 아닐까?

『베니스의 상인』, 세계화 시대의 문화의 힘

'헐리우드 영화의 상영관 독점'을 어떻게 할 것인가?

베니스의 상인 안토니오는 친구 바사니오가 사랑하는 여인 포샤에게 구혼하기 위한 여비가 필요하다는 것을 알고, 자신이 가지고 있는 배를 담보로 유대인 고리대금업자 샤일록에게 돈을 빌리기 위해 찾아간다. 평소에 주변 상인들한테 인기가 있는 안토니오를 못마땅하게 여기고 있던 샤일록은 돈을 빌려주는 대신 기한 내에 빚을 갚지 못하면 심장에서 가까운 부위의 살 1파운드를 돈 대신 받겠다는 조건을 내세운다. 당장 돈이 아쉬운 안토니오는 그러겠다고 약속 증서를 써주고 돈을 빌려서 친구 바사니오에게 준다.

한편 벨몬트에 사는 포샤는 아버지의 유언대로 청혼자들에게 금·은·납의 세 가지 상자를 내놓고 자기의 초상이 들어 있는 것을 고르도록 한다. 이는 포샤의 아버지가 물질과 명예보다 진실로 딸을 사랑해줄 남자를 고르기 위해 만든 방법이다. 부잣집 아들들은 금상자와 은상자를 골라서 탈락하지만, 안토니오의 도움으로 포샤를 찾아간 바사니오는 납으로 된 상자를 골라 청혼에 성공한다.

그러나 안토니오는 배가 제때 돌아오지 않아 샤일록에게 써준 계약증서에 따라 살점을 떼어 줘야 할 처지가 된다. 샤일록은 자신의 딸이 종교가 다른 남자와의 사랑을 위해 개종까지하고 몰래 집을 나간 것과 안토니오가 연관이 있다는 것을 알고 계약증서대로 법을 집행해서 복수를 하려고 한다. 안토니오는 꼼짝없이 살을 떼어주고 죽을 입장에 처한다.

이때 남장을 한 포샤가 재판관이 되어 나타난다. 그리고 샤일록에게 계약서에는 살만 준다고 했으니까 살점을 뗄 때 피를 흘리면 벌을 줄 것이라고 판결을 한다. 아울러 포샤는 샤일록이 기독교인을 죽이려는 의도가 있었으므로 법에 의해 재산을 몰수한다고 판결을 내린다. 그때서야 샤일록이 용서를 빌자 안토니오의 처분에 따르라고 한다. 안토니오는 샤일록에게 재산의 반이라도 지키려면 기독교로 개종을 하고, 이미 개종한 딸에게 재산의 반을 주라고 판결을 내린다. 이후에 안토니오의 배가 돌아오고, 샤일록의 딸도 결혼을 해서 행복한 삶을 살게 된다. 포샤의 명판결이 모두에게 행복한 결말을 맺게 해준 것이다.

- 셰익스피어, 『베니스의 상인』 줄거리

셰익스피어는 엘리자베스 1세가 통치하던 영국이 세계의 해상을 제패하던 시기에 국력을 신장시키는데 누구보다도 큰 역할을 했다. 오죽하면 "셰익스피어를 인도와도 바꾸지 않겠다"는 말로 19세기 영국의 비평가 토머스 칼라일이 그 존재가치를 높이 평가했겠는가?

셰익스피어가 남긴 작품이 워낙 방대하고, 그 영향도 상당히 커서 일부에서는 그의 작품들 중에 일부는 다른 작가가 썼을지도 모른다는 설을 제기하기도 한다. 진위여부를 떠나 이런 설을 제기하는 사람들의 의도는 분명하다. 셰익스피어의 작품이 혼자서 하기 어려운 대영제국을 건설하는데 큰 역할을 했다고 강조하기 위함일 수도 있다.

『베니스의 상인』은 논술과 면접을 준비하는 수험생들이 세계화 시대에 맞춰 출제되는 문제들에 대비할 때 좋은 예시가 될 수 있는 작품이다.

일반적으로 작품 속에 담겨 있는 내용을 통해서 삶의 지혜를 배우는 것은 웬만한 독자라면 쉽게 할 수 있다. 안토니오와 바사니오의 이야기를 통해 세상을 살아가는 데는 끈끈한 우정이 필요하기도 하고, 또 금 · 은 · 동 상자의 이야기를 통해서 세상에는 물질보다 더 중

요한 것이 있다는 것을 독자들에게 일깨워 주고자 했던 작가의 의도
쯤은 웬만한 사람이라면 알 수 있다. 그리고 포샤의 명판결을 통해
삶 속에서 왜 지혜가 필요한지 깨닫는 것은 결코 어렵지 않다.

여기에서는 누구나 쉽게 받아들일 수 있는 부분은 제외시키고,
『베니스의 상인』을 통해 세계화 시대에 우리가 어떤 대비책을 세워
야 하는지 알아보기로 하자.

"헐리우드 영화의 상영관 독점에 대해서 어떻게 생각하는가?"

세계화 시대에 살고 있는 우리가 한 번쯤은 생각해봐야 한다. FTA
가 체결되면서 그동안 보호정책으로 혜택을 받았던 영화시장이 막강
한 자본력을 앞세운 헐리우드 영화에 초토화되고 있다. 헐리우드 대
작이 전국의 상영관을 휩쓸어 우리나라 영화는 상영할 곳조차 찾지
못하고 뒤로 밀려나는 일이 현실화되었다. 이런 현실을 어떻게 해야
하는가?

먼저 『베니스의 상인』의 주요 인물의 갈등관계에 주목해 보자. 가
장 핵심적인 것은 탐욕의 대명사처럼 묘사된 유대인 샤일록과 의리
가 넘치고 인정이 많은 베니스의 상인 안토니오의 갈등구조다. 탐욕
에 눈이 먼 샤일록이 안토니오에게 무리한 요구를 하는 장면은 독자
들로 하여금 샤일록이 벌을 받아야 한다는 공분을 불러일으키기에

충분하다. 그러다 보니 독자들은 재판을 통해 샤일록을 처벌하는 권한을 위임받은 안토니오가 용서의 조건으로 샤일록의 종교에 대한 개종을 강제하는 장면조차 긍정적으로 받아들일 수밖에 없다.

개종을 강요한다는 것이 현실적으로 얼마나 어려운 일인가? 사람은 육체적 생명만큼 정신적 생명을 중요하게 여기는 이들이 있다. 역사적으로 수많은 사람들이 자신의 신념, 정신적 생명을 지키기 위해 육체적 생명을 버리기도 했다. 특히 종교는 육체적 생명보다 정신적인 생명을 더 우위에 두고 있다. 당장 우리나라의 기독교 역사만 하더라도 수많은 선교자들이 정신적인 생명을 지키기 위해 육체적 생명을 초개와 같이 버린 희생정신을 바탕으로 자리잡고 있다.

그런데 『베니스의 상인』에서는 기독교에 반대하는 이들의 개종을 너무 당연하고 쉬운 일로 다루고 있다. 작품을 통해 은근히 기독교를 앞세운 문화정복의 첨병역할을 충실히 수행하고 있는 것이다.

바로 여기에 『베니스의 상인』의 무시무시한 힘이 숨어 있다. 실제로 세계화 시대에 가장 첨예한 대립을 보이고 있는 것 중에 하나가 종교적 갈등인데, 이 작품은 이러한 문제를 너무나 쉽게 기독교적 관점으로 해결하고 있다.

문학작품은 사람의 정신을 지배하는 큰 힘을 갖고 있다. 셰익스피어는, 아니 그 당시 세계를 제패할 꿈을 가졌던 영국의 여왕 엘리자베스 1세와 지도자들은 누구보다도 문화상품을 잘 활용하면 세계인의 정신을 효율적으로 지배하면서 영국의 우월성을 심어 줄 수 있다는 것을 알고 있었다. 『베니스의 상인』은 그 당시 영국의 지도자들이 지향했던 정책의 방향을 가장 효율적으로 전파하면서 동시에 영국이 세계를 제패하는 데 첨병 역할을 충실히 수행한 작품이다.

『베니스의 상인』을 감상할 때는 작품 내적인 요소와 작품 외적인 요소에 크게 신경을 써야 한다. 셰익스피어가 개인이 아닌 대영제국이 목적의식적으로 키워 낸 인물이라는 설에도 관심을 가져야 한다. 『베니스의 상인』이 개척시대에 대영제국이 세계의 패권을 장악하는 데 첨병 역할을 충실히 수행한 작품이라는 것에 관심을 가져야 한다.
『베니스의 상인』에 스며있는 비유와 상징을 현실에 적용하면 다음과 같이 정리할 수 있다.

① **베니스의 상인** = 미국의 문화우월주의를 전세계에 전파하는 헐리우드 영화들

② **샤일록에 대한 개종강요** = 문화식민지를 확장해서 세계의 패권을 장악하려는 강대국의 문화정책

이렇게 비유와 상징의 의미를 정리하면 세계화시대를 맞아 꼭 챙겨야 할 것이 무엇인지 생각해 보게 한다.

"헐리우드 영화의 상영관 독점에 대해서 어떻게 생각하는가?"

『베니스의 상인』은 이제 문학작품보다 역사 교과서로 자리잡았다고 해도 과언이 아니다. 역사란 비슷한 사건들이 되풀이되기 때문에 반드시 배워 두어야 한다. 역사를 많이 아는 사람은 미래를 예측할 수 있는 능력도 뛰어날 뿐만 아니라 현재 벌어지고 있는 일들에 대해 적절한 대비책을 세우는데 누구보다 뛰어난 재능을 발휘하고 있다.

『베니스의 상인』이 단순한 문학작품이 아닌 것처럼 '헐리우드 영화'는 단순한 영화작품이 아니다. 『베니스의 상인』이 당시 영국정부의 든든한 지원을 받아 세계인들의 정신을 지배하는데 앞장세운 첨병이었다면, '헐리우드 영화'는 풍부한 자본력과 국력을 바탕으로 세계인들의 정신을 지배하려는 미국이 앞장세운 첨병이라고 볼 수 있어야 한다.

이것을 방치하면 '헐리우드 영화'가 점령한 상영관에서 우리는 비싼 영화상품권까지 구매해주면서 알게 모르게 그들의 문화패권주의에 길들여져 가는 것을 속수무책으로 바라볼 수밖에 없다. 『베니스 상인』에 빠져든 독자들이 샤일록의 종교 개종을 너무나 당연하게 받아들인 것처럼, '헐리우드 영화'에 빠져든 관중들이 자연스레 미국 중심적인 사고를 가지는 것을 당연하게 여길 날이 오게 될지 모르는 것이다.

『이미지 독서코칭』에서『베니스의 상인』을 다룰 때 작품의 내용만 보는 구조론적 관점에 머물러서는 안 되는 이유가 여기에 있다. 그 결과가 우리 문화나 경제에 끼치는 영향이 너무나 치명적이기 때문이다.

『베니스의 상인』은 작품외적인 요소, 즉 작가의 의도, 시대적 상황, 독자로서 현실에서 챙겨야 할 교훈 등을 짚어 줄 수 있어야 한다. '헐리우드 영화의 상영관 독점'의 문제를 결코 소홀히 다룰 수 없다는 경각심을 심어줘야 한다.『베니스의 상인』의 독서체험을 바탕으로 '헐리우드 영화의 상영관 독점'의 문제점을 분명히 짚어내고 그런 현실을 개선해 나가기 위한 구체적인 방안을 찾는 인재들이 넘쳐나도록 해야 한다.

『엄마 찾아 삼만 리』, 현실이 된 다문화 사회

다문화 자녀에게 어떻게 용기를 심어 줄 것인가?

이탈리아에서 생활이 어려워진 마르코 어머니는 아르헨티나로 돈을 벌러 떠난다. 어머니는 한동안 편지를 주고받으며 번 돈을 가족에게 보내준다. 하지만 중간에서 편지를 전해주던 아버지의 사촌동생 멜레리가 사라지면서 어머니와 가족들 사이에 소식이 끊긴다. 그동안 어머니가 일하는 메키네츠 씨 집은 여러 번 이사를 해서 소식은 더욱 알 길이 없어지고, 설상가상으로 어머니는 병을 얻어 위험한 상황에 처한다.

한편 마르코의 가족은 아버지와 형이 일을 하면서 남아 있는 가족을 책임져야 했기 때문에 어린 마르코가 어머니를 찾아 먼 나라 아르헨티나로 떠나기로 한다. 마르코가 어려운 상황에서 어머니를 찾아간다는 소식을 접한 마음씨 좋은 선장은 무료로 배표도 얻어 준다. 하지만 마르코는 배에서 얼마 되지 않는 돈을 소매치기 당한다.

그때부터 마르코는 엄청난 고생을 하게 된다. 배를 얻어 타고, 때로는 짐수레도 얻어 타면서, 차비를 마련하기 위해 허드렛일을 하며 어머니가 일하는 메키네츠 씨 집을 찾아가지만 더 멀리 이사를 간 집을 찾기란 쉽지가 않았다.

마르코는 며칠을 걸으며 숲에서 잠을 자기도 한다. 하지만 아무리 힘들어도 끝까지 포기하지 않고 고생한 끝에 마르코는 어머니를 만난다. 그때 어머니는 깊은 병에 걸려 죽음에까지 이르게 된 지경이었지만, 어린 아들인 마르코를 극적으로 만나면서 용기를 내고 수술을 받아서 건강과 행복을 찾아 고국으로 돌아온다.

- 에드몬드 데 아미치스, 『엄마 찾아 삼만 리』 줄거리

애니메이션으로 더 유명한 『엄마 찾아 삼만 리』는 1886년에 이탈리아에서 에드몬드 데 아미치스가 발표한 『쿠오레-사랑의 학교』에 삽입되어 있는 〈아페니니 산맥에서 안데스 산맥까지〉라는 단편이었다. 이것을 1976년에 일본에서 다카하다 이사오 감독이 각색하여 애니메이션 영화로 제작하면서 우리에게 널리 알려졌고, 그 이후부터 이 부분만 엮어진 책이 나오면서 『엄마 찾아 삼만 리』란 동화책이 세상에 나오게 된 것이다.

독서를 효율적으로 하기 위해서는 먼저 줄거리의 사실적인 이해를 확실하게 짚고 넘어가야 한다. 그 다음에 다른 사람들이 주제를 어떻게 다루고 있는지 알아보는 것도 중요하다. 독서를 통해 객관적인 지식을 습득하는 것도 매우 중요하기 때문이다.

『엄마 찾아 삼만 리』의 줄거리와 주제는 사실 책을 읽지 않고도 인터넷을 검색하면 금방 찾을 수 있다. 따라서 독후 활동을 단순히 줄거리 요약과 주제를 정리하는 것쯤으로 생각한다면 그것은 인터넷 속에 있는 지식을 다시 한 번 확인해보는 것에 지나지 않는다. 독서의 효과를 극대화하기 위해서는 인터넷에서 구할 수 없는 자신만의 이야기를 현실에 구체적으로 적용할 수 있는 예시를 찾는 것이 중요하다.

그러기 위해서는 『엄마 찾아 삼만 리』의 주인공 마르코를 단순히 작품의 등장인물로만 볼 것이 아니라 그가 갖는 상징적인 의미가 무엇인지 생각해볼 필요가 있다.

"나는 자랑스러운 태극기 앞에 자유롭고 정의로운 대한민국의 무궁한 영광을 위하여 충성을 다할 것을 굳게 다짐합니다."
 - (현재)

"나는 자랑스런 태극기 앞에 조국과 민족의 무궁한 영광을 위하여

몸과 마음을 바쳐 충성을 다할 것을 굳게 다짐합니다."

- (1972~2007)

"나는 자랑스런 태극기 앞에 조국의 통일과 번영을 위하여 정의와
진실로써 충성을 다할 것을 다짐합니다."

- (초기)

'국기에 대한 맹세'의 변천사다. 비록 짧은 문구지만 이 속에 우리
의 국가 시책이 담겨 있다. 초기에는 '조국의 통일과 번영'이 강조되
었다면, 중간에는 '조국과 민족', 그리고 지금은 '자유와 정의'가 강조
되고 있다.

한때 단일민족을 강조하던 시절이 있었다. 남북이 분단된 현실에
서 국가경쟁력을 갖추기 위해서는 거의 맹목적인 충성과 일사불란하
게 단합된 힘이 필요했기에 목적의식으로 단일민족을 강조했던 적이
있었다.

그러나 현실은 어떤가? 농촌에 가면 외국에서 시집 온 여성들이 많
이 눈에 띈다. 이것은 곧 그들을 아내로, 며느리로, 엄마로 둔 사람
들이 많다는 것을 의미한다. 이른바 다문화 사회라는 말이 이런 현
실을 반영하고 있다. 이런 시점에 단일민족을 강조하는 것은 시대에
뒤처질 뿐만 아니라 자칫 국민들 간의 갈등을 증폭시킬 위험성을 안
고 있다.

우리는 2002년도 한일월드컵이 끝난 직후에 태국을 휩쓸었던 반한 감정을 기억해야 한다. 그 당시 국제공항에서 일하는 사람들이 외국 인들을 대할 때 유독 태국인들을 홀대했는데, 이에 반감을 품은 태국 신문기자가 이 사실을 자국에 폭로했고, 그것을 본 태국인들이 우리 나라에 대해 노골적인 적대감정을 표출했던 적이 있었다.

우리나라 사람들은 백인이나 영어권에 속하는 사람들한테는 이상 하리만치 친절하게 대하면서도, 인접국가인 중국이나 조선족, 또는 같은 아시아 국가에서 온 사람들은 은근히 멸시하는 경향이 있다. 지금과 같은 세계화 시대에 이런 일을 방치하다가는 국가경쟁력에서 뒤처질 뿐만 아니라 자칫 세계인들에게 공공의 적으로 위협받을 수 도 있다.

역사는 되풀이 된다. 역사를 아는 사람은 역사 속 교훈을 바탕으로 현재를 슬기롭게 헤쳐 나갈 수 있고, 역사를 모르는 사람은 남들보다 뒤처진 정보력으로 낙오의 길로 떨어질 수밖에 없다. 자랑스러운 역 사는 그대로 따라 배우면 되고, 오욕의 역사는 반면교사로 삼아 그에 맞는 대비책을 세워야 한다.

역사는 좋은 일이든 나쁜 일이든 배울 것이 많다. 어려서부터 세계 명작을 읽을수록 좋은 이유가 여기에 있다. 세계 명작 속에는 세계 의 역사가 있어서 국경 없는 세계화 시대를 슬기롭게 헤쳐 나갈 지 혜가 담겨 있다.

『엄마 찾아 삼만 리』에는 100여 년 전에 가족의 생계를 위해 먼 나라로 떠나야 했던 마르코의 조국 이탈리아의 슬픈 역사가 있다. 불과 50여 년 전에 전쟁으로 폐허가 된 조국을 재건하는데 일조하고 보릿고개로 굶주린 가족을 위해 독일의 탄광으로, 간호사로 떠나야 했던 우리의 역사를 떠올려 볼 필요가 있다. 현재 베트남, 필리핀 등 수많은 가난한 아시아 국가의 사람들이 가족의 생계를 위해 우리나라에 찾아와 온갖 궂은 일을 다 하며 고생하는 것도 같은 맥락이다.

『엄마 찾아 삼만 리』는 지금 다문화가정에서 살고 있는 친구들에 대한 올바른 가치관을 갖는데 중요한 교재로 활용할 수 있다. 지금 당장 우리나라보다 경제 사정이 어려운 베트남, 필리핀 등지에서 온 엄마를 두었다는 이유로 친구를 괴롭히는 아이들이라면 꼭 읽어봤으면 하는 작품이다.

어디 그뿐인가? 엄마가 우리말에 서툰 베트남, 필리핀인이라고 무시하고 반항하는 다문화가정의 아이들에게 엄마에 대한 존경심을 갖게 만드는 데도 좋은 교재로 활용될 수 있다. 아울러 국경 없는 세계화 시대에 우리나라의 미래를 이끌어갈 인재상을 제시하는 데 이 작품만큼 적절한 것도 없다. 『엄마 찾아 삼만 리』는 세계화 시대에 우리가 다문화 가족을 어떻게 받아들여야 하는지 생각해볼 수 있는 자리를 제공해준다.

지금 우리나라에는 30만 명이 넘는 이주노동자들이 있다. 이들은 우리보다 경제적으로 낙후된 나라에서 돈을 벌려고 온 사람들로 우리나라 사람들이 주로 꺼려하는 육체적으로 힘든 노동을 주로 하고 있다. 그렇지만 이들도 언젠가는 자기 나라에 돌아가서 세계화 시대의 주역이 될 잠재력을 충분히 갖춘 사람들이다.

우리는 이들이 우리나라에 대해서 좋은 감정을 갖도록 국가적인 차원에서 대책을 마련해야 한다. 예전처럼 단일민족을 강조하며 이주노동자를 차별하는 풍토를 방치한다면 이들이 우리나라에 대해 가지는 반감은 점차 커질 수밖에 없을 것이고, 그만큼 우리나라의 위상은 떨어질 수밖에 없는 것이다.

『엄마 찾아 삼만 리』는 현재 우리나라에서 차별과 멸시로 고통을 겪고 있는 외국인들이 어쩌면 마르코가 간절히 찾고 있는 엄마일지도 모른다는 인식을 갖도록 지도하면 좋다. 우리 사회에 새로운 가족 형태로 자리잡아가는 다문화가정을, 현재 우리나라에 들어와 활동하고 있는 수많은 이주노동자들을 차별없이 대해야 한다는 것을 일깨워 줄 수 있다.

이 작품을 다룰 때 작품의 내재적 관점과 외재적 관점으로 살펴보면 다문화 사회가 현실이 된 시대에 맞는 비유와 상징을 찾아낼 수 있다.

① **아르헨티나** = 부자 나라

② **이탈리아** = 가난한 나라

③ **마르코** = 다문화 가족의 아이들

④ **마르코 엄마** = 가난한 나라에서 부자 나라로 시집 온 다문화 가족의
엄마들

　이쯤에서 아이들에게 1960년대의 우리나라의 사정을 보여주는 사진이나 신문기사들을 보조 자료로 보여주었다. 6.25전쟁의 모습과 전후에 굶주리는 아이들의 모습 등을 보여주면 아이들은 그 정도는 다 알고 있다는 반응을 보일 때도 있다. 보릿고개에 대해서도 학교에서 배운 것이 있어서 그 상황을 잘 설명하는 아이들도 상당수 있었다. 가난했던 시절 우리나라 사람들도 돈을 벌기 위해 외국으로 많이 나갔다는 사진과 신문자료들을 보여주면 아이들은 잔뜩 호기심을 갖고 다가섰다. 특히 젊은 여자들이 가족을 떠나 간호사가 되기 위해 독일로 떠나고, 남자들은 돈을 벌기 위해 독일 탄광에 많이 갔었다는 이야기와 함께 관련 자료를 보여주면 이내 숙연해지기도 했다.

　"가족을 위해 돈을 벌려고 외국으로 갈 수 있는 사람 손들어 볼까?"

　"……."

"아무도 없네? 그러니까 마르코 엄마는 정말 대단한 사람이야. 가족을 위해서 자신을 아낌없이 희생한 거잖아. 그렇지?"

"예."

"그런데 우리 주변에는 마르코 엄마 같은 사람이 정말 많아. 그분들이 누군지 아는 사람?"

그러자 한 아이가 번쩍 손을 들더니 이렇게 말했다.

"선생님, 얘네 엄마도 필리핀에서 왔으니까 마르코 엄마와 같은 거네요?"

"그렇지. 엄마가 우리보다 어려운 나라에서 왔으면 거의 다 마르코 엄마와 같은 분이라고 볼 수 있지."

다문화가정의 아이들이 엄마에 대해 좋은 감정을 갖지 않고 있는 경우를 종종 본 적이 있다. 특히 필리핀이나 베트남같이 우리보다 경제사정이 어려운 나라에서 온 엄마를 둔 아이들이 더욱 그랬다. 이런 아이들에게 『엄마 찾아 삼만 리』는 엄마를 긍정적으로 바라보는 사고를 키워주기에 적절한 책이다.

"선생님, 저는 엄마가 우리말을 못해서 싫을 때가 많아요."

엄마가 필리핀에서 왔다는 한 학생이 퉁명스럽게 말했다. 학생을 보고 정말 부럽다는 표정을 지으며 말했다.

"선생님은 네가 너무 부러운데?"

"왜, 제가 부러운데요?"

"우선 너의 엄마는 마르코 엄마처럼 누구보다 가족을 사랑하는 사람이잖아. 그러니까 누구보다 너를 더 사랑해주겠지? 네가 엄마 마음을 몰라주는 게 가슴 아픈 일이지만."

"……"

"또 네가 선생님처럼 나이를 먹으면 세상은 어떻게 변할까?"

"……?"

"100년 전에 못 살던 마르코의 나라 이탈리아가 어떻게 됐지? 50년 전에 우리나라도 못 살았는데 지금은 어떻게 됐지? 그러면 앞으로 20년, 30년 후에 엄마 나라인 필리핀은 어떻게 될까?"

아이들에게 2~30년 후면 필리핀이나 베트남이 우리나라보다 더 살기 좋은 나라가 될지도 모른다는 것을 환기시켰다. 우리나라는 물가가 비싸서 앞으로 발전하기가 힘들 수 있지만, 필리핀이나 베트남은 우리보다 상대적으로 물가가 싸서 우리나라에서 쓰는 돈의 일부만 가져가도 사업하기 좋은 나라가 될 것이라고 확신을 시켜주었다. 그리고 어른이 되면 외갓집 나라에 가서 외갓집 식구들과 사업을 하면 다른 사람보다 오히려 더 많은 돈을 벌 수도 있다는 것도 짚어 주었다.

그러자 엄마가 외국인이라 우리말을 잘 못해서 싫다던 아이가 은근히 어깨에 힘을 주며 으쓱하는 것을 느낄 수 있었다. 『엄마 찾아 삼만 리』를 통해서 아이가 엄마를 좋게 볼 수 있도록 해준 것이다.

"엄마를 사랑하고, 엄마 나라의 말도 잘 배워두면 나중에 훌륭한 사람이 될 수 있지만, 지금처럼 엄마를 미워하기만 하면 아무것도 할 수 없는 거야. 그러니까 앞으로 어떻게 하는 게 좋을까?"

다문화가족은 이제 우리의 현실이다. 그 가족의 아이들도 우리의 소중한 미래 인재로 키워야 한다. 아이들이 엄마의 모국어를 자연스럽게 배울 수 있도록 자부심을 심어줘야 한다. 엄마 나라의 문화를 어려서부터 긍정적으로 배워 익히도록 여건을 마련해줘야 한다. 아울러 자신의 정체성을 분명히 세워 자신이 나고 자란 나라의 꼭 필요한 인재로 자라날 수 있도록 교육여건을 제공해 나가야 한다.

『엄마 찾아 삼만 리』는 다문화사회를 맞아 우리 아이들이 공동체 역량을 갖추는데 아주 요긴한 『이미지 독서코칭』의 교재로 활용하기에 좋은 책이다.

『오즈의 마법사』, 사자처럼 눈 딱 감고?

하고 싶은 데 용기가 없어 못할 때는?

"오늘 학교에서 발표가 있었는데, 제가 다 아는 문젠데 한 마디도 못했어요. 선생님, 전 어쩌면 좋아요? 제가 너무 싫어요."

수행평가를 위해 열심히 준비를 했는데, 정작 발표 시간에 나서지 못하는 바람에 손해를 봤다며 안타까워하는 초등학교 5학년 학생이 있었다.

먼저 아이에게 세상에는 부끄러움 때문에 자신이 하고 싶어 하는 일을 못하는 사람이 많다는 것을 이야기해주고, 그래도 이렇게 질문하는 태도는 정말 잘한 일이라고 칭찬을 해주었다. 그리고 조심스럽게 물어보았다.

"왜 발표를 못했는데?"

"발표할 사람 손들어 보라고 하는데, 괜히 부끄러워서 가만히 있었거든요."

"뭐가 부끄러웠어?"

"그냥 부끄러워서…. 저도 이런 제가 정말 싫어요."

아이는 아예 울상이 되어 버렸다.

아이가 감정을 추스르기를 기다렸다가 물어보았다.

"너 혹시 『오즈의 마법사』 읽어 보았니?"

"예, 세계명작이라 재미있게 읽었던 기억이 나요."

다행히 아이는 어렸을 때 이 책을 읽어 보았다며 줄거리를 훤히 꿰고 있었다.

1900년에 출간된 『오즈의 마법사』는 2007년에 유네스코 세계기록문화유산에 등재된 작품으로 아이들에게 풍부한 상상력을 심어주는 명작이다.

영화와 만화 등으로 만들어져 전 세계적으로 널리 알려진 이 작품에는 뇌를 갖고 싶어하는 허수아비와 심장을 갖고 싶어하는 양철 나무꾼, 그리고 용기를 갖고 싶어하는 사자가 등장한다.

이 작품을 『이미지 독서코칭』의 교재로 활용하기 위해서는 다음과 같은 비유와 상징을 정리할 필요가 있다.

① **허수아비** = 지혜를 갖고 싶어하는 사람

② **양철나무꾼** = 사랑하고 싶어하는 사람

③ **사자** = 용기를 갖고 싶어하는 사람

이 중에 발표를 두려워하는 학생에게는 사자의 용기가 필요한 상황이다. 먼저 아이에게 사자가 용기를 찾는 장면을 이미지화할 수 있도록 돕기 위해 그 장면을 환기시킬 필요가 있었다. 사자 이야기를 꺼내며 이렇게 물어 보았다.

"『오즈의 마법사』를 읽었구나. 거기에서 사자가 어떻게 용기를 찾았지?"

"괴물을 만나 쫓기다가 계곡을 만났을 때 어쩔 수 없이 친구들을 등에 업고 건너뛰었어요. 그리고 자신에게도 그런 용기가 있다는 것을 알게 되었어요."

"그렇지? 평상시에 겁쟁이였던 사자한테 어떻게 그런 힘이 나왔을까?"

"……?"

사자는 처음부터 그런 힘을 갖고 있었다. 단지 두려움이라는 마음의 벽 때문에 자신의 힘을 믿지 못했을 뿐이다. 또한 사자는 이전까지 용기가 필요한 절박한 상황을 만나지 못했다. 그런데 이번에는 상황이 달랐다. 계곡이 앞에 놓여 있고, 자신이 아니면 위기에서 벗어날 수 없는 상황이었다. 동료들이 오직 사자만을 믿고 있었다. 더 이상 선택의 폭이 없었다. 동료들의 응원을 받아 두 눈을 딱 감고 뛰어보는 수밖에 없었다.

아이에게 이 장면을 상기시키며 우리는 모두 『오즈의 마법사』의 사자와 같이 충분한 능력과 힘을 갖고 있는데, 단지 두려움이나 부끄러움이라는 마음의 벽 때문에 스스로의 능력을 썩히는 경우가 많은 것이라고 했다. 어쩌면 사자처럼 절박함이 없기 때문이 아닌가 싶다고 했다.

"너, 꼭 발표하고 싶은 마음은 있는 거야? 그냥 해도 그만, 안 해도 그만이니까 그러고 있는 거 아냐?"

"아뇨, 꼭 해보고 싶어요. 나도 이런 내가 너무 싫단 말이에요."

"그래, 그럼 이렇게 해보면 어떨까? 사자처럼 계곡 앞에 있다고 생각하고, 뒤에서 괴물들이 쫓아온다고 생각하는 거야. 오직 너만 할 수 있고 엄마와 아빠는 오직 너만 믿고 있는 거야. 그럴 때 어떻게 해야 할까?"

"……?"

"눈 딱 감고 '나는 사자와 같다'는 생각으로 우선 손부터 들어야겠지. 그래야 발표할 기회도 있으니까."

"그러네요."

"어쨌든 그렇게라도 해봐야 새로운 경험을 할 수 있는 거야. 내가 보기에 너는 충분히 할 수 있거든."

그러면서 다시 한번 사자가 괴물에 쫓기다 만난 계곡처럼 절박함을 갖고, 일단 뛰어보고 나서 용기를 찾은 사자처럼 "너도 할 수 있다"며 그 장면을 이미지로 새겨보도록 했다.

며칠 후에 아이가 말했다.

"선생님, 선생님 말씀대로 발표하려고 번쩍 손부터 들었어요. 그래서 선생님이 저부터 발표할 기회를 줬는데, 아무것도 생각이 나지 않는 거예요. 그래서 아무 말도 하지 못했어요."

"혹시 그 다음에 어떤 일이 생겼니?"

아이가 그 일로 충격을 받아 더 위축되었으면 어쩌나 싶어 조심스럽게 물어보았다. 아이는 의외로 밝은 표정이었다.

"괜히 억울하다는 생각이 들어서 다음에 또 손을 들었죠. 그랬더니 선생님이 또 시켜주었어요. 그래서 겨우 발표를 했는데 선생님께서 많이 칭찬해주셨어요."

아이는 처음이 힘들었지 한번 발표를 하고 보니까, 자꾸 손을 들게 되더라고 했다. 아주 뜻깊은 경험을 한 것이다.

『오즈의 마법사』에 나오는 사자 이야기는 우화 속에나 있는 이야기가 아닌 바로 우리 주변에서 흔히 볼 수 있는 내 아이일 수도 있다.

① **사자가 괴물에 쫓기다 만난 계곡** = 절박한 상황

② **사자가 용기를 찾은 계기** = 눈 딱 감고 일단 시도해 봄

용기가 없는 아이들에게 이처럼 비유와 상징을 확인해주면서 『이미지 독서코칭』을 적용해서 다음과 같이 용기를 찾아주는 마법의 주문을 외우게 하면 큰효과를 얻을 수 있다.

'사자처럼 눈 딱 감고!'

비유와 상징을 활용한 이미지의 힘은 정말 강하다.

공부란 모르는 것을 알아가는 과정이다.

모르는 것을 알았을 때는 기쁨도 올라오지만, 이내 지금까지

겪어보지 못한 경계를 만나 그 상황에서 어떻게 해야 할지

몰라 두려워하는 자신을 발견하게 될 것이다.

많은 이들이 이때 공부를 포기하는 경우가 많다.

그래서 필요한 것이 스승이다. 평소에 혼자 하는 공부도

중요하지만 이처럼 자신도 모르는 경계를 만났을 때 그것을

해결해 줄 수 있는 스승을 찾아야 한다.

지금보다 나은 삶을 살고 싶다면

지금 당장 스승을 찾아 배워라.

공동체 역량을 키워주려면?

1. 『이미지 독서코칭』을 적용하자

   작품의 핵심 비유와 상징을 찾아서 현실에 적용하기

2. 잘 해줬는데 또 새로운 것을 요구하면?
   〈유비 이야기〉, 강물을 두 번 건넌 유비를 떠올리자
   '유비라면 어떻게 했을까?'

3. 상대의 마음을 얻으려면?
   『공주는 등이 가려워』, 공주의 등을 긁는 왕자를 떠올리자
   '왕자는 어떻게 공주의 마음을 얻었나?'

4. 헐리우드 영화의 상영관 독점문제를 어떻게 봐야 하나?
   『베니스의 상인』, 종교개종을 강요하는 장면을 떠올리자
   '샤일록은 어떻게 종교까지 개종해야 했나?'

5. 다문화 시대를 어떻게 볼 것인가?
   『엄마 찾아 삼만 리』, 마르코와 엄마의 사랑을 떠올리자
   '모두가 마르코와 마르코의 엄마구나.'

6. 하고 싶은 데 용기가 없어 못할 때는?
   『오즈의 마법사』, 사자가 계곡을 건너뛰는 모습을 떠올리자
   '사자처럼 눈 딱 감고!'

Part
7

융합형 인재 역량

『토끼전』으로 배우는
협상의 기술

토끼야, 토끼야,
내 안의 토끼야

내 아이를 융합형 인재로 키우려면?

"아이가 거짓말을 잘 하는데 어떡하면 좋죠?"

"아이가 집중력이 없는데 어쩌면 좋죠?"

"아이가 영어 수학을 포기했다는데 어쩌면 좋죠?"

부모들에게 많이 듣는 고민이다. 『이미지 독서코칭』에서도 가장 고민하는 부분이다. 실제로 아이와 이야기를 나누다 보면 뻔한 거짓말이 보일 때가 있다. 조금만 진지한 이야기를 하려고 하면 딴짓을 하며 집중력을 흩트릴 때가 있다. 조만간 인공지능 동시번역기가 생기고 로봇이 생기는데 왜 영어와 수학을 공부해야 하냐며 영어와 수학을 포기한 것에 대한 논리적 근거를 들이대는 아이들도 있다. 정말 이럴 때 어떻게 해야 하나?

객관적으로 보면 이런 고민은 사실 고민거리도 아니다. 거짓말은 모든 아이가 한다. 어른들도 입만 열면 거짓말이 반 이상을 차지한다. 문제는 거짓말 자체가 아니라 그것이 악의적 거짓말이냐, 선의의 거짓말이냐의 차이가 있을 뿐이다. 대개 부모들은 아이의 거짓말을 악의적 거짓말로 본다. 하지만 가만히 살펴보면 어떤 아이도 악의적인 거짓말을 하는 경우는 거의 없다. 예를 든다면 이런 식이다.

"너 시험 잘 봤니?"

"아, 예. 잘 봤어요."

나중에 결과를 보니 평균 50점대다. 부모는 아이가 거짓말을 했다고 노발대발이다. 나중에 아이에게 물어보면 그 대답이 가관이다.

"저는 거짓말 하지 않았어요. 50점이 40점보다 잘 본 거 아닌가요? 저는 단지 잘 봤냐고 물어봐서 잘 봤다고 했을 뿐이에요. 제가 뭐 잘못한 건가요?"

심지어 이런 아이도 있었다.

"결과도 나오지 않았는데 사실대로 말했다가 엄마한테 혼나는 게 바보 아닌가요? 적어도 성적이 나올 때까지는 그냥 넘어가려고 잘봤다고 한 것뿐인데 뭐가 문제죠?"

이렇게 보면 아이의 거짓말은 거짓말 자체가 문제가 아니라 아이의 거짓말을 악의적으로 받아들이는 부모의 마음이 문제라는 것을 알 수 있다.

사람은 누구나 거짓말을 한다. 단지 상대에게 피해를 주지 않는 선의의 거짓말이 많기에 큰 갈등 없이 지낼 뿐이다. 하지만 누군가에게 피해를 주는 악의의 거짓말은 문제가 좀 다르다. 피해자가 생겼기에 벌을 줘서라도 고쳐나가도록 해야한다.

그렇다면 아이가 시험 점수 때문에 한 거짓말은 선의의 거짓말인가? 악의의 거짓말인가? 누군가 손해를 봤을 때 악의의 거짓말이라고 할 수 있는데, 이 상황에서 과연 부모가 피해를 봤다고 할 수 있는가? 과연 이런 거짓말을 갖고 뭐라고 할 수 있을까? 부모가 먼저 깊이 생각해 볼 문제다. 부모가 피해를 본 것이 없기에 그냥 넘어가면 큰 문제가 없다.

조금만 생각해 보면 이때는 아이가 한 거짓말이 문제가 아니라 아이가 그렇게 거짓말을 하게 만든 부모가 더 큰 문제라는 것을 알아야 하지 않을까?

집중력이 부족한 아이나 영수를 포기한 아이도 마찬가지다. 아이의 입장에서 본다면 타당한 선택일 수 있다. 부모가 이런 아이를 볼 때 화가 나는 이유는 명확한 논리로 아이를 설득할 실력이 없기 때문이다.

정말로 좋아하지 않는 일에 아이들이 집중하지 않는 것은 당연한 일이고, 동시번역기와 로봇의 출현이 눈앞인데 왜 영어와 수학을 공부해야 하느냐며 포기하겠다고 하는 것이 당연한 선택일 수 있다.

아이 입장에서는 어느 것도 잘못했다고 할 것이 없다.

그렇다면 이 문제를 어떻게 풀어나갈 것인가?

이때 필요한 것이『토끼전』을 활용한『이미지 독서코칭』이다.

『토끼전』, 공교육을 보완하는 융합인재 교육

　용왕이 큰 병에 걸렸는데 토끼의 간이 특효약이라는 진단이 나왔다. 그러나 용궁의 수중동물들은 육지동물인 토끼에 대해 전혀 알지 못했다. 더욱이 토끼의 간을 구하기 위해 감히 육지로 나설 수 있는 동물 또한 없었다.

　이때 자라가 육지에 올라가 온갖 감언이설로 토끼를 유혹해서 용궁으로 데려온다. 토끼는 용궁에 와서야 자신이 자라에게 속았다는 사실을 알게 된다.

　그런데 토끼는 자신의 간이 필요하다는 용왕 앞에서 놀란 기색을 전혀 보이지 않는다. 오히려 언제 죽을지 모르는 위기 상황에서도 기지를 발휘한다. 자신은 다른 동물과 달리 아침마다 간을 깨끗이 씻어서 바위 위에 걸쳐 놓는데, 자라가 간이 필요하다는 말을 하지 않아서 간을 가져오지 않았다며, 오히려 자라에게 큰소리로 호통을 치며 당당하게 행동한다.

당당한 토끼의 처신에 용왕은 "어떻게 동물이 간을 꺼냈다 뺐다 할 수 있느냐?"고 묻는다. 그러자 토끼는 기다렸다는 듯이 다른 동물과 달리 세 개의 구멍을 갖고 있는 자신의 항문을 보여 주며, 하나는 배설을 할 때, 하나는 간을 꺼낼 때, 하나는 간을 넣을 때 쓰는 것이라며 천연덕스럽게 거짓말을 한다. 또한 인간들이 새벽 시간을 묘시卯時라고 하는데, 그때 쓰는 묘卯가 토끼인 자신을 지칭하는 것이라며, 자신은 다른 동물보다 특별한 데가 있어서 간을 꺼냈다 뺐다 할 수 있다고 한다.

용왕은 얼굴색 하나 변하지 않고 말하는 토끼의 그럴듯한 꾀에 속아 넘어가 다시 육지에 나가서 간을 가져오라고 명한다.

토끼는 자칫 목숨을 잃을 뻔한 위기상황에서도 순간적인 재치를 발휘해서 목숨을 건진다.

- 『토끼전』의 줄거리

우리나라 사람이라면 정규교육을 받지 못하고, 설령 글을 읽을 줄 몰라도, 『토끼전』을 모르는 이는 거의 없을 것이다. 그만큼 『토끼전』은 널리 알려진 작품이다.

그런데 정작 "『토끼전』이 우리에게 주는 교훈이 무엇인가?"라고 물으면, 구체적인 현실에 활용해서 "바로 이것이 우리가 토끼한테 배워야 할 지혜다."라고 설명할 수 있는 사람은 거의 없다.

『토끼전』은 중학교 국어시간에 배운다. 예전에는 고어가 많이 쓰여 어휘 익히기가 어려운 작품이었지만, 요즘은 다행히 웬만한 고어는 현대어로 풀이되어 있어 작품읽기에 더욱 집중할 수 있어서 좋다. 그럼에도 불구하고 교육방식은 예전 그대로여서 어휘와 주제찾기가 암기식으로 이뤄지는 현실이 이어지고 있어 안타까울 뿐이다.

『토끼전』의 주제는 무엇인가? 공교육에서는 문학작품의 4가지 감상법인 구조론, 창작론, 효용론, 반영론에 바탕을 두고 다음과 같이 주제를 뽑아준다. 예를 들면 이런 식이다.

『토끼전』은 민간에서 전해오는 구전소설이다. 조선후기에 자신의 입장만 생각하는 임금과 그를 추종하는 신하들, 그 속에서 고통 받는 백성의 현실 속에서 꾀 많은 민중이 지배계층의 억압에 저항하는 모습을 풍자와 해학으로 그려주면서 통쾌한 웃음을 선사한다. 주제는 임금을 상징하는 용왕, 그를 위해 충성을 다하는 자라, 이들에 맞서 슬기롭게 지혜를 발휘하는 토끼의 입장에 따라 각자 다르게 정리해주고 있다.

첫째, 용왕은 자신의 병을 고치기 위해서 토끼의 죽음을 당연하게 여기는 이기적인 왕이지만, 세상 물정을 몰라 토끼의 꾀에 속아 넘어가는 어리석은 임금이다. 용왕은 '이기심이 많지만 우유부단하고 어리석은 성격의 소유자'라고 정리한다. 그 당시 무능한 임금을 비유한 인물이다.

둘째, 자라는 주군인 용왕을 모시기 위해 충성을 다한다. 임금을 위해서 굳은 일을 마다하지 않는 충신이다. 하지만 토끼의 꾀에 속아 넘어가는 왕을 어쩌지 못해 어명대로 토끼를 다시 산으로 데려갔다가 토끼에서 속았다는 것을 알고 그 자리에서 절망한다. 자라는 '임금을 위해 모든 것을 바치는 우직한 충신'을 비유한 인물이다.

셋째, 토끼는 용궁에만 가면 부귀영화를 누리게 해주겠다는 자라의 꾐에 빠졌다가 사실을 알고 꾀를 발휘해서 용궁을 벗어난 지혜로운 인물이다. 토끼는 그 당시 '분수를 모르고 헛된 욕심을 추구하는 백성', 또는 '어떤 위기에 처해서도 기지로 살아가는 지혜로운 백성'을 비유한 인물이다. 『토끼전』의 주제를 '헛된 욕심을 가지 말자', 또는 '위기에 빠져도 기지를 발휘하는 지혜를 갖추자' 등으로 가르치고 있다.

이것이 우리 공교육의 현실이다. 『이미지 독서코칭』에서 내신성적으로 아이의 국어 점수를 책임져 주려면 이런 점은 반드시 짚어줘야 한다. 입시를 위한 성적 산출을 중요하게 여겨야 하는 공교육의 현실에서는 어쩔 수 없는 일이다.

하지만 아이의 미래를 위해서는 이런 식으로만 독서교육이 이뤄져서는 문제가 있다. 공교육의 문학 교육은 분명한 한계가 있다. 작품 속에 담겨져 있는 교훈을 아이들이 구체적으로 현실에 활용하도록 이끌어주는 것이 아니라 성적 산출을 위해 주제를 객관적이고 추상적인 주제로 요약해서 암기하게 하는 방식으로 이뤄지기 때문이다.

『이미지 독서코칭』은 공교육이 갖고 있는 고전문학 교육의 한계를 보완해야 한다. 현실과 동떨어진 '토끼의 지혜를 배우자'라는 공식적인 교훈을 외우게 할 것이 아니라, 『토끼전』에 나타난 토끼의 지혜를 구체적인 현실에 활용하는 법을 찾아 줘야 한다.

그 방법이 『이미지 독서코칭』에서 핵심으로 여기는 비유와 상징을 현실에 적용해서 토끼처럼 지혜롭게 생활하는 법을 가르치는 것이다. 어떤 현실에서든 토끼처럼 지혜를 발휘하는 인재로 키우는 것이다.

그러기 위해서는 먼저 토끼가 언제 죽을지 모르는 용궁에서 그럴 듯한 말로 용왕을 속이고 살아나온 지혜의 뿌리가 어디에 있는지를 구체적으로 살펴봐야 한다.

그런 다음에 토끼가 용왕을 대하는 장면을 이미지화해서 현실에서

그와 비슷한 상황에 처했을 때 다음과 같은 주문을 되뇔 수 있도록
해야 한다.

"토끼야, 토끼야, 내 안의 토끼야!"

지금부터 이 주문을 어디에 어떻게 활용하고, 그렇게 하면 어떤 힘
을 발휘할 수 있는지 살펴보자.

『토끼전』의 거짓말을 활용하는 지혜

거짓말, 과연 나쁘기만 한 것인가?

『토끼전』은 우화소설이다. 어차피 현실에 없는 이야기다. 하지만 작품 속에 나타난 용궁이라는 배경이 아무리 비현실적이라도 『토끼전』을 구체적인 현실에 적용하는데 큰 문제가 되지 않는다. 용왕과 자라, 토끼의 상징적인 인물들의 갈등구조를 이해하는 것도 그것들이 아무리 비현실적이라 해도 큰 문제가 되지 않는다. 중요한 것은 현실에 구체적으로 활용하는 지혜를 찾기 위해 작품 속에 녹아 있는 토끼가 처한 상황과 현실에 우리가 처한 상황을 어떻게 결부시키느냐는 것이다.

『토끼전』에는 서로 이해관계가 다른 세 인물이 등장한다. 먼저 용왕은 자신의 병을 고치기 위해 토끼의 간이 필요했다. 자라는 자신의 지위와 목숨을 유지하기 위해 토끼의 간을 얻으려고 토끼를 속여야만 했다. 토끼는 자신의 간이 필요하다는 용왕 앞의 위기 상황에서 살아남기 위해서 어떻게든 용왕을 설득해야 했다. 큰 틀로 보면 현실에서 자신이 원하는 것을 얻기 위해서는 어떤 거짓말이라도 해서 상대의 마음을 잡아야 했다.

따라서 『토끼전』에서 일차적으로 초점을 맞춰야 할 것은 '거짓말'이다. 자라가 토끼를 용궁으로 데려오기 위해 늘어놓았던 '거짓말', 토끼가 용궁에서 벗어나기 위해 용왕에게 무수히 해댄 '거짓말', 일상에서 그 거짓말을 어떻게 다뤄야 하는지 짚어줘야 한다.

"다른 건 몰라도 거짓말은 절대 안 돼!"

토끼가 어렸을 때부터 이런 말로 혼나는 가정에서 자랐다면 어떻게 됐을까? 과연 용왕 앞에서 그렇게 거짓말을 능숙하게 활용할 수 있었을까? 다행히 토끼는 '무조건 거짓말은 안 된다'는 부모를 두지 않았다. 그의 인식에는 거짓말은 '무조건 나쁜 것'이라는 생각이 없었다. 토끼는 거짓말 자체가 나쁜 것이 아니라 상황에 맞게 그것을 적절히 활용할 줄 알아야 한다는 것을 지혜로 터득하고 있었다. 아이들에게 무조건 거짓말은 나쁘다고 가르치는 부모들이 살펴야 할 부분이다.

『토끼전』의 거짓말을 지혜로 가르친다?

자라가 토끼를 용궁으로 데려오기 위해 한 거짓말은 용왕이나 자라의 입장에서 보면 지혜를 발휘하는 수단이지만, 토끼 입장에서 보면 목숨을 빼앗은 나쁜 거짓말이다.

토끼가 용궁에서 살아남기 위해 용왕을 속이는데 활용한 거짓말은 토끼 입장에서는 기지를 발휘한 지혜의 도구이지만, 용왕이나 자라의 입장에서 보면 원하는 것을 얻지 못하게 하는 나쁜 거짓말이다.

따라서 『토끼전』을 통해 "위기상황에서 기지를 발휘하는 토끼의 지혜를 배우자."라고 가르치는 것은, 다른 말로 "상황에 따라 너를 위해서라면 어떻게든지 거짓말을 활용해야 한다."는 말로 구체화 시킬 수 있어야 한다. 거짓말은 무조건 나쁘다는 인식으로는 도저히 가르칠 수 없는 덕목이다.

현실에서는 『토끼전』처럼 상황에 따라, 상대에 따라, 관점에 따라 거짓말이 난무하고 있다. 예를 들면 이런 식이다.

"시험 잘 봤니?"

"예, 잘 봤어요."

시험을 망치고 온 아이가 부모한테 혼날까 봐 이렇게 거짓말을 하는 것은 부모입장에서 나쁜 거짓말로 보일지 모르지만, 아이 입장에서는 자신이 처한 잔소리를 들어야 할 위기 상황을 벗어나는, 그야말로 토끼한테 배운 기지로 위기를 벗어나는 지혜로 볼 수도 있다.

이뿐이 아니다. 우리 현실에서는 토끼처럼 자신의 이익을 위해서라면 그럴듯한 말로 남을 속이는 사람들이 너무도 많다. 어쩌면 그들이 바로 우리 주변에 널려 있는 토끼들인지도 모른다. 이런 현실에서 어떻게 아이들에게 '토끼의 지혜를 배워야 한다'고 추상적인 지식을 암기식으로 습득시킬 수 있단 말인가?

이제라도 『이미지 독서코칭』으로 공교육의 한계를 보완해야 한다. 『토끼전』을 실생활의 지혜로 끌어다 줘야 한다.

『토끼전』을 실생활에 잘 활용하면 '거짓말'이라도 잘 활용해서 아이들에게 가장 절실한 면접에 합격하는 지혜를 키워줄 수 있다. 고려 시대 거란족의 침략을 피 한 방울 흘리지 않고 물리친 서희 선생의 외교협상 전략도 배울 수 있다. 글로벌 시대의 절실한 FTA(Free Trade Agreement, 국제자유무역협정) 협상을 잘 이끌어 국익을 창출하는 외교 협상가를 양성할 수도 있다.

『토끼전』으로 면접을 잡는다?

토끼의 덕목이 면접에서 필요한 이유

입사 면접을 보는 여학생이 있었다. 이 학생은 지원서에 자신의 장점은 매사를 긍정적으로 보는 성격이라고 밝혔다. 그러면서 뛰어난 대인관계 능력이 있어서 어떤 상황에서든 분위기를 잘 맞추는 성격이라고 했다. 면접장에서 면접관이 이 부분을 들먹이며 질문을 하기 시작했다.

"입사했는데 상사가 커피 심부름을 시키면 어떻게 하겠습니까?"
"제가 커피를 타야 할 상황이라면 기꺼이 타다 드리겠습니다."
"매 상황이 커피를 타야 할 상황이라면 어떻게 하겠습니까?"
"……?"

학생은 순간적으로 당황한 기색을 보였다. 자신이 면접관의 유도 심문에 걸려들었다는 것을 알아차린 것이다. 여기서 "매 상황이 그렇다면 매번 커피를 타다 드리겠습니다."라고 냉큼 대답했다가는 "이 회사에 커피를 타러 왔습니까?"라는 역질문을 받을 것을 뻔히 알아차린 것이다.

그렇다고 이미 쏟아낸 앞의 말을 주워 담을 수도 없는 노릇이었다. 얼른 상황을 알아차리기는 했지만 순간적으로 당황해서 더 이상 아무 말도 하지 못하고 그저 웃는 표정만 짓고 있었다. 그러자 면접관의 날카로운 질문이 뒤를 이어 쏟아졌다.

"본인은 혹시 난처한 상황에 처하면 지금처럼 웃음으로 얼버무리는 성격을 갖고 있는 것은 아닌가요?"

"어, 그것은 아닌데요……."

학생은 더욱 궁지에 몰려서 무슨 말을 해야 할지 몰라 그 상태로 그냥 미소만 짓고 있었다. 면접은 그렇게 끝이 났다. 하지만 학생은 끝까지 미소를 잃지 않고 면접장을 빠져 나왔다.

어쨌든 그렇게 끝까지 최선을 다한 여학생은 면접장을 나온 후에 자신이 대답을 제대로 하지 못해 떨어졌을 것이라며 체념을 할 수밖에 없었다. 그런데 학생은 최종면접에 당당히 합격했다.

면접관은 이렇게 평가했다.

"물론 학생이 적절한 대답을 하지 못한 것은 감점 요인이다. 하지만 그렇게 난처한 상황에서도 끝까지 미소를 잃지 않고 상냥한 태도를 보인 것이 합격 요인이다. 우리 회사는 서비스를 우선으로 하는 업체라 그와 같이 매 상황에 미소로 대처할 수 있는 인재가 필요했기 때문이다."

여학생이 면접에 합격할 수 있었던 요인은 무엇일까? 이에 대한 답을 『토끼전』에서도 찾아볼 수 있다. 토끼가 용궁에만 가면 부귀영화가 있을 거라는 자라의 꾐에 빠져 기쁜 마음으로 들어간 곳에서 접한 소식은 기절초풍할 일이었다.

"내 병에는 네 간 밖에 약이 될 것이 없다. 따라서 내가 낫기 위해서 어쩔 수 없이 너의 배를 갈라야 하니, 억울하게 죽더라도 부디 나를 원망하지 말라."

용왕의 말은 토끼로서는 전혀 예상하지 못했던 절체절명의 위기 상황이었다. 면접장에서 면접관한테 갑자기 난처한 질문을 받은 여학생의 상황과 비슷하다고 볼 수 있다. 수험생이라면 누구나 합격의 기쁨을 맛볼 꿈에 젖어 열심히 공부하고 준비하고 면접장에 들어간다. 이는 토끼가 용궁에서 부귀와 영광의 꿈을 꾸며 자라를 따라 용궁으로 들어간 상황과 다르지 않다.

그런데 면접장에서 수험생을 기다리고 있는 면접관은 그리 호락호락하지가 않다. 물론 토끼처럼 목숨이 경각에 달리는 상황을 맞은 것은 아니지만, 면접관의 예상치 못한 질문이나 딴죽을 거는 질문에 걸려들면 수험생은 한 순간에 그동안 꿈꿔왔던 모든 것을 잃게 되는 상황이다.

이때 수험생이 토끼가 발휘한 지혜를 구체적으로 응용해서 활용한다면 정말 좋다. 그러기 위해서는 먼저 토끼에게서 배워야 할 것이 무엇인지 알아야 하는데, 비유와 상징으로 접근하면 크게 세 가지로 요약할 수 있다.

첫째, 토끼는 위기상황에서도 전혀 당황하지 않는 용기를 가졌다. 일반적으로 많은 사람들이 뜻밖의 상황을 만났을 때 당황하거나 우왕좌왕해서 스스로 위기를 자초하는 경우가 많다. 그 상황을 벗어나면 금방 찾을 수 있는 답을, 위기상황에서는 당황하는 바람에 전혀 찾지 못하는 우를 범하곤 한다.

『토끼전』의 토끼는 전혀 예상치 못한 위기의 상황에서도 당황은커녕, 오히려 용왕 앞에서 간이 필요하다는 이야기를 미리 해주지 않아서 챙겨오지 못했다며 자라에게 호통을 친다. 우리는 토끼가 목숨이 경각에 달린 상황에서도 전혀 당황하는 기색을 보이지 않은 용기가 어디에서 왔는가를 배워야 한다.

면접관 앞에서 전혀 예상치 못한 질문이 나왔을 때 당황하지 않으려면 무엇을 어떻게 해야 하는가? 이렇게 생각을 해보면 무엇보다 먼저 토끼가 용왕 앞에서 당당하게 여유까지 부리는 자신감이 이미지로 새겨지는 것을 느낄 수 있다. 그리고 나 역시 토끼와 같은 자신감을 갖추기 위해 무엇을 해야 하는지 스스로 챙길 수 있게 된다.

둘째, 토끼는 상대의 말을 끝까지 듣고 먼저 상대가 원하는 것이 무엇인지, 상대의 약점이 무엇인지 순간적으로 파악해 냈다. 토끼는 자신이 죽을 수도 있는 상황에서도 용왕의 말을 잘 들었기에 지금 용왕이 필요로 하는 것은 자신의 목숨이 아니라 자신의 간이라는 것을 알았다. 즉 용왕이 자신의 간을 구하려고 자신을 죽였다가 간을 구하지 못하면 용왕도 죽을 수밖에 없다는 절박한 상황을 알아차린 것이다. 또한 토끼는 용왕의 말을 잘 듣고 용왕이 물속에서만 살아서 산 속에 사는 동물들에 대해서 미처 다 알지 못하고 있다는 것을 간파했다. 상대의 말을 끝까지 잘 들으니까 상대의 말 속에서 자신이 빠져나갈 수 있는 길을 찾은 것이다.

수험생이라면 이처럼 면접 상황에서 면접관이 요구하는 것이 무엇인가를 먼저 파악할 수 있어야 한다. 면접관은 수험생이 숨기고 싶어하는 것을 캐내기 위해 유도질문을 한다. 유능한 인재를 뽑지 않으면 손해볼 수밖에 없는 면접관의 의도를 파악한다면 아무리 예상 밖의 질문이 나오더라도 적절한 행동으로 대처할 수 있다. 면접관의 말을 끝까지 들어 어떠한 경우라도 면접관이 요구하는 인재가 바로 나라는 것을 보여주는 것이 토끼에게서 배워야 할 지혜인 것이다.

셋째, 토끼는 무엇보다 자신에 대해서 잘 알고 있었다. 토끼는 자신이 다른 동물들과 달리 항문의 구멍이 세 개처럼 보인다는 것을 정확히 알고 있었다. 그래서 용왕이 "세상에 간을 출입하는 동물이 어디에 있단 말이냐?"고 물었을 때, 자신의 항문을 보여주며 "한 개는 일반 동물들처럼 대변을 보는 곳이고, 한 개는 간을 꺼낼 때 쓰는 곳이고, 또 한 개는 간을 넣을 때 쓰는 곳"이라고 자신의 말을 뒷받침하는 근거로 활용했다. 또한 사람들이 아침 시간을 묘시로 표현하는 사실을 근거로 들어 자신이 사람들에게 신령한 동물로 인정받고 있다는 것을 예로 들어 다른 동물과 달리 간을 출입할 수 있다는 것을 증명하는 자료로 활용했다.

수험생이 면접에서 좋은 평가를 받으려면 무엇보다 먼저 자신에 대해서 잘 알고 있어야 한다. 자신의 장점과 단점은 무엇인지, 자신의 적성과 능력은 어느 정도인지, 다른 사람들이 자신을 어떻게 평가하는지 평상시에 잘 점검해 두어야 한다. 따라서 수험생이라면 평소에 『토끼전』의 토끼처럼 자신의 장단점을 잘 파악하고 있어야 한다는 교훈을 가슴에 새겨야 한다.

『이미지 독서코칭』에서 『토끼전』을 잘 활용하면 면접을 잡는 좋은 도구로 활용할 수 있다. 그러기 위해서는 학교에서 가르치는 '토끼의 지혜를 배우자'는 식의 막연하고 추상적인 주제가 아니라, 앞에서 다룬 것처럼 면접이라는 구체적인 현실에 결부시켜 다음과 같이 분명하고 세부적인 교훈을 얻을 수 있도록 이끌어주는 것이 중요하다.

"면접에서 내가 원하는 것을 얻기 위해서는 토끼처럼 매사에 적극적이고 자신감 있는 행동을 할 수 있어야 한다. 또한 상대의 말을 끝까지 들어 상대가 원하는 것이 무엇인지 파악할 수 있어야 하고, 무엇보다 평상시에 자신을 성찰해서 자신의 장단점을 잘 알고 있어야 한다."

면접은 입시나 입사에서 매우 중요한 관문이다. 내 아이가 이 중요한 관문을 무난하게 통과하도록 하려면 평상시에 『이미지 독서코칭』을 통해 응용해서 활용할 수 있어야 한다.

"면접시험을 잘 치르기 위해서는 먼저 자기 자신에 대해서 잘 알고 있어야 해. 그래야 토끼처럼 위기상황을 지혜롭게 대처해 나가는 자신감도 생기는 것이고, 자신감이 있으니까 상대의 말을 잘 들어 그 말 속에 담겨 있는 상대의 의도가 무엇인지 쉽게 파악할 수 있는 거야."

이런 식으로 『토끼전』을 구체적인 현실에 접목시키는 연습을 하다 보면, 세부적이고 구체적으로 '토끼처럼 지혜를 발휘하기 위해서는 평상시에 자신에 대해서 잘 알고 있어야 하고, 상대의 말을 끝까지 들어주는 연습을 해야 하고, 그러기 위해서는 매사에 자신감을 갖고 행동해야 한다'는 현실에 활용하는 지혜를 터득하게 될 것이다.

앞에서 예로 든 여학생이 입사면접에서 합격의 영광을 누린 것은 이 중에 적어도 두 가지는 확실하게 갖추었기 때문이다.

첫째, 여학생은 자신이 매사에 긍정적인 성격을 가졌다는 것을 잘 알고 있었다. 그렇기 때문에 난처한 질문에 끝까지 미소를 잃지 않는 모습을 부각시켜 면접관으로부터 긍정적인 점수를 받을 수 있었다.

둘째, 여학생은 그 상황에서 면접관이 원하는 것이 무엇인지 금방 알아차렸다. 즉 "매 상황이 커피를 타야 할 상황이라면 어떻게 할 것인가?"라는 질문을 받았을 때 "매번 타오겠습니다."라고 대답한다면 "이 회사에 커피 타러 오셨습니까?"라는 더 난처한 유도질문을 받게 될 것을 얼른 알아차린 것이다. 토끼처럼 유창한 언변을 펼치지는 못했지만, 얼른 상황판단을 해서 그 상황에 맞는 행동을 보인 것이다. 그 상황에서 여학생이 당황해서 인상을 쓰거나, 앞뒤 맞지 않는 말로 자신을 변명했더라면 그것은 분명히 더 큰 감점요인으로 작용했을 것이다. 물론 이 여학생이 토끼처럼 좀 더 당당한 자신감을 가졌더라면 그 순간에, "설마 매 상황이 커피를 타야 할 사람이 필요한 회사라면 저 같은 인재를 커피 타는 재원으로 활용하겠습니까? 그때는 커피를 전문적으로 타는 비서를 채용하겠지요."라고 답하는 여유를 부려서 더 좋은 평가를 받았을지도 모를 일이다.

토끼전과 면접의 공통점		
상황	용궁 탈출	면접 합격
목적	토끼가 살아남기 위해 용왕을 설득해야 함.	수험생이 합격하기 위해 면접관을 설득해야 함.
위기	용왕은 토끼의 간이 필요하고, 토끼는 어떻게든 살아야 함.	면접관은 업무적성에 맞는 인재가 필요하고, 수험생은 어떻게든 합격해야 함.
지혜	1) 위기에 당황하지 않음 2) 상대의 말을 잘 들어 정확한 욕구를 파악함. 3) 자신의 장점을 상황에 맞게 적절히 활용함.	1) 위기에 당황하지 않음. 2) 함정질문의 말을 잘 들어 정확한 욕구를 충족시킴. 3) 긍정적인 마인드의 장점을 잘 활용함.

선생님, 저 "토끼야! 토끼야!"로 합격했어요

"선생님, 저 '토끼야, 토끼야'로 합격했어요!"

여학생 하나가 밝은 표정으로 아는 체하며 다가왔다. 고등학교에서 면접 특강으로 만난 학생이다.

"어, 그래? 축하한다. 그런데 그게 무슨 말이야?"

"얼마 전에 면접 마지막에 면접관이 꼭 하고 싶은 말이 있으면 하라고 할 때 어떻게 해야 한다고 가르쳐 주셨잖아요?"

그랬다. 2학기 특강이었고, 주로 상위권 20명이 함께 했다. 그때 중간 무렵에 1차 수시 면접에서 떨어졌다는 한 학생이 질문을 했다.

"선생님, 면접 마지막에 더 하고 싶은 말이 있냐고 할 때 뭐라고 해야 돼요? 저는 아무 생각도 안 나서 그냥 나왔거든요."

이것은 입시뿐만 아니라 입사 면접에서도 매우 중요하다. 실제로 면접관들은 마지막 이 질문 하나로 당락을 결정하는데 중요한 잣대로 활용한다고 한다. 마지막까지 최선을 다하는 수험생의 태도를 중요하게 여기는 것이다. 어떻게든지 간절함을 보이면 되는데, 이렇게 말하는 학생에게 뭐라고 말해줄 수 있을까?

이때 『토끼전』 이야기를 들려줬다. 토끼가 용왕을 설득하는 장면을 이미지화해서 면접장에 들어가기 전에 속으로 '토끼야! 토끼야! 내 안의 토끼야'를 새겨보라고 했다. 그러면 자신감이 생길 것이고, 그 자신감이 생기면 어떻게든지 면접관에 마음에 드는 행동을 하게 될 것이라고 했다.

그 다음에 면접관도 사람이고, 특히 밖에서 만나면 아버지 같은 분들이니 입장을 바꿔서 그 분들이 어떤 말을 좋아할지 생각해 보라고 했다.

내가 면접관이라면 학생이 어떤 말을 해주는 게 좋겠는가? 당연히 칭찬이다. 그런데 칭찬이라는 것은 윗사람이 아랫사람에게 하는 말이다. 따라서 아랫사람이 윗사람에게 하는 칭찬은 할 수 없으니, 아부를 잘 해야 한다. 그렇다면 어떻게 아부를 해야 교수님의 마음에 들 수 있겠는가?

이것은 결코 말로만 할 수 없는 것이다. 토끼처럼 당당한 자세와 어떤 상황에서든 교수님의 마음에 드는 행동을 할 수 있어야 한다. 그럼에도 무슨 말을 해야할지 모르겠다면 이 말을 외워보자. 그리고 각자 자신에게 맞게 써먹을 수 있도록 확실하게 연습해 보자.

이렇게 강조하고 정 좋은 말이 생각나지 않으면 다음과 같은 말을 억지로라도 외워서 활용해 보라고 했다.

"저는 어렸을 때부터 인복이 좋다는 말을 많이 들었습니다. 실제로 생각해 보니 저는 어렸을 때 좋은 부모님을 만났고, 학교에서는 항상 좋은 선생님을 만났는데, 오늘 이렇게 인상이 좋으신 교수님을 뵈니까 확실히 제가 인복이 많다는 것을 알겠습니다. 합격만 시켜주신다면 열심히 하겠습니다."

말은 쉽지만 면접장에서 그대로 써먹기에는 굉장히 어려운 말이다. 그래서 이걸 말로만 외우면 안 되니까 '토끼야! 토끼야! 내 안의 토끼야!'를 되뇌며 어떻게 내 것으로 만들어 써먹을지를 연습해야 한다고 했다. 속된 말로 뻥을 쳐서라도 교수님 마음을 얻을 수 있도록 아부를 해야 한다고 했다.

여학생은 특강에서 수없이 강조했던 말을 떠올리며 상기된 표정으로 말을 이었다.

"선생님이 그때 뻥이라도 쳐서 아부해야 한다고 했잖아요. 저 정말로 뻥쳐서 합격했어요!"

"그래? 뭐라고 뻥을 쳤는데?"

"실제로 마지막으로 할 말이 뭐냐고 물어보시더라고요. 그런데 아무리 '토끼야! 토끼야!'를 생각해도 선생님이 가르쳐 준 말이 떠오르지 않는 거예요. 그래서 엉겁결에 생각나는 대로 말씀드렸죠. '제가 인복이 좋았는데, 오늘 교수님의 좋은 인상을 보니까 정말 좋습니다. 교수님한테 꼭 배우고 싶습니다'라고요."

"그랬더니 교수님이 뭐라고 하시던데?"

"허허 웃으시면서 '그 말 들으니 기분이 좋다'며 '우리 학교에 오면 공부 열심히 할 수 있냐?'고 물으셨어요."

"그래서 그때는 어떻게 대답했는데?"

"그 말 듣고 너무 기뻐서 박수를 치며 '그럼요, 교수님! 합격만 시켜주신다면 정말 열심히 하겠습니다.'라고 뻥을 쳤죠."

"너 정말 뻥을 친 건 아니지?"

"에이, 선생님도. 말이 그렇다는 거지 제가 얼마나 가고 싶은 학교였는데요."

『이미지 독서코칭』에서 『토끼전』을 활용해 위기를 대처하는 장면을 이미지화해서 '면접'에 합격할 수 있다면 이것보다 더 확실한 독서체험도 없을 것이다.

이렇게 '토끼야! 토끼야!'를 이미지화 해서 면접에 성공한 학생은 한둘이 아니다. 대개 많은 학생들이 면접공부를 하면서 어떻게 하면 말을 잘 할까에 매달리는데, 실제 면접에서 말을 잘하는 것의 중요성은 7% 정도밖에 되지 않는다고 한다. 나머지 93%는 태도, 자세, 표정, 말투, 어조 등이라고 한다.

"우리 학교에 오면 잘 할 수 있지?"

이럴 때 외운 답을 한다면 면접관에게 어떻게 절실함이 전달되겠는가? 그 순간 아주 자연스럽게 박수까지 쳐가며, 밝은 표정으로 "그럼요, 합격만 시켜주신다면 정말 열심히 하겠습니다."라고 한 학생의 모습을 떠올리면 합격한 이유를 짐작할 수 있을 것이다. 면접은 말만 잘 하려고 할 것이 아니라 진심으로 당당하게 맞장구를 쳐가며 자신의 의사를 표현하는 습관을 들여야 한다는 것을 확인할 수 있는 사례인 것이다.

이것은 어떤 상황에서든 토끼처럼 자기주도적으로 당당히 대처하는 절실한 마음을 가졌을 때 가능한 일이다.

『토끼전』으로 외교관의 자질을 갖춘다

『토끼전』으로 챙겨보는 서희 선생의 협상전략

서기 993년에 중국을 지배하던 송나라를 압도하는 신흥 강대국 거란이 80만 대군을 앞세워 고려를 침입하였다. 적의 위세에 눌려 겁먹은 고려의 왕과 많은 신하들은 싸워 보지도 않고 항복을 하려고 했다. 이때 서희 선생은 싸워 보지도 않고 항복한다는 것은 말도 안 된다며 자신이 직접 적장을 만나 협상할 기회를 달라고 했다. 그리고 거란의 장수를 만나 협상을 하는 과정에서 거란이 침범한 이유는 크게 두 가지라는 것을 알아냈다.

첫째는 고구려의 옛 땅은 본래 거란의 영토인데 고려가 자신의 영토인 강동 6주 지역을 침범했기 때문이라는 것이다.

둘째는 지금 거란이 송나라를 몰아내고 중국의 주인이 되었는데, 고려가 아직도 자신들에게 조공을 바치지 않고 송나라와 친밀감을 유지하고 있기 때문이라는 것이다.

거란이 침략한 이유를 알아차린 서희 선생은 전혀 당황하지 않고 당당하게 협상에 임했다.

첫째로 고려가 고구려의 옛 땅을 영토로 하는 거란을 침범했다는 이유에 대해서는 나라 이름에서 알 수 있듯이 고구려와 고려는 같은 나라이기 때문에 문제될 것이 없다고 단호하게 선을 그었다.

둘째로 고려가 아직도 거란을 섬기지 않았기 때문에 침략했다는 이유에 대해서는 현재 거란과 고려 사이를 여진족이 가로막고 있기 때문이라고 했다. 아울러 고려가 거란과 통하는 길이 생기면 사신도 보내고 조공도 보낼 수 있을 테니 강동 6주 지역의 안정을 위해 여진족을 몰아내는데 거란이 힘써 주어야 한다고 했다.

그 결과 거란의 1차 침입은 서희 선생의 지혜로 막아냈다. 그뿐만 아니라 고려는 강동 6주 지역에서 여진족을 몰아내고 압록강까지 영토를 확장시킬 수 있었다.

서희 선생은 협상에 임할 때 상대가 요구하는 것이 무엇인지, 상대의 약점이 무엇인지를 분명히 알고 있었다. 거란이 비록 중국의 신흥강대국이 되었다고는 하지만, 여전히 송나라와 고려가 연합해서 저항을 하면 잃는 것이 더 많을까 봐 두려워한다는 것을 잘 알고 있었다. 그래서 거란이 전쟁하지 않고 고려의 조공을 받아 낼 수 있다면 더 좋아할 것이라고 판단하고, 상대방에게 조공하겠다는 명분을 주어 회유할 방법을 찾은 것이다.

서희 선생은 고려와 거란, 송과 거란, 고려와 여진, 고려와 송의 관계에서 고려가 갖고 있는 장점을 확실히 알고 있었다. 그래서 그 장점을 활용해서 상대방을 적절하게 설득할 수 있었다.

서희 선생의 협상전략에는 『토끼전』의 지혜가 그대로 담겨 있다. 『토끼전』은 고전소설로 자리 잡기 전에 〈구토지설〉이라는 설화에서 찾아 볼 수 있듯이 창작연대를 확실하게 가늠하기가 쉽지 않다. 따라서 토끼의 지혜가 먼저인지 서희 선생의 지혜가 먼저인지는 알 수 없다. 즉 『토끼전』의 저자가 서희 선생의 지혜를 소설에 반영한 것인지, 서희 선생이 『토끼전』의 지혜를 본받아 협상에 임한 것인지는 알 수 없다. 하지만 둘 사이에는 설득의 요소로 중요한 세 가지가 서로 너무나 닮았다.

첫째, 갑자기 간을 내놓으라는 용왕 앞에서 진퇴양난에 빠진 토끼의 상황과 80만 대군을 앞세운 거란의 침략 앞에 놓인 고려의 상황이 서로 비슷하다. 그때 토끼가 조금이라도 당황했으면 간 때문에 죽임을 당할 상황이었고, 서희 선생 역시 당황했다면 왕과 다른 신하들처럼 거란의 침략에 힘 한번 못 써보고 항복하는 수밖에 없었을 것이다.

둘째, 위기 상황에서도 침착하게 상대방의 말을 끝까지 듣고, 상대가 원하는 것이 무엇인지 순간적으로 간파해낸 판단력이 비슷하다. 토끼는 용왕의 말을 잘 듣고 용왕이 필요로 하는 것은 자신의 목숨이 아니라 자신의 간이라는 것을 알았다. 또한 자신의 간이 없으면 용왕도 죽게 된다는 것을 안 것이다. 마찬가지로 서희 선생도 거란의 말을 잘 듣고 그들이 필요로 하는 것이 고려의 무조건적인 항복이 아니라, 거란이 요구하는 몇 가지 요구만 들어주면 물러날 수 있다는 것을 알아차렸다. 아울러 고려의 저항이 길어지면 거란도 송의 침략을 받을지 몰라 불안에 떨며 전쟁을 빨리 끝내고 싶어 한다는 사실을 알아차렸다.

셋째, 평상시 자신에 대해서 누구보다 잘 알고 있었다. 토끼는 자신의 항문의 구조가 다른 동물과 다르다는 것을 잘 알고 있었고, 인간들이 다른 동물과 달리 자신을 가리키는 묘시라는 말을 새벽 시간을 나타내는데 쓴다는 것을 잘 알고 있었다. 서희 선생은 당시 고려가 처한 상황을 잘 알고 있었다. 고려가 고구려를 계승한 나라라는 것과 송, 거란, 여진으로 얽혀 있는 시대상황에서 고려가 취해야 할 외교적 태도가 어떠해야 하는지 누구보다 잘 알고 있었다.

어떤 상황에서도 당황하지 않고 당당하게 대처하는 용기, 무엇보다 먼저 상대가 원하는 것이 무엇인지 파악하는 지혜, 그리고 자신이

처한 환경과 자신의 장단점을 확실히 파악하고 있는 능력, 『토끼전』
과 서희 선생의 지혜는 서로 상통하는 면이 있다는 것을 확인할 수
있다.

『이미지 독서코칭』은 융합교육으로 활용할 수 있어야 한다. 『토끼
전』을 배우면서 역사문제인 〈서희 선생〉 이야기를 다루고, 역사에서
〈거란의 침략〉을 배우면서 『토끼전』을 활용하면 아이들은 더욱 쉽
고 재미있게 받아들인다. 교육적인 효과도 뛰어나다.

『토끼전』과 〈서희 선생〉, 그리고 여기서 다루지 못한 수많은 위인
들의 〈협상전략〉을 결부시킬 수 있다면 더욱 큰 효과를 얻을 수 있
다.

『토끼전』으로 국익을 창출하는 FTA 협상전략

세계화 시대의 가장 큰 문제로 대두된 FTA(자유무역협정)도 마찬
가지다. 국가간의 외교협상이 FTA다. 서희 선생과 같은 뛰어난 외교
관을 양성하기 위해서라도 『토끼전』의 지혜는 반드시 우려먹을 수
있어야 한다. 세계화 시대는 국가 간의 치열한 무역전쟁을 당연한
것으로 받아들일 것을 요구하고 있다. FTA가 세계화 시대에 피할 수
없는 대세로 자리 잡아가고 있다.

FTA가 국가의 흥망성쇠를 좌우하는 중요한 문제로 떠오르는 이유

가 바로 여기에 있다. 한번 체결한 협정으로 국제무역에서 우위를 선점하면 경제대국으로 가는 것이고, 경쟁에서 낙오되기 시작하면 자칫 경제 속국으로 전락할 위험이 있다.

　FTA를 찬성하는 사람들은 FTA가 체결되어야 비로소 공정한 무역이 이뤄지는 것이라고 한다. 또한 FTA는 소비자 입장에서는 국경을 초월해서 값싸고 질 좋은 서비스를 받을 수 있게 해주고, 생산자 입장에서는 경쟁에서 살아남기 위해 더욱 값싸고 질 좋은 제품을 생산하기 위해 노력을 하게 만들기 때문에 경제력 향상에도 큰 도움을 준다고 한다. 그리고 FTA는 넓은 시장을 확보할 수 있는 약소국에게 더 유리한 것이라고 한다.

　FTA를 반대하는 사람들은 FTA는 강대국의 무역 독점을 정당화시키는 명분을 주는 것에 불과하다고 한다. 그들은 FTA는 자본이 풍부한 나라가 가격을 낮춰 들어오면 자본력이 뒤처지는 나라는 속수무책으로 당할 수밖에 없다고 주장한다. 결국 자본력이 부족한 나라는 FTA로 인해 가격경쟁력에서 밀려 강대국의 경제속국으로 전락할 수밖에 없다고 항변을 한다.

　하지만 여기에서 분명히 짚고 넘어갈 것이 있다. FTA를 체결한다고 해서 무조건 모든 품목을 다 개방해야만 하는 것은 아니다. 약소국의 취약산업을 지켜주기 위한 세이프가드(Safeguard, 제한적 보호무역정책)라는 것이 있다. 외교협상에서 잘 활용해야 할 사항이다.

그동안 우리나라는 쌀 시장과 영화 시장, 소고기 시장, 자동차 시장의 완전개방을 요구하는 미국의 요구에 시달렸다. 그래서 지금은 거의 다 개방을 했다. 하지만 세계적인 강대국인 미국도 자국의 취약한 조선造船산업을 보호하기 위해 세이프가드를 활용하고 있다.

FTA협상에서 이 세이프가드를 어떻게 활용하느냐에 따라 국익이 크게 좌우된다. 협상에 임하는 지도자의 능력이 곧 국익을 대변한다고 볼 수 있는 것이다.

현재 우리나라는 경제성장으로 수출 품목이 많아지면서 상대적으로 수입 압력을 받는 품목도 많아졌다. 수출시장을 확대하기 위해서 우리도 그만큼 수입시장을 열어야 하는 위치에 놓인 것이다.

FTA는 국가의 운명을 좌우할 수 있는 중요한 협상이다. FTA는 국가간의 협상을 통해서 자국의 이익을 조금이라도 더 추구하려는 각국 대표자들이 벌이는 치열한 두뇌싸움의 장이다.

FTA에서 유리한 고지를 선점하려면 어떻게 해야 하나? 글로벌 시대에 리더라면 반드시 갖추어야 할 능력이 바로 대외협상능력이다. 열심히 일하는 것도 중요하지만 세계화 시대의 지도자라면 두뇌싸움에서 결코 밀리지 않는 협상능력을 갖추고 있어야 한다. 바로 토끼처럼 상대를 쥐락펴락할 수 있는 설득능력을 갖춘 인재가 우리에게 절실한 것이다.

우리가 FTA에 적합한 인재를 양산하기 위해서는 어떻게 해야 할까? 언제 나라가 붕괴될지 모르는 거란의 80만 대군 앞에 섰던 서희 선생만큼, 용왕 앞에서 한마디의 실수라도 하면 언제 목숨을 잃을지 모르는 상황에 처했던 토끼만큼, FTA가 국가의 운명을 좌우할 수 있는 매우 절실한 문제라는 것을 인식한 인재들이 많이 나오도록 『토끼전』을 활용한 융합인재 역량을 키워줘야 한다. 그래서 토끼처럼, 서희 선생처럼 뛰어난 외교협상가를 양성할 수 있는 것이다.

『토끼전』에 담겨 있는 서희 선생의 지혜를 살펴본 것처럼 『토끼전』에는 우리의 아이들을 제2, 제3의 서희 선생으로 만드는 비법이 담겨 있다.

이제라도 그 비법을 현실교육에 적용시는 『이미지 독서코칭』이 빛을 발해야 한다. 『토끼전』의 독서체험을 이미지화해서 실생활에서 활용하는 지혜를 가르쳐 시대가 필요로 하는 제2, 제3의 서희 선생 같은 위인을 양성해 나가야 한다.

세계화 시대에 국가의 운명을 좌우할 FTA에 대처할 지혜를 찾아보기 위해서 다시 한 번 《토끼전》의 토끼가 취했던 지혜들을 구체적으로 짚어보자. 그리고 이를 통해서 아이들에게 심어줘야 할 품성이 무엇인지 자세히 살펴보기로 하자.

　토끼가 용왕 앞에서 당당할 수 있었던 것은 평소에 자기 자신에 대해서 잘 알고 있었기 때문에 가능한 일이었다. 마찬가지로 FTA를 요구하는 강대국들의 위세에 당당히 대응하기 위해서는 먼저 우리 자신에 대해서 잘 알고 있어야 한다. 다시 말해, 우리나라의 현실을 제대로 이해하고 있어야 한다.

　또한 자신을 죽이고 간을 얻지 못하면 용왕도 죽을 수밖에 없다는 용왕의 약점을 정확하게 파악한 토끼처럼 FTA에 임하기 전에 상대의 약점이 무엇인지 정확하게 파악하는 능력을 갖춰야 한다.

　그리고 『토끼전』에서 볼 수 있는 죽음의 위협 앞에서도 결코 동요하지 않았던 토끼의 자신감을 키워야 한다. 설사 천방지축 말썽을 일으켰던 아이라도 부모의 세심한 배려와 관심을 받고 자란다면 얼마든지 갖출 수 있는 능력이다.

　아이가 토끼처럼 매사에 자신감을 갖고 자신의 삶을 주도적으로 살아 갈 수 있도록 도와주는 것이 『이미지 독서코칭』의 몫이어야 한다.

『토끼전』으로 배우는 토론과 협상의 지혜

● 토끼가 갖춘 지혜

1. 위기상황에서 당황하지 않음

- 상황에 따라 거짓말도 능숙하게 함

2. 상대에 대해서 빨리 파악함

- 용왕이 원하는 것은 자기 목숨이 아니라 간이라는 것

- 자기 간이 없으면 용왕도 죽을까 봐 걱정한다는 것

- 수중동물인 용왕이 산중동물인 자신에 대해 모르는 것

3. 자신에 대해서 확실하게 파악하고 있음

- 자신의 항문 구멍이 세 개라는 것

- 묘시가 자신을 가리킨다는 것

● 수험생이 『토끼전』에서 배워야 할 자세

1. 유도질문에 당황하지 않아야 함

- 상황에 따라 거짓말도 능숙하게 할 수 있어야 함

2. 면접관이 원하는 것을 빨리 파악해야 함

- 적성과 능력에 맞는 인재를 뽑으려는 것

- 회사에 이익을 가져다 줄 인재를 뽑으려는 것

- 신입사원 잘못 뽑으면 면접관도 손해를 본다는 것

3. 자신에 대해서 확실하게 파악하고 있어야 함

- 지원 분야에 맞는 자신의 장단점

- 자신의 의사소통 방법

- 자신의 외모 스타일

- 자신에 대한 주변 사람들의 평가

● 서희 선생과 토끼의 공통점

1. 위기 상황에서 당황하지 않음

- 담판을 짓겠다는 용기

2. 상대의 약점을 간파함

- 송, 여진, 고려, 거란과의 관계 파악

3. 자신의 장점을 잘 알고 있음

- 상대를 설득하는데 결정적인 힘을 갖고 있었음

● 토끼전으로 대비하는 FTA 협상의 지혜

1. 위기 상황에서 당황하지 않아야 함

- 강대국이라도 기죽지 않고 협상에 임하는 용기

2. 상대 국가에 대한 철저한 분석과 이해

- 상대국 정치지도자의 스타일

- 상대국 국민들의 정서적 성향

- 상대국의 세이프가드 현황

- 상대국과 주변 국가 간의 정세

3. 우리나라가 처한 상황에 대한 철저한 분석과 이해

- 세계 유일의 분단국가(전쟁의 위협이 있는 곳)

- 미국에 대한 정치 · 경제의존도가 높음

- 중국과 러시아 시장 진출이 용이한 지역

- 세이프가드 품목의 적절성(영화, 농산물 등)

융합형 인재역량을 키우려면?

1. 융합형 인재인 토끼를 이미지화하자

　　토끼야! 토끼야! 내 안의 토끼야!

2. 토끼의 최대 장점이 '위기상황에서 당황하지 않는 것', '상대의 요구를 빨리 파악하는 것', '자신의 장단점을 알고 있는 것' 임을 분명히 인식하자.

3. 토끼가 수궁에서 용왕을 설득하는 장면이 우리 현실에서 '면접, 토론, 협상' 에서 중요한 설득의 기술을 활용하는 지혜임을 알자.

4. '면접, 토론, 협상' 을 위해서는 토끼처럼 '당당함과 뻔뻔함으로 상대의 이익을 파악하고, 나의 장단점을 근거로 상대가 내 말을 들을 때 생길 수 있는 이익을 제시해야 한다' 는 것을 안다.

5. 글로벌 시대와 인공지능 시대에는 토끼와 같은 지혜를 갖춘 인재를 더욱 필요로 한다는 것을 인식하고, 토끼와 같은 인재가 되기 위해 평소에 '토끼야, 토끼야' 를 되뇌며 마음속에 토끼의 지혜를 이미지화하는 노력을 해나간다.

나오며

독서 효과의 극대화를 위해
비유와 상징을 찾아 일상의 지혜로 활용하라!

"비유와 상징을 찾아 이미지화해서 현실에 구체적으로 적용하라!"

아무리 많은 책을 읽은 사람이라도 '비유와 상징을 찾아 현실에 구체적으로 활용하는 법'을 알지 못하면, '독서 따로, 현실 따로'의 현실에 직면하면서 독서 효과의 회의를 품으며 점차 독서에 흥미를 잃을 수밖에 없다.

"인터넷이 있는데 책을 왜 읽어야 해요?"
"어차피 사회에 나가면 써먹을 곳도 없는데 왜 문학작품을 읽어야 해요?"

독서가 중요하다는 말은 막연히 들어 알고 있지만, 막상 이런 질문을 받으면 속 시원하게 대답할 줄 아는 사람은 많지 않다. 근래에 들어서 독서는 '지식습득'만이 아니라, '두뇌개발'에 중요한 교육수단이라는 것이 밝혀지면서 이론으로 설명하는 사람들이 늘어나고는 있지만, 정말 진지하게 이렇게 묻는 아이가 얼른 알아들을 수 있도록 대답하는 이들은 아직도 미흡한 실정이다.

『이미지 독서코칭』의 출발은 여기에 있다. 독서의 중요성을 이론으로 설명하기 전에 '비유와 상징을 찾아 현실에 구체적으로 적용하는 법'을 알려줌으로써 '독서와 현실이 결코 따로'가 아니라는 것을 느끼게 해주는 것이다. 그러기 위해서는 어른들이 먼저 독서체험을 이미지화해서 생활의 구체적인 지혜로 활용하는 일을 일상으로 실천하고, 그 모습을 본 아이들이 함께 따라 하게 하는 『이미지 독서코칭』을 지금 당장 실천에 옮길 수 있어야 한다.

독서 효과를 스스로 맛보지 못하고 어떻게 독서를 즐기도록 독서코칭을 할 수 있단 말인가? 이제라도 독서 효과를 극대화하기 위해서라도 『이미지 독서코칭』의 핵심인 비유와 상징을 찾아 일상의 지혜로 활용하는 법을 배워야 한다. 모바일의 발달로 점점 독서가 설 자리를 잃어가는 현실에서 독서가 현실의 문제를 어떻게 해결해 주고 있는지 스스로 체득할 수 있도록 『이미지 독서코칭』을 일상으로 다뤄나가야 한다.

지금까지 우리는 독서체험을 이미지화해서 실생활에 지혜로 활용하는 『이미지 독서코칭』에 대해 다뤄보았다. 이제는 여러분들이 이 책의

사례를 제공한 이들처럼 『이미지 독서체험』의 사례를 완성해 나갔으면
하는 욕심을 담아 본다. 한 번 다 읽었다고 책장을 덮고 끝낼 것이 아니
라 일상에서 활용하기 위해 자꾸 반복 실천하며 내 것으로 만들기 위해
습관으로 익혀 갔으면 하는 바람이다. 그러기 위해서 지금까지 『이미지
독서코칭』에서 다룬 핵심 키워드를 가슴에 새겨서 필요할 때마다 적절
히 활용할 수 있기를 염원해 본다.

이미지의 힘은 정말 강하다.

1. 창의역량을 키워주려면?

- 비유와 상징을 잡아라

2. 자기주도 학습역량을 갖추려면?

- 너 죽을래?

3. 자기관리역량을 갖추려면?

- 나의 동남풍은 무엇인가?

4. 소통역량을 갖추려면?

- 내 안의 개똥이는 무엇일까?

5. 자아성찰 역량을 갖추려면?

- 나의 마틸드 목걸이는 무엇인가?

6. 공동체 역량을 갖추려면?

- 유비라면? 공주라면? 사자라면?

7. 융합형 인재역량을 갖추려면?

- 토끼야, 토끼야, 내 안의 토끼야

추천 필독서

1. 『무지개 물고기』(마르쿠스 피스터 지음, 시공사)

2. 『지각대장 존』(존 버닝햄 지음, 비룡소)

3. 『마시멜로 이야기』(호아킴 데 포사다 지음, 21세기북스)

4. 『소설 적벽대전』(스제펑 지음, 북스토리)

5. 『이상한 나라의 앨리스』(루이스 캐럴 지음, 글담)

6. 『논리야 놀자』(위기철 지음, 사계절)

7. 『목걸이』(모파상 지음, 모파상 단편선)

8. 『토끼전』(고전소설)

9. 『공주는 등이 가려워』(수지 모건스턴 지음, 비룡소)

10. 『오즈의 마법사』(라이먼 프랭크 바움 지음)

11. 『베니스의 상인』(세익스피어 지음)

12. 『엄마 찾아 삼만 리』(에드몬드 데 아미치스 지음)

13. 『기적의 글쓰기교실』(이인환 지음, 미다스북스)

강 의 계 획 서

과 목 명	이미지독서코칭지도사1급	강 사 명
		이미진, 김양경, 이인환

과목 소개	이미지독서코칭2급 취득자에 한해 독서체험을 이미지화해서 일상에 활용하는 구체적인 방법을 사례 중심으로, 실습 중심으로, 자기 교재를 개발해 나가는 프로그램
자 격 증	1. 이미지독서코칭 지도사 1급 2. 응시비용 및 발급비 3. 발급기관 : ㈜한국인성진흥원 4. 취득과정 : 자격강좌(24시간 이상) 80%이상 출석 후 자격시험 합격한 자.
교재(비)	교재명 이미지독서코칭지도사 과정 외 2권 비용 40,000원
재료(비)	재료명 프린트물 비용 0 원

강 의 계 획 서

날짜	주차	강 의 내 용	비고
	1	1강. 자기소개 및 강좌소개	
	2	2강. 창의역량 키우기 - 각자 작품 속에 비유와 상징 현실에 적용하기	앨리스라면 어떻게 했을까?
	3	3강. 자기주도 학습역량을 키워라 - 각자 자기 주도적인 작품 찾기(빨간 머리 앤 등)	너, 죽으래?
	4	4강. 자기경영 역량 키우기 - 각자 블루오션을 개척하는 스토리텔링 찾기	나의 동남품은?
	5	5강. 소통역량 키우기 - 각자 소통과 관련된 작품 찾기	앗, 내안의 개똥이
	6	6강. 자아성찰 역량 키우기 - 각자 심리학 서적 참색하기	나의 마틸드 목걸이는?
	7	7강. 공동체 역량 키우기 - 각자 공동체 관련된 작품 찾기	유비라면?
	8	8강. 융합적 인재역량 키우기 - 각자 현실형 인재를 그린 작품 찾기	토끼야, 토끼야
	9	9강. 교재개발하기 - 스토리텔링 이미지 독서코칭 책쓰기	
	10	10강. 교재개발하기 - 스토리텔링 이미지 독서코칭 책쓰기	
	11	11강. 교재개발하기 - 스토리텔링 이미지 독서코칭 책쓰기	
	12	12강. 이미지 독서코칭 성과물 발표하기(수강소감)	
비고	부교재 : 이미지 독서코칭(이미진, 김양경, 이인환 지음)	

강 의 계 획 서

과 목 명	이미지독서코칭지도사2급	강 사 명
		이미진, 김양경, 이인환
과목 소개	한 권의 책을 읽어도 실생활에 지혜로 활용하도록 작품의 비유와 상징을 이미지화해서 독서체험을 확장시킴으로써 독서의 흥미를 갖게 하고 독서의 실효성을 넓혀가도록 하는 프로그램.	
자 격 증	1. 이미지독서코칭 지도사 2급 2. 응시비용 및 발급비 3. 발급기관 : ㈜한국인성진흥원 4. 취득과정 : 자격강좌(24시간 이상) 80%이상 출석 후 자격시험 합격한 자.	
교재(비)	교재명 독서토론지도사 과정 외 2권 비용 40,000원	
재료(비)	재료명 프린트물 비용 0 원	

강 의 계 획 서

날짜	주차	강 의 내 용	비 고
	1	1강. 자기소개 및 강좌소개	PPT 사용
	2	2강. 창의역량 키우기 - 비유와 상징을 잡아라	
	3	3강. 자기주도 학습역량을 키워라 - 너 죽을래?	
	4	4강. 자기경영 역량 키우기 - 나의 동남풍은 무엇인가?	
	5	5강. 소통역량 키우기 - 앗, 내 안의 개똥이	
	6	6강. 자아성찰 역량 키우기 - 나의 마틸드 목걸이는?	
	7	7강. 공동체 역량 키우기 - 유비라면? 공주라면?	
	8	8강. 융합적 인재역량 키우기 - 토끼야, 토끼야	
	9	9강. 아이의 발달심리	
	10	10강. 감정코칭	
	11	11강. 이미지 독서코칭 실습	
	12	12강. 이미지 독서코칭 비전 제시하기(수강소감)	
비고		부교재 : 이미지 독서코칭(이미진, 김양경, 이인환 지음)